BEINAHE ZUSAMMEN

KYLIE GILMORE

Übersetzt von
ANNA DRAGO

Übersetzt von
KATRIN DOLLE

Beinahe zusammen © 2015 von Kylie Gilmore

Covergestaltung: Sweet 'N Spicy Designs

Veröffentlicht von: Extra Fancy Books

Übersetzt von: Anna Drago und Katrin Dolle

ISBN-13: 978-1-64658-069-9

1

Stephanie Moores Freund, mit dem sie seit sechs Wochen zusammen war, war der perfekte Gentleman. Es war Zeit, dagegen etwas unternehmen.

„Du könntest heute Nacht bei mir bleiben", flüsterte Steph in Dave Olsens Ohr, während sie langsam beim Hochzeitsempfang ihrer Freundin Amber Lewis (jetzt Lewis-Furnukle) tanzten. Sie waren in einem umwerfenden Herrenhaus, das der Stadt Clover Park, Connecticut, gehörte und häufig für besondere Veranstaltungen gemietet werden konnte.

Dave überraschten ihre Worte so sehr, dass er plötzlich strauchelte und ihr auf den Fuß trat.

„Au!"

„Tut mir leid."

Steph verzog das Gesicht und trat aus der Gefahrenzone. Der Mann war stolze eins achtundachtzig, und ihre armen Zehen konnten es nicht länger ertragen, mit ihm zu „tanzen".

„Könntest du mir noch einen Champagner holen?", fragte sie. „Nein, mach Wodka draus."

„Kein Problem", sagte er und schob das schwarze Gestell seiner Brille hoch. „Bin gleich zurück." Plötzlich blieb er stehen und küsste sie auf die Wange. „Tut mir leid, dass ich deine Zehen ständig zerquetscht habe."

Sie winkte das ab. „Mach dir keine Sorgen."

Er ging, um ihr einen Drink zu holen. Steph setzte sich seufzend, glättete ihr lavendelviolettes Brautjungfernkleid und sah zu, wie Amber und Bare langsam tanzten. Da wurden keine Zehen eingequetscht. Sie bewegten sich schön zusammen. Bare flüsterte etwas in Ambers Ohr, und sie kicherte. Steph fragte sich, was sie tun musste, um Dave in der Sexabteilung ein wenig auf die Sprünge zu helfen, also, um eventuell überhaupt welchen zu haben. Mit zweiunddreißig war Steph nicht mehr in dem Alter, in dem sie einen auf schwer zu kriegen machen wollte, und Dave mit seinen dreißig Jahren sollte ihre Andeutungen mittlerweile verstanden haben. Doch Subtilität schien bei ihm nichts zu bewirken. Sie war zu Oberteilen übergegangen, die ihren Ausschnitt betonten, und hatte sich mehrfach (aus Versehen) so vorgebeugt, dass er einen erstklassigen Blick sowohl auf ihre Brüste als auch ihr Hinterteil bekam, doch ohne jeden Effekt. Und wenn sie ihm manchmal, bei ihren Marathon-Knutschsessions an den Hintern gefasst hatte, hatte er gerade mal gekichert. Nicht gerade das Ergebnis, auf das sie abgezielt hatte.

Dave tauchte mit einem Glas Champagner und einem Wodka mit Limette an ihrer Seite auf. Gott sei Dank. Sie kippte den Wodka herunter.

„Ist der für dich?", fragte sie und deutete auf den Champagner.

„Ich war mir nicht ganz sicher, was du wolltest, deswegen habe ich beides geholt." Er setzte sich neben sie. „Ich nehme nichts, weil ich ja fahre."

Steph kippte auch noch den Champagner herunter. Unglücklicherweise, obwohl ihr das dabei half, ihre armen, zerquetschten Zehen zu vergessen, die in silbernen Louboutin Stilettos steckten, hatte es den weiteren Effekt, dass es sie geil machte. Sie sah Dave an, der ihren Blick unverwandt erwiderte. Er hatte schöne, tiefblaue Augen hinter seiner schwarzgerahmten Brille. Er war Mathelehrer in der Mittelschule – der süße, nerdige, perfekte Gentleman. Dave war definitiv nicht ihr üblicher Typ. Doch wenn er sie küsste, legte er Herz und Seele hinein, und es war kochend heiß. Das hatte sie nach ihrem ersten Date erfahren. Das Problem war – seine Hände machten sich nie auf die Wanderschaft. Und es würde ihr wirklich gefallen, wenn sie sich auf Wanderschaft begäben. Sie war schon so lange nicht berührt worden. So lange, dass sie schon fast wieder rein war. Eine wiederhergestellte Jungfrau. Sie kicherte vor sich hin.

„Möchtest du noch einmal tanzen?", fragte er. „Langsame Lieder liegen mir mehr."

„Das heißt nicht gerade viel", platzte sie heraus. *Alle Hemmungen beiseite, Ehrlichkeit vor.*

Er runzelte die Stirn, und sie küsste dieses zerfurchte Gesicht. „Lass uns den höschenfreien Boogie tanzen", sagte sie.

Auf seinen verwirrten Ausdruck hin zeigte sie ihm die Steck-den-Finger-mehrmals-ins-Loch-Geste. Immer noch verwirrt. Zum Teufel mit der Subtilität. „Lass es uns tun."

Seine Augen wurden hinter den Gläsern größer. „Du meinst …" Sein Gesicht lief rot an, und er sah zu den Leuten, die in ihrer Nähe tanzten. „Genau jetzt?"

Sie lächelte ihn verträumt an und fuhr mit ihren Fingern durch sein seidiges dunkelbraunes Haar im Nacken. „Ja."

Er zog an seiner Krawatte. „Wäre das nicht bequemer in einem Bett?"

Dave war so süß, er dachte daran, dass sie es bequem hatte. Sie knabberte an seinem Ohrläppchen, und er zuckte zusammen.

„Nach dem Empfang, okay?", flüsterte sie in sein Ohr, dann leckte sie an seinem Ohrläppchen und hauchte vorsichtig darüber. Er hielt sehr still, und sie war sich nicht sicher, ob sie ihn von sich gestoßen oder angetörnt hatte. „Ein Bett klingt großartig", fügte sie hinzu.

„Das wäre auch für mich akzeptabel", sagte er mit angestrengter Stimme.

Da wurde der Empfang lauter, als eine Discokugel sich zu drehen begann, und der DJ „Saturday Night Fever" von den Bee Gees ertönen ließ. Sie lachte, als sie sah, wie Bare John Travolta nachahmte. Der Mann war der geborene Performer. Er packte Amber und wirbelte sie mit sich auf der Tanzfläche herum. Alle kamen herbei, um sich zu ihnen zu gesellen.

„Komm", sagte sie und schlüpfte aus ihren Schuhen.

Dave folgte ihr auf die Tanzfläche und ließ ihr reichlich viel Platz, während sie mit einem Finger in die Höhe und dann nach unten zeigend, tanzte. Er lächelte und beobachtete sie nur. Sie tanzte um ihn herum, benutzte ihn, als wäre er eine Stripperstange. *Das funktioniert viel besser, dachte sie, weniger Zehengequetsche.* Ein Disco-Song folgte dem nächsten, und Dave gab eine exzellente Stange ab – robust, ruhig, warm. Sie ließ ihn nicht los, wirbelte um ihn herum, lehnte sich gegen ihn, ließ sich von ihm herunterhängen, legte ihr Bein um ihn und wiegte sich. Doch dann kam „YMCA" von den Village People, und sie musste die Stange loslassen und stattdessen die Hände bewegen.

Sie hatte gerade das „A" erreicht, als er ihre Hände ergriff und sie von über ihrem Kopf herunter nach vorn holte. „Steph, dich kennengelernt zu haben ist das Beste, das mir je passiert ist."

Sie lächelte und tanzte weiter. „Danke, Dave!", schrie sie über die Musik. Wieder machte sie das Y und das M, verpasste das C und ging geradewegs zum A über.

„Ich meine es wirklich." Eine Locke seines Haars flog ihm in die Stirn.

Sie lächelte und schob sie zurück in den Seitenscheitel, als der Song beim Refrain ankam. Die Menge stimmte mit ein, sang, so laut es ihre Lungen hergaben, und erstickte damit Daves nächste Worte.

„Was? Ich kann dich nicht hören!", schrie Steph über die Menge.

„Ich sagte, ich liebe dich!", rief er.

„Oh!" Überrascht blieb sie mitten im Tanzen stehen. Bevor sie etwas erwidern konnte, küsste er sie. Seine Hände umfassten ihr Gesicht, während sein Mund ihren auf seine langsame, gründliche Art für sich forderte. Die laute Musik und das Tanzen verblassten, als die Hitze sie flutete. Seine Zunge vereinte sich mit ihrer, und sie krallte ihre Hände in seine Haare und wünschte sich fieberhaft, seine Hände würden auch an andere, sehr interessierte Stellen ihres Körpers wandern.

Er ließ sie los, und sie sah ihn an – seinen Seitenscheitel, sein süßes, angetörntes Gesicht, bis hin zu seinem dunkelblauen Anzug und den New Balance Sneakers. Durch den Nebel aus Champagner, Wodka und Lust traf es sie mit dem gleichen Schock, wie wenn ihr teuflischer Kater, Loki, mitten in der Nacht auf ihren Kopf sprang. Dave war jemand, den man nicht gehen ließ. Sie liebte ihn.

Sie öffnete den Mund, um ihm das zu sagen. Er legte einen Finger auf ihre Lippen. „Du musst nichts sagen. Ich erwarte nicht, dass du es sagst, nur weil ich es gesagt habe. Ich wollte nur, dass du es weißt."

Sie biss ihm in den Finger.

„Au!"

„Ich liebe dich auch, du großer Esel." Dafür hatte sie sich noch einen Kuss verdient.

Dave zog sich zurück, und sie sahen einander in die Augen. Sie strahlte ihn an.

Er grinste. „Fantastisch."

„Ja!" Dann tanzten sie noch etwas weiter, und sie benutzte ihn wieder als ihre persönliche Stripperstange. Sie war eins achtundsiebzig, und es gefiel ihr, dass sie ohne die Absätze

tatsächlich zu ihm aufsehen konnte. Dann fühlte sie sich nicht
ganz so wie eine Amazone. Er sah sie mit halb geschlossenen
Augen an. Sie konnte es nicht abwarten, den Empfang zu
verlassen. Sie war sich sicher, dass Dave im Bett genauso
langsam und gründlich wäre, wie wenn er sie küsste. Das
konnte sehr, sehr gut sein. Viele Disco-Lieder und eine Menge
Champagner später verließ sie den Empfang Hand in Hand
mit Dave.

Sie schwebte auf einer Glückswolke, als Dave sie mit sich
zu seinem Wagen zog und dabei geradezu rannte. Junge, da
hatte es aber jemand eilig. Sie kicherte vor sich hin. Etwas
nagte an ihrem Hirn. Wie eine Hornisse, die durch ihren Kopf
flog und nur darauf wartete zuzustechen. Etwas, das sie Dave
erzählen musste.

Sie runzelte die Stirn. Griffin. Sie musste ihm von Griffin
erzählen.

Dave öffnete ihr die Wagentür, doch bevor sie einsteigen
konnte, drückte er sie seitlich an den Wagen und gab ihr
einen heißen Kuss, bei dem sie ihm am liebsten seinen
Anzug vom Leib gerissen und sein ordentliches Haar
zerzaust hätte. Gerade, als sie ihr Bein um ihn legte, unterbrach er den Kuss.

Sie nahm ihr Bein wieder herunter. „Mir gefällt dein
Enthusiasmus", sagte sie ihm und drückte ihm einen schmat-
zenden Kuss auf die glatt rasierte Wange. Er drehte sich um,
legte seine Lippen erneut für einen weiteren Kuss auf ihre,
und sie vergaß Griffin.

Er trat zurück, und sie wankte ein wenig.

Seine Brauen zogen sich anbetungswürdig zusammen.
„Wie viel hast du getrunken?"

Sie hatte den Überblick verloren. Dieser nette Kellner im
Smoking war ständig um die Tanzfläche geschwebt. Er schien
immer da zu sein, wenn ihr Glas leer war. „Hauptsächlich
Champagner. Mir geht es gut. Lass uns zu mir nach Hause
fahren. Es wird Zeit, dass du auch mal das Innere kennen-

lernst." Sie kicherte über ihren eigenen Scherz. Dave würde das Innere ihres Apartments und sie sehen. Yay!

Er nickte langsam, sah ein wenig zu ernst für ihren albernen Zustand aus. Er liebte sie! Sie liebte ihn! Heute war die Nacht der Nächte!

Sie fuhren die paar Blocks zu einem alten viktorianischen Haus in Clover Park, das in ein Mietshaus mit Apartments umgewandelt worden war. Sie packte seine Hand und führte ihn nach oben zu ihrer Wohnung. Als sie drin waren, warf sie sich ihm an den Hals. „Nimm mich, Dave, ich gehöre dir."

DAVE STÖHNTE, als er seine Arme um Steph legte und sich wünschte, er hätte kein Gewissen. Seit dem Moment, als er Steph in ihrem ihre Kurven betonenden Kleid und den Stilettos gesehen hatte, war er hart gewesen. Seine Augen hatten mehrere Touren auf ihr üppiges Dekolleté, ihre schmale Taille und die Kurven ihrer Hüfte, die hinunter zu diesen langen Beinen in Stilettos führten, unternommen. Um ehrlich zu sein, war er schon vom allerersten Moment an, als er sie bei der Lehrerkonferenz kennengelernt hatte, hart gewesen. Steph unterrichtete das fünfte Schuljahr und hatte an seinem Workshop zum Thema Fünftklässler mit neuen mathematischen Standards auf die Mittelstufe vorbereiten teilgenommen. Steph war hinreißend – langes, seidig braunes Haar, haselnussfarbene Augen, volle Schmolllippen und dieser Körper. Jeder Typ würde sie wollen. Doch das, was ihn am meisten anmachte, war ihr Verstand. Steph hatte ihren Abschluss *summa cum laude* an der Columbia gemacht. Ihre Kinder wären schön und klug.

Doch er war die Sache langsam angegangen, denn nach ein paar Begegnungen in seiner Vergangenheit, in denen er unbefriedigt geblieben war, hatte er sich entschlossen, nur mit einer Frau zu schlafen, wenn sie einander wirklich liebten.

Nicht wie damals, als er nach nur zwei Dates bereits mit Sherri geschlafen hatte, nur, um dann zu erfahren, dass ihre Scheidung in Wirklichkeit eine Trennung war, von der ihr Ehemann nichts wusste. Und definitiv nicht wie damals, als Lisa ihn benutzt hatte, um ihr Ego wieder aufzubauen, was er erst nach einem heißen Sexmarathon, der die ganze Nacht dauerte, festgestellt hatte. In einer Nachricht auf seinem Nachtschränkchen hatte sie ihn darüber informiert, dass er das perfekte Gegenmittel zu der Lockerheit ihres Ex war und ihr Vertrauen in Männer nun wiederhergestellt war. *Der nette Typ schlägt wieder zu,* dachte er verbittert. Er hatte ihr Vertrauen so gut wiederhergestellt, dass sie ihn verlassen und sich zurück in den Dating-Pool getraut hatte.

Jedenfalls war es nicht allzu schwierig gewesen, auf eine bedeutungsvolle Begegnung zu warten. Er neigte dazu, mehr weibliche Freunde als feste Freundinnen zu sammeln, denn er war der Typ, dem sich Frauen anvertrauten, aber nicht *so* für ihn empfanden. Heute Abend hatte er zu seiner Freude festgestellt, dass das, was er sich zwischen sich und Steph erhofft hatte, tatsächlich echt war.

Sie lächelte zu ihm auf, wartete, so vermutete er, dass er sie „nahm", doch ihre Augen waren unfokussiert, und vorhin hatte sie ein wenig gelallt. Er streichelte ihr Haar und gestattete sich, sich einen Moment vorzustellen, wie ihr Haar auf einem Kissen ausgebreitet lag, während er in sie hineinstieß. Bei dem Gedanken verkrampfte er sich. *Eisbad, unendliche Schneebälle, die auf ihn zuflogen, Elternsprechtag.* Das funktionierte. Er liebte seinen Job, mochte sogar die ungebärdigen Schüler in der Mittelstufe, doch die Eltern, vor allem die, die nicht verstanden, wieso Bobby kein A bekam, wenn er nie seine Hausaufgaben machte, waren der schwierigste Teil seines Jobs.

Vorsichtig schob er Steph einen halben Meter von sich fort. Zum ersten Mal sah er sich in ihrem Apartment um. Stephs vorige Einladungen, mit hoch auf eine Tasse Kaffee zu

kommen, hatte er immer abgelehnt, worauf ein Gutenachtkuss gefolgt war, während sie ihm den Hintern drückte. Er
wollte einfach sicher sein, dass es mehr als nur eine einmalige
Sache wäre. Endlich waren sie sich einig. Wenn Steph nur
nicht beschwipst gewesen wäre, als sie feststellte, dass auch
sie ihn liebte. Stephs Apartment sah aus wie einer dieser
Pottery Barn Kataloge, in die seine Schwester ständig schaute
– hölzerner Sofatisch mit einer silbernen Schüssel voller
künstlicher Orangen, eine rote Samtdecke, die über einer
Armlehne des beigefarbenen Sofas lag.

Er bückte sich, um eine graue, zottelige Katze zu streicheln, die sich an seinem Bein rieb. Stephs Kleid fiel zu
Boden. Ruckartig richtete er sich wieder auf.

Sie brachte ihn noch um. Sie sah aus wie ein Unterwäsche-
modell – sie trug einen leichten violetten BH ohne Träger mit
passendem Spitzenhöschen und immer noch die hohen
Absätze, die geradezu schrien *ich bin sehr fickbar*. Ihre Worte
schallten durch seinen Kopf, *nimm mich, nimm mich,
nimm mich*

Er nahm sich die Decke vom Sofa und bedeckte sie damit,
wünschte mit jeder Faser seines Seins, dass er schon vorher
die Gelegenheit genutzt hätte, sie ins Bett zu bekommen.
Innerlich gab er sich eine Ohrfeige dafür. Was hatte er sich
eigentlich gedacht? Wer scherte sich schon um bedeutungs-
vollen Sex, wenn ein Typ wie er Chancen bei einer umwerfenden (und klugen) Frau wie ihr hatte? Für einen klugen
Typen war das wirklich ein dummer Zug gewesen.

„Da-aa-ave, mir ist zu heiß für eine Decke", sagte sie,
während er sie zu einer halboffenen Tür führte, hinter der er
ihr Schlafzimmer vermutete.

„Ich weiß."

Eis und Schnee, Eis und Schnee.

Vorsichtig schob er sie aufs Bett. Die Decke öffnete sich
vorne, und er konzentrierte sich auf ihre Füße. Diese
schlanken Füße mit den hohen Absätzen.

„Ich liebe dich, David Olsen", sagte Steph mit leiser, gehauchter Stimme, bei der er einen Schweißausbruch bekam.

Vielleicht konnte er sie mit Kaffee nüchtern bekommen. Er machte sich Vorwürfe, dass er ihr diesen Wodka gebracht hatte, um den sie ihn gebeten hatte. Er sah zu ihrem Gesicht auf. Ihre Augen fielen ihr bereits zu.

„Ich liebe dich auch", sagte er mit rauer Stimme.

Dann zog er die Schuhe aus und streichelte ihren Fußrücken, denn er fühlte sich schlecht, weil er rot gefleckt war, nachdem er ihr auf der Tanzfläche mehrmals darauf getreten hatte. Sie streckte diese langen Beine aus und seufzte. Er verkniff sich ein Stöhnen.

„Ich muss dir noch etwas erzählen …" Sie rollte sich auf die Seite, wodurch er einen spektakulären Blick auf ihren kurvigen Hintern im Seidenhöschen bekam. Sie konnte ihn auch einfach gleich umbringen.

Er riss die Tagesdecke über sie. „Worüber? Steph?"

Sie schlief bereits tief und fest.

Es war ätzend, ein Gentleman zu sein.

2

Steph lud ihre Freundin Jasmine am nächsten Tag zu sich ein, weil sie verzweifelt um Hilfe bitten musste. Sobald ihre Freundin ihre Wohnung betrat, platzte Steph heraus: „Ich brauche eine Scheidung."

Jaz' Mund öffnete sich vor Überraschung zu einem perfekten O. Sie zog Steph aufs Sofa. „Mal ganz von vorn. Was sagst du da? Ich wusste gar nicht, dass du verheiratet bist!"

Steph verzog bei Jaz' lauter Stimme das Gesicht. „Doch, genau genommen bin ich das."

Ihre Freundin rümpfte die Nase. „Weiß dein Freund das?"

„Du verstehst also das Problem."

Jaz' braune Augen sahen riesig aus. „Ähm, ja?"

Jaz war eine wahnsinnig expressive, wahnsinnig lebhafte Person. Vielleicht nicht die beste Wahl, um sich jemandem an einem Tag mit Kater anzuvertrauen, aber Amber war bereits zu einem kurzen Flitterwochenende nach Cape May aufgebrochen. Also blieb nur Jaz. Jaz und Amber waren die einzigen beiden Personen auf der ganzen Welt, denen sie in dieser delikaten Situation vertrauen konnte.

„Also, was denkt dein Ehemann von deinem Freund und umgekehrt?", fragte Jaz.

Steph schüttelte den Kopf und bereute diese Bewegung gleich. „Ich habe gestern Abend versucht, es Dave zu erzählen, aber nach dem Wodka und dem Champagner war alles ein wenig durcheinander." *Und nach den Küssen,* fügte sie im Stillen hinzu.

Jaz schob sich ein Bein unter. „Ich habe dir gesagt, du sollst mit dem Champagner etwas langsamer machen."

Steph blinzelte. Sie war so auf Dave fixiert gewesen, dass sie beim Empfang nicht viel Zeit mit Jaz verbracht hatte. Bare und Amber hatten die ganze Besatzung und die Crew vom Eastman Sommer Gemeindetheater eingeladen, bei denen sie einander kennengelernt hatten. Normalerweise spielte Steph im Chor mit, und Jaz machte die Choreografie.

„Daran kann ich mich nicht erinnern", sagte Steph und rieb sich die Stirn. „Hattest du eine schöne Zeit gestern Abend?"

„Das Tanzen hat Spaß gemacht, aber du weißt ja, das ist so mein Ding." Sie warf ihre lockigen dunkelbraunen Haare über die Schulter. „Zurück zu dir."

„Wie läuft dein Tanzstudio?", fragte Steph.

Jaz schlug ihr auf den Arm. „Mädchen, du kannst mir nicht sagen, dass du verheiratet bist, und dann zu Small Talk übergehen. Spuck schon aus."

„Ich brauche ein Wasser." Steph holte sich ein Glas Wasser aus der Küche.

Jaz war direkt hinter ihr. „Ich mache dir einen grünen Tee. All diese Antioxidantien und dann noch das Koffein funktionieren wirklich großartig bei einem Kater." Sie stellte den Kessel zum Kochen auf. „So-oo, wie lange bist du schon verheiratet?"

„Fünf Jahre."

Jaz' Hände flogen an ihre Schläfen, ihre Augen waren vor Überraschung geweitet. „Fünf Jahre!"

Steph verzog das Gesicht.

Jaz nahm die Hände runter und senkte ihre Stimme. „Tut mir leid. Fünf Jahre? Wo ist denn der geheimnisvolle Mann?"

Steph nahm einen langen Schluck vom Wasser. „Das Letzte, was ich gehört habe, war, dass er in L.A. ist. Die meiste Zeit waren wir getrennt, doch keiner von uns hat sich die Mühe gemacht, es offiziell zu beenden."

Jaz schüttelte mit einem kleinen Lächeln den Kopf, als konnte sie es nicht ganz glauben. Steph bemühte sich meist in ihrem alltäglichen Leben, nicht an ihre gescheiterte Ehe zu denken. Sie hatte weitergelebt, selbst ohne die offiziellen Papiere.

„Jaz, gestern Abend hat Dave das L-Wort gesagt. Und ich habe es erwidert und auch so gemeint." Sie sah Jaz in die Augen, erwartete dort eine Verurteilung, doch sie sah nur Mitleid.

„Du musst es Dave sofort erzählen", sagte Jaz. „Täuschung ist nicht richtig. Dave ist ein *netter* Typ. Von der Sorte gibt es nicht so viele da draußen."

Steph sah zu, wie Jaz die Zutaten für ihren Tee herausholte und ging in Gedanken den letzten Abend noch einmal durch. Sie erinnerte sich vage daran, dass sie in ihr Apartment zurückgegangen war. Dass Dave sie ins Schlafzimmer begleitet hatte. Dann nichts. Sie war in ihrer Unterwäsche aufgewacht, die Decke um sie gewickelt. Dave hatte ihr Kleid ordentlich gefaltet und auf ihre Kommode gelegt. Einen Moment lang meinte sie, sie hätten vielleicht rumgemacht, doch dann kam sie zu dem Schluss, dass Dave ihren Zustand niemals so ausgenutzt hätte. Sie hatten sechs Wochen lang damit verbracht, einander nur zu küssen. Er war der richtige. Dave war der Grund, weswegen sie so verzweifelt diese Scheidung wollte. Sie hatte furchtbare Angst, dass, wenn sie Dave erzählte, dass sie noch verheiratet war, sein ritterlicher Ehrenkodex vielleicht von ihm verlangte, sie aus moralischen Gründen zu verlassen. Sie sollte froh sein, dass er solch ein

Mann war. Das hieß, dass er nach moralischer Überlegenheit strebte. Er würde sie niemals betrügen. Und doch konnte er vielleicht meinen, dass sie Griffin betrog. Nicht, dass Griff Mr. Quietschsauber war. Bei all den Groupies und Supermodels.

„Ich bin keine furchtbar schreckliche Person, oder doch?", fragte Steph. „Ich habe bei der ersten Gelegenheit, nachdem ich Dave kennengelernt hatte, die Scheidung eingereicht. Davor schien es nie eine Rolle zu spielen, da ich nie über ein paar Dates hinausgekommen bin." Ihre Kehle verengte sich. „Ich wusste gleich, dass Dave etwas Besonderes ist."

Jaz drehte sich um. „Moment mal. Du hast die Scheidung bereits eingereicht? Wo ist dann das Problem?"

„Griffin hat die Papiere noch nicht unterschrieben. Ich habe keine Ahnung wieso."

Jaz zog die Augenbrauen zusammen. „Das ist merkwürdig. Glaubst du, er möchte verheiratet bleiben?"

Wenn ja, hat er eine komische Art, das zu zeigen. Seit Jahren hat er mich nicht angerufen. Ich weiß ja, er reist viel, aber es ist doch nicht so schwierig, anzurufen oder zu schreiben." Sie schloss die Augen, als ihre Kopfschmerzen sich verschlimmerten, ein Pochen in ihrem Kopf gesellte sich zu den bereits vorhandenen Schmerzen.

Jaz legte ihr eine Hand auf den Arm. „Geht es dir gut? Du siehst gar nicht gut aus."

„Ich fühle mich beschissen."

„Leg dich aufs Sofa. Ich bring dir den Tee, wenn er so weit ist."

Steph ging dankbar zum Sofa, ließ sich darauf fallen und warf einen Arm über ihre Augen.

Kurz darauf brachte Jaz den Tee. Endlich wirkte die Medizin, die Steph vorhin genommen hatte. Langsam setzte sie sich auf. „Danke."

„Ruf Griffin an, sobald du den Tee getrunken hast. Ich werde für dich da sein. Und wenn er nicht hören will" – Jaz ballte eine Faust – „werde ich es ihn spüren lassen."

Steph merkte, wie sie lächelte. Jaz kannte Griff nicht einmal, und doch war sie bereit, für sie einzustehen. Ganz anders als Steph ging Jaz einer Konfrontation nie aus dem Weg.

Als sie ihren Tee zu Ende getrunken hatte, reichte Jaz Steph ihre Handtasche und forderte: „Ruf Griffin an."

Steph zog ihr Handy hervor und starrte es an. Griff hatte vor Jahren seine Handynummer geändert und sich nicht die Mühe gemacht, ihr seine neue mitzuteilen. „Ich habe seine Nummer nicht mehr. Ich werde einfach seinen Manager kontaktieren."

„Seinen Manager?"

Steph zögerte, ehe sie gestand: „Ich bin mit Griffin Huntley verheiratet."

Jaz fiel die Kinnlade herunter. „Oh mein Gott! Griffin Huntley von Twisted Star? Griffin Huntley" – ihre Stimme hatte jetzt so viele Dezibel erreicht, dass nur noch Hunde sie hören konnten – „der Rockstar?"

Steph verzog das Gesicht und senkte ihre Hand, bat sie damit um eine Stimme, die nicht das Glas zum Bersten brachte. Und ihr Trommelfell.

Jaz führte einen kurzen, aufgeregten Fußstampftanz auf ihrem Platz auf dem Sofa auf. „Ich liebe Twisted Star! Du und Griffin Huntley! Oh mein Gott, wie ist das denn passiert?"

Steph hob eine Schulter und senkte sie wieder. „Ich habe ihn kennengelernt, bevor er berühmt war. Er war mein Gitarrenlehrer. Er hat nebenbei Privatunterricht gegeben, während er mit seiner Band schon aufgetreten ist und hoffte, groß rauszukommen. Und dann hat er es getan."

„Und dann hat er dich verlassen." Jaz drückte ihren Arm, um ihre Worte zu mildern.

„Ja. Er hat den großen Vertrag bekommen, ist auf Tournee gegangen und nie zurückgekommen. Im ersten Jahr hatten wir noch Kontakt zueinander, haben eine Art Fernbeziehung geführt, doch der Abstand zwischen seinen Anrufen vergrößerte sich mehr und mehr, bis sie schließlich aufhörten." Sie verwirbelte eine Haarsträhne. „Ich glaube, ein Teil von mir hatte gehofft, er würde zurückkommen, und wir könnten einfach da weitermachen."

Jaz sah sie mitleidig an. Jedermann wusste, dass Griff sich die Frauen aussuchen konnte. Die Klatschmagazine waren voll von Fotos ihres Ehemanns mit Supermodels, was jegliche Hoffnung, die Steph auf eine Versöhnung hatte, hätte im Keim ersticken sollen, doch Griff hatte sie mit dem, was er für ihren jüngeren Bruder tat, am Leben gehalten. Sie drängte den Gedanken beiseite. Ihre Scheidung war längst überfällig. Und sie würde mit oder ohne Griffs Hilfe das Beste für ihren Bruder tun.

Steph fuhr fort. „Ich habe nur einfach niemanden kennengelernt, an dem mir genug lag, um wirklich das Thema Scheidung voranzutreiben, bis –"

„Dave."

„Dave." Sie seufzte.

Jaz schüttelte mit einem Lächeln den Kopf. „Kann es jemanden geben, der noch mehr das Gegenteil von Griff ist als Dave?"

Die beiden Männer waren wie Ashley Wilkes im Verhältnis zu Rhett Butler. Wer war dann Scarlett? Definitiv nicht sie. Griff mochte mit Sicherheit die Aufmerksamkeit wie diese Südstaatenschönheit, und er hatte langes dunkles Haar. Sie kicherte, als sie sich ihren tätowierten Ex als schöne Scarlett vorstellte.

„Vielleicht funktioniert es ja deswegen zwischen uns", sagte Steph endlich.

„Du musst das quietschende Rad sein und dich an Griffins Manager wenden. Nur so funktioniert es." Jaz sah ihr in die Augen. „Und du kannst Dave auch nicht im Ungewissen lassen. Das ist ihm gegenüber nicht fair. Sag es ihm gleich."

Sie hatte recht. Steph wusste, dass sie recht hatte.

„Ruf als erstes Griffins Manager an", sagte Jaz. „Und dann

sag Dave, dass du ihn heute Abend sehen möchtest, und dann sagst du es ihm persönlich."

„Ja, Bossy Pants."

Jaz lächelte. „Miss Bossy Pants für dich."

DAVE KAM an dem braunen Ziegelgebäude in Brooklyn an, in dem er aufgewachsen war, und bückte sich, um seine Groß-mutter auf die Wange zu küssen. „Herzlichen Glückwunsch zum Geburtstag, Nonna." Er reichte ihr eine Karte. Darin war eine Geschenkkarte für ihr Lieblingsrestaurant, Nathan's Famous (berühmt für seine Hot Dogs).

„Danke schön, Süßer. Hast du Hunger?"

Seine italienische Großmutter hatte das Gefühl, es wäre ihre Lebensmission, ihn und seine ältere Schwester, Christina, zu füttern. Nur, dass Chris sich weigerte, sich auf Kosten ihrer Großmutter vollzustopfen. Seine Schwester war zierlich wie die italienische Seite ihrer Mutter, während er groß und schlank wie die Vorfahren seines norwegischen Vaters war.

„Immer", sagte er.

„Da ist er ja, mein Genie", sagte seine Mom, betrat die Küche und umarmte ihn.

Dave verzog das Gesicht. „Ma, ich bin kein Genie."

Sie zerzauste ihm das Haar. „Andere behaupten anderes."

Dave glättete sein Haar wieder zurück zum Seitenscheitel. „Wo ist Dad?"

„Er ist bei Tante Helen vorbeigefahren, um nachzusehen, warum ihr Wagen immer stehen bleibt."

Sein Dad war Automechaniker, ein Talent, das er an Dave weitergegeben hatte, als der erst fünf Jahre alt gewesen war und zum ersten Mal einen Schraubenschlüssel hatte halten können. Dave hatte überlegt, in die Fußstapfen seines Dads zu treten, doch seine Mom war unnachgiebig darin, dass er und seine Schwester die ersten in der Familie sein sollten, die ein College besuchten. Wegen seiner Affinität zu Maschinen hatte er mit Maschinenbauingenieurwesen begonnen, doch bald wurde er von der Schönheit und Eleganz der Mathematik gelockt. Nach seinem Masterabschluss ließ er sich zwei Jahre lang von Teach for America ablenken, im Rahmen dessen er im Stadtzentrum Schüler in der Mittelstufe in Mathematik unterrichtete. Er liebte es zu unterrichten – hatte das Gefühl, wirklich etwas zu bewirken – und sah danach nicht mehr zurück.

„Da bist du ja, Waldo", sagte Chris, die die Treppe herunterkam. Sie trug einen violetten Samtjogginganzug, die Sachen, die sie für gewöhnlich trug, wenn sie nicht gerade als Krankenschwester arbeitete.

Er ignorierte es, dass sie ihn wegen seiner Brille aufzog, denn er wollte später mit ihr über Steph reden. „Hey. Wenn ich was gegessen habe, lass uns ein wenig rumfahren." Es dauerte noch ein paar Stunden, bevor es Abendessen und Kuchen zum Geburtstag seiner Großmutter geben würde.

„Ich würde gerne mal hier rauskommen", sagte Chris.

„Das habe ich gehört", sagte Mom vom Sofa aus, wo sie sich ihr Häkelzeug genommen hatte – eine weitere Decke. Er hoffte, dass sie nicht für ihn war. Er hatte bereits drei in seinem Schrank.

„Ich war jetzt schon zwei Tage lang hier." Chris warf ihre Hände in die Luft. „Langsam fühle ich mich wie eine Gefangene."

Chris war zweiunddreißig und hatte vor kurzem eine bittere Scheidung durchgemacht. Seitdem verbrachte sie häufig ihre Wochenenden zu Hause.

Mit ihrer Häkelnadel deutete ihre Mom auf die Tür. „Dann geh, ist mir doch egal."

„Ma, sei nicht so", sagte Chris und warf einen Arm um ihn. „Es ist einfach Geschwisterzeit."

Ihre Mom lächelte. „Jetzt, da ihr erwachsen seid, steht ihr beide euch so nahe. Habe ich dir nicht gesagt, dass er nicht immer eine solch nervtötende kleine Knalltüte sein würde?"

„Ja, das hast du." Chris hob die Hand, um ihm das Haar zu zerzausen, und er glättete es wieder. „Jetzt ist er eine nervtötende große Knalltüte."

Er hob sie hoch und drehte sie mit dem Kopf nach unten.

„Aah! Lass mich runter!"

„Nicht, wenn du mich nicht den Rest des Tages über King Dave nennst."

„Niemals!"

„Ich kann den ganzen Tag hier stehen." Er sah hinunter. Ihr Gesicht nahm mittlerweile einen interessanten Rotton an.

„Okay! Lass mich runter, King Dave!"

Er stellte sie richtig herum zurück auf den Boden. Sie trat ihm gleich vors Schienbein. „Au!"

„Kinder!", sagte seine Mom.

Er humpelte aus der Küche. Nonna häufte übriggebliebenes Roastbeef auf einen Teller, dazu Ziti und stellte es in die Mikrowelle. Ein paar Minuten später machte er sich an dem kleinen Küchentisch darüber her.

Chris saß ihm gegenüber und sah zu, wie er aß. „Du weißt aber schon, dass wir in zwei Stunden Manicotti und Kuchen haben werden."

„Wenn der Junge essen möchte, lass ihn essen", sagte Nonna und deckte das restliche Essen mit Alufolie ab.

„Wo lässt du das nur alles?", fragte Chris. „Du bist immer dünn."

Er kaute einen Moment. „Ich laufe."

Sie schnaubte. „Ich laufe auch. Ich muss Nudeln nur ansehen, dann habe ich schon fünf Pfund mehr drauf."

„Guter Stoffwechsel?"

„Du bist ätzend."

Er zeigte mit seiner Gabel in ihre Richtung. „Du bist ätzend, King Dave."

Sie schnaubte.

„Es würde gar nicht schaden, wenn du ein wenig Fleisch auf den Knochen hättest, Christina Marie", sagte Nonna. „Männer mögen Kurven."

„Ich habe Kurven", sagte Chris. „Ich brauche keine ganzen Rettungsringe."

„Da ist doch dann mehr an dir, was man lieben kann", gab Dave zum Besten.

Er beendete sein Essen, dankte seiner Großmutter und zog seinen Autoschlüssel hervor. „Lass uns los."

Chris setzte sich auf die Beifahrerseite seines Ford Fusion Hybrid – er liebte es, wie effizient er mit dem Treibstoff umging – und stellte im Radio gleich einen Top-Forty-Sender ein. Er wechselte nicht einmal zurück zu National Public Radio (obwohl NPR ein faszinierendes Segment über Spieltheorie brachte, die auf Online-Algorithmen beruhte). Nichts konnte jetzt seine Laune verderben, seitdem er jemanden liebte und die Liebe erwidert wurde.

„Ich habe jemanden kennengelernt", sagte er ihr.

„Im Ernst?"

Er sah sie an. Es hätte sie nicht so sehr überraschen sollen. Schließlich war er kein Menschenfresser.

„Ja, im Ernst", sagte er. „Sie heißt Stephanie Moore. Sie unterrichtet das fünfte Schuljahr. Ich bin verrückt nach ihr. Ich überlege, ob ich ihr einen Antrag machen soll."

„Whoa, nun mal ganz langsam. Wie lange seid ihr schon zusammen?"

„Sechs Wochen. Ich liebe sie. Und sie hat gesagt, dass sie mich auch liebt."

„Sechs Wochen ist aber nicht sehr lang. Wie gut kennst du sie denn?"

Er hielt an einem Stoppschild an und bedeutete einigen Kindern, die Straße zu überqueren. „Ich bin dreißig Jahre alt. Ich weiß, was ich will. Ich weiß, dass sie die eine ist. Meinst du, der Diamond District hat heute geöffnet?" Es war Sonntag, doch manche Geschäfte konnten eventuell offen haben. New York City war jeden Tag der Woche etwas los.

„Es ist zu früh, jetzt schon Diamanten zu kaufen! Du überstürzt das. Nur, weil du mit einer Frau schläfst, heißt das nicht, dass du losziehen und ihr einen Ring kaufen musst. Ich habe das ganz sicher noch nie bekommen."

Das mit dem zusammen schlafen kommentierte er nicht. Dahin kämen sie schon noch. Vielleicht heute Abend. Oder morgen, da sie beide am Columbus Day freihatten. Was den Ring anging, hatte Chris vielleicht recht. Er wollte Steph nicht vergraulen. Andererseits war Chris immer noch verbittert, weil ihr Ex sich von ihr hatte scheiden lassen, um seine schwangere Freundin heiraten zu können, deswegen war sie vermutlich nicht die Beste, die man in Sachen Diamantring um Rat fragen konnte.

Er bog auf eine Straße, die an seiner alten Grundschule vorbeiführte. „Okay, ich lasse den Diamond District aus. Aber ich suche online nach Diamanten, nur für den Fall."

„Ich sagte doch – *zu früh.*"

Er dachte an den vorigen Abend, wie Steph ihm gesagt hatte, dass sie ihn liebte. Wie sie auch ein zweites Mal „ich liebe dich" gesagt hatte, bevor sie dann eingeschlafen war. Er merkte, wie er lächelte.

„Bist du dir sicher, dass sie ja sagen wird?", fragte Chris leise.

Er grinste. „Ja."

„Nun, jetzt muss ich sie kennenlernen. Sie muss ja etwas wahnsinnig Besonderes sein."

„Das ist sie, das ist sie wirklich." Und dann erzählte er ihr von Steph Moores vielen guten Eigenschaften.

STEPH WAR VORAUSSCHAUEND GENUG, fürs Mittagessen mit Dave im Garner's Sports Bar & Grill am nächsten Tag einen

Tisch in einer hinteren Nische zu reservieren. Als er gestern Abend aus Brooklyn zurückgekommen war, hatte er angerufen, doch da war sie bereits im Schlafanzug gewesen und erschöpft vom Feiern am vorigen Abend. Da sie wusste, dass sie die wichtige Unterhaltung führen mussten, hatte sie ihn auf heute vertröstet. Sie wollte, dass diese Beziehung funktionierte, wollte sehen, wohin die Dinge führen könnten. Sie war, was Beziehungen anging, ein wenig eingerostet, doch sie wusste, dass Jaz recht hatte – Ehrlichkeit war das Wichtigste. Den Morgen über war sie mögliche Wege durchgegangen, wie sie ihm das mitteilen konnte, doch es gab nicht wirklich eine gute Art, einem festen Freund zu sagen, dass man noch einen Ehemann hatte. Vermutlich war das der Grund, weswegen sie das ganze Mittagessen über keinen Mucks über Griffin sagte.

„Du bist ja so furchtbar still", sagte Dave. „Alles in Ordnung?" Er schob den Rest ihres geteilten Applepie-Desserts in ihre Richtung. „Lass es uns teilen. Pi geteilt durch zwei heißt, du bist die eine." Er grinste und wackelte mit den Brauen.

Wieder ein Mathe-Scherz. Er meinte damit, dass, wenn man die Zahl Pi durch zwei teilte, das 1 ergab. Sie schüttelte den Kopf, und ein Lächeln zupfte an ihren Lippen. „Diese Pi-Witze werden nie langweilig."

Er lächelte. Deswegen bestelle ich ja auch immer so gerne Pie."

„Ich bin satt. Iss du ihn."

Sie sah zu, wie er aß, und versuchte, die Nervosität in ihrem Magen zu beruhigen. Sie musste es einfach sagen. Dave würde es verstehen. Hoffentlich.

Sie atmete einmal tief ein. „Dave, wir müssen reden."

Er richtete sich auf. „Das klingt aber ominös."

„Nein … es ist … Ich weiß nicht." Sie stieß einen Atem aus, plötzlich fehlten ihr die Worte. Wie sagte man dem Mann, den man liebte, dass man noch verheiratet war?

Er legte die Gabel ab. „Du machst mich nervös. Willst du mit mir Schluss machen?"

Ein hysterisches Lachen entkam ihr. „Nein!"

Er lehnte sich in seinem Sitz zurück. „Gut. Denn nach all den Liebesschwüren …" Er deutete zwischen ihnen beiden hin und her.

„Ja, nicht wahr?" Sie lachte etwas verrückt und zwang dann ihren Mund zu.

Dann wurde er wieder ernst und beugte sich über den Tisch, um sie zu mustern. „Das freut mich."

„Tut mir leid. Ich meine, ich mich auch." Sie lachte schallend. „Es tut mir leid. Das ist gar nicht lustig." Sie zwang sich, nicht mehr so irre zu lächeln. „Es ist nur einfach so schwierig, darüber zu reden."

Er nahm ihre Hand. „Steph, ich liebe dich." Sein Daumen strich in kleinen Kreisen über ihre Handfläche und erwärmte sie. „Du kannst mir alles erzählen."

Er war so verdammt süß, und sie würde jetzt alles ruinieren. Ihr war schlecht. „Oh, Gott …"

Er drückte ihre Hand. „Alles okay. Sag es einfach."

„Ich bin verheiratet", platzte sie heraus und fügte dann eilig hinzu, „ich habe die Scheidung eingereicht, als ich dich kennengelernt habe, aber Griffin hat die Papiere noch nicht unterschrieben."

Seine Augen wurden größer. Er ließ ihre Hand los und lehnte sich vom Tisch zurück, als wollte er vor ihren Worten davonkommen. „Du bist *verheiratet*?"

Sie verzog das Gesicht. „Nur offiziell. Wir sind fast die ganzen fünf Jahre getrennt gewesen."

Schmerz wusch über sein Gesicht, und sie spürte es wie einen Dolchstoß in ihr Herz. Es gefiel ihr nicht, dass sie für diesen Blick verantwortlich war.

Er starrte auf den Tisch. „Offiziell verheiratet heißt immer noch verheiratet."

„Es ist aber keine richtige Ehe", sagte sie. „Es ist vorbei."

Er sah sie immer noch nicht an. „Du hast doch gesagt, du liebst mich", sagte er leise.

Ihr Herz zuckte schmerzhaft. „Das tue ich auch."

„Ich hatte vor … Ich dachte …" Mit einem harten Blick sah er ihr in die Augen. „Ich bin ja so blöd." Sein Gesicht wurde vor Zorn rot. „Und wann hattest du vor, mir das zu erzählen?"

„Ich weiß nicht." Ihre Hände flatterten hilflos durch die Luft. „Jetzt, schätze ich. Sobald es so aussah, als könnten wir wirklich eine Zukunft haben."

„Sie ist verheiratet", murmelte er vor sich hin. „*Verheiratet.*" Er nahm seine Brille ab und kniff sich in die Nasenwurzel. So blieb er eine lange Weile.

„Dave? Ich wollte nur, dass du es weißt. Ehrlichkeit ist wichtig."

Er grunzte.

„Wir können immer noch zusammen sein."

Endlich setzte er seine Brille wieder auf und sah ihr in die Augen. „Nun, das weiß ich nicht so recht." Er atmete kräftig aus. „Ich wünschte, du wärst von Anfang an ehrlich gewesen."

„Ich weiß. Ich hätte definitiv offener damit umgehen müssen."

Nur hasste sie Konfrontationen. Sie wusste, dass sie daran arbeiten musste, doch die Jahre, in denen sie für ihre alleinerziehende Mom versucht hatte, das unproblematische Kind zu sein, das nie Schwierigkeiten machte, hatten sie geprägt. Mit ihrem jüngeren Bruder hatte ihre Mom viel zu tun gehabt. Selbst bei der Arbeit schickte Steph ein Kind, das sich in ihrem Klassenraum aufführte, direkt zum Direktor, anstatt es für sein Verhalten zur Rede zu stellen.

Er rieb sich den Nacken. „Lässt du dich wirklich scheiden?"

„Ja. Sobald ich es arrangieren kann."

Er starrte auf den Tisch. „Allmählich bekomme ich ein

wirklich schlechtes Gefühl bei der Sache. Dein Mann wird nicht hier auftauchen und mir in den Hintern treten, oder doch?"

Sie lachte viel zu heftig. „Auf keinen Fall! Ich habe seit fünf Jahren keinen Mucks von ihm gehört! Auf keinen Fall wird er für dich eine Bedrohung sein."

Seine Lippen formten eine flache Linie. „Okay! Es gefällt mir nicht, aber ..." Er fuhr sich mit einer Hand durchs Haar und hinterließ ein zerzaustes Durcheinander. „Ich muss einige Zeit darüber nachdenken."

„Okay! Nimm dir so viel Zeit, wie du brauchst."

Er nickte. „Wollen wir gehen?"

„Klar."

Dave ließ ein paar Scheine auf dem Tisch zurück und fuhr sie nach Hause. Er war so still, was sie beunruhigte. Vielleicht stand er unter Schock. Wie immer parkte er und begleitete sie zur Haustür. Sie gab ihm einen kurzen Abschiedskuss und fragte sich, ob das ihr letzter sein würde.

„Bis bald", sagte sie.

„Ja", sagte er verkrampft, dann wandte er sich zum Gehen.

Sie schloss ihre Wohnung auf und war wütend auf sich, weil sie so lange damit gewartet hatte, Dave die Wahrheit zu erzählen, doch auch wütend auf Griffin, weil er diese verdammten Scheidungspapiere nicht unterschrieben hatte. Sie gab die Nummer von Griffs Manager, Bill, in ihr Handy ein. *Wieder* erreichte sie nur die Mailbox und hinterließ eine Nachricht. „Stephanie Moore-Huntley hier, Griffins *Ehefrau*. Sagen Sie ihm, dass, wenn er nicht gleich diese Scheidungspapiere unterschreibt, ich rückwirkend Unterhaltszahlungen von ihm verlange und ihm alles nehme!"

3

Griffin gähnte und streckte sich, während er langsam von dem Geräusch seines klingelnden Handys wach wurde. Er hätte es ja ignoriert, aber der Klingelton, Joan Jetts „I love Rock'n'Roll", bedeutete, dass es sein Manager war, Bill. Diese Anrufe hätte er auf eigene Gefahr ignoriert. Er setzte sich auf und störte damit die nackte Frau an seiner Seite, die sich die langen blonden Haare aus dem Gesicht schob und ihm ein verführerisches Lächeln zuwarf. Er erwiderte es mit einem langsamen, sexy Lächeln. Wie hieß sie noch gleich? Jennifer. Nein, Jillian. Erica?

„Ich treffe dich dann am Pool, Liebes", sagte er, dann nahm er den Anruf entgegen. „Was ist los?"

Er sah der Frau hinterher, die nackt und mit schwingenden Hüften den Raum verließ, was für ein süßer Hintern. Sie sah über ihre Schulter, erwischte ihn dabei, wie er schaute, und warf ihm einen Kuss zu. Bill erzählte irgendetwas von Ticketverkauf, doch Griff konnte nur daran denken, warum zum Teufel er diese wunderschöne Frau aus seinem Bett gejagt hatte. Tanya. Das war's. Tanya.

Sie verschwand aus seinem Blickfeld. Er ging nackt ins Bad, um zu pinkeln, das Handy noch am Ohr, während Bill über die Verkaufszahlen des letzten Albums seiner Band sprach, Griffs Finanzen und die Europatour. Bla, bla, bla. Griff hatte einen Manager, damit er sich mit diesem ganzen Geschäftskram nicht abgeben musste. Ihm ging es nur um die Musik. Auch der Lifestyle war nicht zu verachten.

Er legte das Handy auf den Waschtisch und machte sich erst gar nicht die Mühe, den Lautsprecher anzustellen oder Bill zu sagen, dass er kurz warten solle. Der Mann würde einfach weiterreden, bis er nichts mehr zu sagen hatte. Dann würde Griff okay sagen, und sie würden sich wieder an ihre jeweilige Arbeit machen. Er kümmerte sich um sein Geschäft, wusch sich die Hände und betrachtete sein Bild im Spiegel. Die Tränensäcke unter seinen Augen, die dunklen Ringe zeigten seine Müdigkeit, und die Falten auf seiner Stirn wurden tiefer. Verdammt, es war ätzend, alt zu werden. Er war fünfunddreißig, war *endlich* mit dreißig mit seiner Band Twisted Star groß rausgekommen, doch die langen Nächte und das ständige Feiern holten ihn ein.

Er nahm sein Handy – Bill war gerade bei irgendeiner rechtlichen Komplikation mit Griffs Anwalt, Paulie D – nahm sich eine frische Unterhose, zog sie an und ging dann in die Küche, um sich Wasser und die gefrorenen Teebeutel zu holen, die er gegen die Tränensäcke unter seinen Augen benutzte. Als er Stephanie erwähnte, blieb er stehen.

„Was war das mit Stephanie?", fragte er.

Bill atmete vernehmlich aus. „Hast du überhaupt zugehört? Ich habe dich pinkeln gehört."

„Ja, ja, ich habe zugehört. Ich war mir nur nicht sicher, ob ich den Teil über Steph richtig gehört habe."

„Sie hat mehrere Nachrichten hinterlassen, und ich weiß, dass du keine Scheidung willst –"

„Weswegen sprechen wir dann von ihr?" Griff mochte es, eine Frau zu haben. Es half ihm, Frauen abzuweisen, die etwas Festes suchten. *Es tut mir so leid. Kann nicht. Ich bin verheiratet.*

„Dieses Mal klang sie, als meinte sie es wirklich ernst. Sie hat gedroht, dich rückwirkend auf Unterhalt zu verklagen. Um, ich zitiere: ‚ihm alles zu nehmen.'"

„Das ist merkwürdig." Er nahm sich eine Flasche Perrier aus dem Kühlschrank und drehte den Deckel auf. Es sah Steph gar nicht ähnlich, auf Geld aus zu sein. Was versuchte sie wirklich zu sagen? Vermisste sie ihn? In letzter Zeit, als er wieder in Connecticut gewesen war, hatte er an sie denken müssen, sich gefragt, wie es ihr wohl ging. Manchmal, an einem der seltenen Abende, an denen er allein zu Hause war, fragte er sich, wie sein Leben verlaufen wäre, wenn er geblieben wäre. Wenn er immer noch Gitarrenlehrer wäre. Vermutlich hätten sie einen Haufen Kinder und würden kaum über die Runden kommen. Steph hatte immer Kinder gewollt. Er nicht. Er wusste, wie es war, arm aufzuwachsen, wenn der Strom abgestellt wurde, weil seine alleinerziehende Mom mit dem Gehalt einer Sekretärin die Rechnung nicht zahlen konnte. Auch sein Dad war Musiker, einer, den man nirgendwo festnageln konnte. Wie der Vater, so der Sohn.

Er nahm einen langen Schluck und sah, wie die Blondine, die am Pool lag, sich umdrehte, sich oben ohne sonnte. Gretchen? Hatte sie einen Akzent? Er konnte sich nicht erinnern.

„Hörst du mir überhaupt zu?", verlangte Bill zu wissen.

„Mmm", murmelte er unverbindlich. Er holte die gefrorenen Teebeutel heraus und ging zum langen, weißen Ecksofa.

„Ich sagte, triff dich mit Stephanie. Finde heraus, was für eine Laus ihr über die Leber gelaufen ist. Stell sicher, dass wir hier kein Geldproblem haben."

Er streckte sich auf dem Sofa aus und legte die Beutel auf seine Augen. „Warum muss ich sie treffen? Warten wir doch einfach, bis sie gerichtlich vorgeht und schicken ihr dann Paulie D auf den Hals. Er wird sich um alles kümmern."

„Darf ich ehrlich sein, Griff?"

„Klar."

„Du brauchst die Publicity. So einfach ist das. Ich habe Mandy angerufen. Du nimmst heute Abend den Jet. Ich habe auch Wagen für euch beide arrangiert. Wir brauchen Fotos von dir mit deiner geheimen Frau. Es wird dir nicht wehtun und, glaub mir, das Geheimnis deiner lange verlorenen Frau wird dir nur helfen."

Griff ächzte. Mandy arbeitete für ein schäbiges Magazin, den *Stars Chronicle*, und hatte immer schmeichelhaft über ihn berichtet. Sie waren befreundet. Und er hatte auch nichts dagegen, Steph wiederzusehen. Ihre kurze gemeinsame Zeit war die einzige Zeit in seinem Leben gewesen, in der er das Gefühl gehabt hatte, wirklich Teil einer Familie zu sein – sie beide und ihr jüngerer Bruder, Joey. Sie hatten zusammenge-wohnt, ehe er auf seine erste Tour gegangen war. Er lächelte, als er an Joey dachte. Süßes Kind. Vielleicht konnte er auch einen Besuch bei ihm hineinquetschen. Es war jetzt schon ein Jahr her, seitdem er ihn gesehen hatte.

„Ja, sicher", sagte Griff. „Ich freue mich darauf."

„Das tust du? Großartig!" Bill stieß einen Atem aus, murmelte etwas vor sich hin, dann sagte er lauter: „Ich wusste doch, dass du dich fängst, wenn es wirklich darauf ankommt. Du hast bis Samstag; dann brauchen wir dich hier für die *Bridgette Show* zurück."

Sie hatten einen Auftritt bei der beliebten Late-Night-Show „Kein Problem."

„Das ist mein Junge."

Griff legte auf und ging zum Pool. „Hey, Hübsche, ich muss die Stadt verlassen. Ich rufe dich an, okay?"

Die Frau stand auf und nahm sich ihr Bikinioberteil. „Ich werde am Telefon darauf warten", sagte sie trocken und ohne Akzent.

„Michaela!", sagte er triumphierend. Ihre Augen blitzten, und ihm wurde gleich klar, dass er das für sich hätte behalten sollen.

„Ich heiße Taylor, Arschloch." Sie machte auf dem Absatz kehrt und marschierte zum Haus.

„Pass auf, dass dir die Tür auf deinem Weg nach draußen nicht in den hübschen Hintern fällt, Taylor!", rief er hinter ihr her.

Sie zeigte ihm einen Vogel und ging.

Er zog seine Unterhose aus und tauchte in das kristallblaue Wasser, dabei dachte er an seine junge Braut, Steph, und fühlte sich bereits selbst jünger.

STEPH SCHLEPPTE sich am nächsten Tag an der Clover Park Elementary School durch die Arbeit. Sie hatte die ganze Nacht nicht geschlafen. Sie fürchtete, es könnte mit Dave vorbei sein, bevor sie wirklich richtig eine Chance gehabt hatten. Nicht weiter überraschend hatte sie von Griffin nichts gehört.

„Es ist mir ganz egal, wie traurig du bist, du brauchst trotzdem deinen Schlaf", sagte Amber gerade, als sie am Ende des Tages zum Ausgang gingen. In der Lehrerkantine hatte sie Amber beim Mittagessen auf den neuesten Stand gebracht. Ihre Freundin unterrichtete Kunst. „Du musst auf dich achtgeben. Sonst bringe ich dich heute Nacht ins Bett." Sie hielt inne und neigte ihren Kopf zur Seite. „Moment mal. Das klang irgendwie nicht richtig."

Steph lächelte schwach.

Amber öffnete die Tür und blieb abrupt stehen. „Ähm, Steph, da steht eine Limousine. Du glaubst doch nicht –"

Steph drängte sich an Amber vorbei und starrte. Neben dem Meer von Minivans sah die Stretchlimousine auf dem Parkplatz der Clover Park Elementary irgendwie fehl am Platz aus. Ihr Magen sackte tiefer. „Nein", murmelte sie wie einen Fluch.

Die hintere Tür der Limousine öffnete sich – schwarze

Converse, gefolgt von langen Beinen in schwarzem Leder, eine schwarze Lederjacke, schwarze Pilotenbrille. Diese Haare, dieselben wunderschönen dicken, welligen, dunklen Haare. Sie hatte ihn immer um seine Haare beneidet.

„Oh mein Gott, das ist Griffin Huntley!", kreischte Amber.

Stephs Kopf ruckte herum, und sie starrte ihre ansonsten unbekümmerte, ausgeglichene Freundin an.

Amber zuckte die Schultern. „Ist mir einfach so rausgerutscht. Ich habe noch nie einen Star von Nahem gesehen." Sie senkte ihre Stimme zu einem gehauchten Flüstern. „Er kommt her."

Steph drehte sich um, als Griff selbstbewusst herbeigeschlendert kam. Er lächelte und entblößte blendend weiße Zähne. Da hatte wohl jemand einen Zahnarzt in Hollywood aufgesucht. Sie erwiderte das Lächeln nicht.

Er umarmte sie dennoch. „Schön, dich wiederzusehen, Steph."

„Was machst du hier?", verlangte sie zu wissen.

Amber stupste sie mit dem Ellbogen an und sagte leise: „Stell uns einander vor."

„Das ist meine Freundin Amber", sagte Steph automatisch. „Amber, Griffin."

Amber wurde ganz schüchtern. „Hi! Mir gefällt deine Musik."

Griff schob seinen Körper Richtung Amber und warf ihrer Freundin ein langsames, sexy Lächeln zu. „Danke. Es ist immer schön, einen Fan zu treffen. Und mir gefallen die pinkfarbenen Strähnen." Er zeigte auf ihre Haare.

Amber nickte und lächelte, nickte und lächelte. Sie sah wie eine Puppe mit Wackelkopf aus.

Steph wedelte mit einer Hand vor Griffs Gesicht. Er brauchte immer ein Publikum. Langsam nahm er seine Sonnenbrille ab, blinzelte und wandte sich mit diesen haselnussbraunen Augen, die aussahen wie ihre, zu ihr um. Ihre

Kehle verengte sich. Sie hatte immer geglaubt, ihre Kinder würden haselnussfarbene Augen bekommen.

Er schenkte ihr dasselbe sexy Lächeln, das sie verzaubern sollte.

Sie war seinem Charme gegenüber schon lange immun. „Ich hoffe, du bist hier, um die Scheidungspapiere zu unterzeichnen."

„Ist das eine Art, deinen Ehemann zu begrüßen?" Er schaute nach, wie Amber auf dieses verwirrende Ereignis reagierte.

Amber trat einen Schritt zurück. „Ich sollte jetzt besser gehen. Ruf mich an, wenn du etwas brauchst, Steph."

Steph nickte.

Griff flüsterte seidig. „Wollen wir gehen?" Er deutete auf die Limousine.

Sie rührte sich nicht. „Hast du die unterschriebenen Papiere?"

„Ich möchte erst mit dir darüber reden. Komm schon, Steph, Schenk mir nur etwas Zeit. Ich kann dich nach Hause fahren."

„Mein Wagen steht hier."

„Dann fahre ich dir zu deiner Wohnung hinterher."

Sie stand einen Moment lang da, und ihr fielen die neugierigen Blicke ihrer Kollegen und der Eltern auf, als die zu ihren Autos gingen. „Na schön."

Sie stieg in ihren sonnengelben VW Beetle und fuhr die kurze Strecke nach Hause. Was um alles in der Welt konnte Giff nach all diesen Jahren zu besprechen haben? Und warum hatte er persönlich kommen müssen? Sie wusste genau, warum sie sich, als sie in den Zwanzigern war – Hallo, Hormone! –, in ihn verliebt hatte, doch jetzt, mit zweiunddreißig, hatten sich ihre Prioritäten geändert. Es ging nicht mehr nur um umwerfendes Haar und einen Mordskörper. Sie wollte mehr – Stabilität, Treue, Kinder. Sie hatte immer

Kinder gewollt. Die Art Leben war eine Sache, von der sie wusste, dass sie es bei Dave bekommen würde.

Bei ihrem ersten Date war Dave mit ihr in ein Teppanyaki-Restaurant zum Abendessen gegangen. Sie hatten mit zwei Familien um die Teppan-Grillplatte herumgesessen und einen Mordsspaß dabei gehabt, zuzusehen, wie der Koch mit allen möglichen Tricks, wie zum Beispiel einem flammenden Vulkan aus Zwiebeln, Garnelenschalen in seiner Kochmütze auffangen und Gurkenstückchen von seinem Pfannenwender geradewegs in Daves Mund zu katapultieren, ihr Abendessen zubereitet hatte. Die Tatsache, dass er sie für ihr erstes Date in ein familienfreundliches Lokal geführt hatte, sprach an sich schon Bände, doch danach hatte er sie nach Hause gefahren, und sie waren noch durch die Straßen von Clover Park spaziert. Es war Sommer gewesen, und viele Leute waren noch draußen – führten ihre Hunde Gassi, hingen einfach auf ihrer vorderen Veranda herum. Kinder fuhren Fahrrad und jagten Glühwürmchen. Dave hatte sich zu ihr umgedreht und gesagt: „Das muss ein großartiger Ort sein, um eine Familie großzuziehen."

Auch sie hatte das gedacht, als sie vor einigen Jahren in die Stadt gezogen war. „Wird wohl. Vermisst du denn das Leben in der City nicht?"

„Das macht Spaß, wenn man noch jünger ist", erwiderte er. „Natürlich gibt es da immer etwas, was man unternehmen kann. Aber wenn ich verheiratet wäre und Kinder hätte, würde ich sie gerne in einer Kleinstadt wie dieser großziehen."

„Ich auch." Sie hatten einander angelächelt, und etwas an dem zärtlichen Blick in seinen Augen hatte ihr gesagt, dass es bei ihnen passieren könnte. Und zum ersten Mal seit langer Zeit war sie hoffnungsvoll, was die Zukunft anging.

Jetzt parkte sie vor ihrem Haus und bemerkte eine schwarze Limousine mit verdunkelten Scheiben, die gegenüber stand. Sie sah nicht aus wie das Auto einer ihrer Nachbarn. Griffs Limousine hielt hinter ihr an. Sie wartete, bis er ausstieg.

„Ein Freund von dir?", fragte sie und zeigte auf die andere Straßenseite.

Er zuckte die Schultern. „Ich kenne in Clover Park niemanden außer dir."

Sie versuchte, durch die Windschutzscheibe des fremden Wagens zu sehen, konnte aber niemanden erkennen. Dann drehte sie sich um und ging zur Haustür, schloss sie auf. Sie ging ihm die Treppen zu ihrer Wohnung voraus und war sich sicher, dass er sich ihren Hintern ansah. Wenigstens war sie mit ihrem Rock anständig gekleidet. Sie starrte ihn über die Schulter finster an, als sie ihn dabei erwischte, dass er *genau* das tat, was sie erwartet hatte.

„Was?", fragte er mit unschuldiger Stimme. Doch seine Augen funkelten verschlagen.

„Du weißt, was."

Er schmunzelte. Sie ließ ihn eintreten und setzte sich ans Ende des Sofas, drückte ein Kissen an ihre Brust und wartete, dass er redete. Er ließ sich Zeit, schälte sich aus seiner Lederjacke und enthüllte ein enganliegendes schwarzes T-Shirt. Seine muskulösen Arme waren voller Tattoos. Als sie ihn gekannt hatte, hatte er nur ein Tattoo gehabt – ein Herz auf seinem Bizeps, in dem ihr Name stand. Sie sah nach. Es war noch da.

„Ich hätte gedacht, dass du dir das entfernen lässt", sagte sie und zeigte auf ihren Namen.

Langsam betrachtete er sie von ihren Haaren bis zu ihrer Brust, die vom Kissen bedeckt war, und hinunter über ihre Beine. Ihr Zorn nahm zu, als sein Blick langsam wieder hinauf wanderte und an ihrem Mund hängen blieb, bevor er zu ihren Augen zuckte. „Warum sollte ich das tun? Du bist meine Ehefrau."

„Ach, und wie passt das zu deinen Groupies?", blaffte sie.

Er ließ sich Zeit bei der Antwort. Sie sah zu, während er

es sich auf ihrem Sofa bequem machte. Ihr Kater, Loki, zischte und sprang vom Sofa, dann marschierte er aus dem Zimmer.

Er breitete seine Arme über die Kissen aus und nahm den ganzen Raum ein. „Es hält alle, die ich von mir fernhalten möchte, wirklich fern. Meine lange verlorene Frau, der immer noch mein Herz gehört." Er klopfte auf das Kissen neben sich. „Komm her."

„Nein."

„Komm schon, Steph. Ich beiße dich nur, wenn du ganz lieb darum bittest."

Sie warf das Kissen auf ihn. Er lachte und rutschte neben sie.

„Wie ist es dir so ergangen, Darling?", schnurrte er, streichelte eine Locke ihres Haares, und seine warmen Finger legten sich an ihren Hals.

Sie zog ihr Haar zurück. „Diesen Scheiß kannst du dir bei mir sparen. Das hier ist keine Verführungsszene. Ich bin keins von deinen Groupies. Ich –"

„Das stimmt, Stephanie Moore-Huntley, du bist meine Frau." Seine Stimme war leise und rau, und sie weigerte sich, sich wieder davon verlocken zu lassen.

Sie stieß einen genervten Atem aus. „Griff, ich habe jemanden kennengelernt. Ich muss wieder Single sein. Es gefällt ihm nicht, dass ich noch verheiratet bin."

Er streckte seine in Leder steckenden Beine aus. „Klingt nach einem konservativen Streber."

„Ist er nicht. Dave ist wundervoll. So süß. Der perfekte Gentleman." Sie merkte, wie sie bei dem Gedanken an Dave lächelte.

Griff sah sie ungläubig an. „Du erwartest also, dass ich einfach beiseitetrete und zulasse, dass dieser Idiot meinen Platz einnimmt."

„Hör auf, ihn so zu nennen. Er behandelt mich richtig. Ich liebe ihn."

Griff setzte sich aufrechter hin. „Du meinst es ernst, stimmt's?"

„Ja!"

Denkt er, diese ganze Scheidungssache ist ein Spiel, um seine Aufmerksamkeit zu bekommen?

Er sah verletzt aus. „Und ich bin hergekommen in der Hoffnung, dass wir noch eine Chance hätten."

Am liebsten hätte sie ihn am Haar gepackt und geschüttelt. „Wir haben seit *fünf* Jahren nicht zusammengelebt."

„Ist das schon so lange her? Puh." Er starrte in die Ferne und dachte so angestrengt nach, wie sein Erbsenhirn es zuließ. „Ich möchte ihn kennenlernen."

Sie verengte die Augen. „Warum?"

„Ich möchte den Mann kennenlernen, der meinen Platz einnimmt."

„Das ist lächerlich."

„Ich habe bis Samstag, dann muss ich für einen Auftritt zurück nach L.A. Sag Dave, dass ich ihn kennenlernen möchte, und ich unterschreibe die Papiere." Er lächelte süffisant.

Sie konnte sich kaum zurückhalten, ihm dieses arrogante Lächeln aus dem Gesicht zu schlagen. „Hast du die Papiere dabei?"

„Nee. Die sind bei Paulie D in L.A."

Das war sein Anwalt. Das hieß, er würde erst nach seiner Abreise unterschreiben. Sie würde ihn beim Wort nehmen müssen, dass er es dann tun würde. Doch welche Wahl hatte sie schon? Sie musste schließlich ihr Leben weiterleben.

„Na schön", blaffte sie. Sie griff nach ihrer Handtasche auf dem Boden, holte ihr Handy heraus und wählte Daves Nummer. Gott sei Dank erreichte sie ihn selbst und nicht seine Mailbox. Sie sprach schnell. „Hi, Steph hier. Sei nicht wütend, aber Griffin ist heute aufgetaucht. Ich hatte keine Ahnung, dass er kommen würde."

„Hi, Dave!", rief Griffin fröhlich.

Steph hielt Griffin den Mund mit ihrer Hand zu, und er ließ seine Zunge vorschnellen. Rasch nahm sie ihre Hand herunter und warf ihm einen Todesblick zu. „Er sagt, er möchte dich kennenlernen, bevor er die Scheidungspapiere unterschreibt. Könntest du *bitte* herkommen? Da wäre ich dir sehr, sehr dankbar!" Sie hielt den Atem an. „Okay! Bye."

„Was hat er gesagt?", fragte Griffin.

„Er kommt gleich her."

Griff rieb sich in Vorfreude die Hände. „Gut. Und was jetzt?"

„Was meinst du damit?"

„Was machen wir, bis er da ist?" Er schenkte ihr ein langsames, sexy Lächeln, das sie wütend machte.

„Du solltest einfach nur dasitzen und darüber nachdenken, dass du Dave mit dem Respekt behandelst, den er verdient. Ich rufe jetzt eine Freundin an. Und du gehst nicht an den Türdrücker. Das mache ich." Sie ging ins Schlafzimmer.

„Ich liebe es, wenn du den Boss raushängen lässt, Weib!", rief er.

Als sie über ihre Schulter blickte, schrieb er eine Nachricht. Vermutlich an eine aus seinem Harem. Sie knallte die Schlafzimmertür hinter sich zu. Sie hörte ihn leise lachen und ächzte wütend. Für ihn mochte das alles ein Spiel sein, aber sie meinte es ernst, und sie wollte verdammt sein, wenn sie zuließe, dass er ihr Leben auf den Kopf stellte.

Sie wollte gerade Amber anrufen — Jaz wäre sicherlich noch dabei, Tanzen zu unterrichten — als ihr Blick auf das gerahmte Bild von ihr und ihrem jüngeren Bruder Joey auf dem Nachttisch fiel. Sie nahm sich das Bild, ließ sich auf dem Bett sinken und starrte auf ihren fröhlichen Bruder. Joey war achtundzwanzig und litt unter Down Syndrom. Er wohnte in Horizon Village, einer privaten Wohngemeinschaft für junge Erwachsene mit Down Syndrom. Es gefiel ihm da, und er sprach oft stolz von seinem Job, bei dem er Hotelzimmer aufräumte, und den Abenden, wenn er für das Abendessen in seiner Wohngruppe zuständig war (mithilfe der Hausmutter).

Griff war es, der dafür bezahlte.

Joey war der einzige Grund, weswegen sie so lange die Hoffnung gehegt hatte, Griff könnte sie immer noch lieben, könnte immer noch zu ihr zurückkehren. Nicht nur bezahlte Griff für diese Unterbringung, sondern bei jeder Wohltätigkeitsveranstaltung, bei der er mitwirkte, schickte er seine gesamten Einkünfte an das Horizon Village. Sie hatte ihn nie um irgendetwas davon gebeten.

Kurz, nachdem sie Griff geheiratet hatte, hatte ihre Mutter ihren langen Kampf gegen den Brustkrebs verloren. Sie hatte so den Verdacht, dass ihre Mom lange genug hatte durchhalten wollen, um zu sehen, wie ihre Tochter heiratete. Ihr Dad war direkt nach Joeys Geburt abgehauen, er hatte nicht damit umgehen können, einen Sohn mit besonderen Bedürfnissen zu haben. Also hatte sich Steph um Joey kümmern müssen. Ihre Mom hatte oft vom Horizon Village als eine Möglichkeit für Joey gesprochen, als unabhängiger Erwachsener leben, und für Steph, ihr eigenes Leben führen zu können. Als ihre Mom krank wurde, setzte sie Joey auf eine lange Warteliste für eine Unterbringung.

In der Zwischenzeit hatte Joey in den ersten Monaten ihrer Ehe im Haus ihrer Mom bei ihr und Griff gewohnt. Dann hatte Griff diesen großen Plattenvertrag bekommen, und das erste, was er damit getan hatte, war, ihr einen Scheck für das erste Jahr von Joeys Unterbringung zu überreichen. Sie hatten ihren Bruder in sein neues Heim gebracht, und Steph hatte die nächsten drei Monate an Griffs Seite verbracht, als er auf Tournee war. Dann kam sein Musikvideo groß raus, seine Popularität explodierte, und er schickte Steph nach Hause, während er auf Welttournee ging. Er hatte gesagt, dass es ein enormer Stress wäre, und er wollte, dass sie sich zu Hause ausruhte. Er wollte, dass sie ihren Job wieder aufnahm, bevor sie ihn verlor, für den Fall, dass es mit seiner Rock'n'Roll Karriere nicht wirklich lief. Und er hatte regelmäßige Besuche versprochen.

Das war der Anfang vom Ende gewesen.

Sie hatte bei Griff vorsichtig sein müssen. Sie wusste, dass er die nächsten beiden Jahre für Joeys Unterbringung im Voraus mit den Gewinnen aus seinem Celebrity Poker-Turnier bezahlt hatte. Würde er die Unterbringung auch weiterhin aus Rücksichtnahme auf sie bezahlen? Wäre Joey traurig, wenn er zu ihr ziehen und die Leute, bei denen er sich so wohl fühlte, verlassen musste? Er hatte Freunde dort. Würde sie mit einem Leben klarkommen, in dem sie sich um ihren Bruder kümmerte, und immer noch ihr eigenes Leben führen können? Würde Dave ein Teil davon sein wollen?

Sie ließ ihren Kopf in ihre Hände sinken. Das spielte keine Rolle. Sie konnte jetzt nicht zurück, nur weil bestimmte Dinge eintreffen konnten. Sie würde damit klarkommen. Ihre Ehe war nicht real. Es war Zeit, sie zu beenden. Sie rief kurz Amber an, um sie zu informieren und sich selbst zu beruhigen. Kurz darauf hörte sie den Türdrücker, und ihr Herz raste. Dave war da.

DAVE FUHR wie ein Verrückter von Eastman aus, wo er gerade einen Zusatzkurs für seine Schüler nach der Schule beendet hatte. Er konnte es nicht fassen, welchen Einfluss dieser Typ Griffin noch über Steph hatte. Als hätte er nach einer fünfjährigen Trennung noch irgendwelche Rechte an ihr. Den Großteil der Nacht hatte er über Stephs schockierende Neuigkeit nachgegrübelt und sich daran erinnert, dass das überhaupt nicht wie bei Sherri war, das hier war eine richtige Trennung, und er hatte dennoch ein ungutes Gefühl dabei. Er war wirklich nicht glücklich über die Unehrlichkeit. Gab es noch andere Dinge, die sie vor ihm geheim gehalten hatte? Eine Beziehung konnte ohne Ehrlichkeit nicht funktionieren.

Aber, verdammt, als sie angerufen hatte und er das Flehen in ihrer Stimme gehört hatte, das beinahe nach Verzweiflung klang, hatte er gewusst, dass er zu ihr nach Hause fahren musste. Er hatte gemerkt, dass sie nicht allein mit Griffin sein wollte. Er würde hinfahren, weil sie ihn brauchte.

Verdammt, wem machte er eigentlich etwas vor? Er liebte sie. Er vermisste sie schon, nachdem sie einander nur einen Tag nicht gesehen hatten. Wenn er bei Steph vorbeiführe, würde er ihr damit helfen. Griffin würde die Scheidungspapiere unterzeichnen, und Steph wäre frei, ihr Leben zu leben. Mit ihm.

Dave fuhr bei ihr vor und parkte auf der Straße hinter einer Stretchlimousine. Eine prickelnde Unruhe durchfuhr ihn. War Stephs Ehemann Multimillionär? Er stieg aus seinem Ford Fusion und ging forsch die Stufen hinauf. Was sollte es schon, wenn ihr Ehemann reich war? Geld war nicht alles. Steph würde daran nichts liegen. Sie waren beide Lehrer. Sie verstand, dass das Unterrichten immaterielle Belohnungen bot, wie der Moment, wenn das Gesicht eines Schülers sich erhellte, weil er ein neues Konzept verstanden hatte. Diese Momente waren Gold wert.

Er drückte auf die Sprechanlage. „Ich bin's, Dave."

„Komm rein", sagte Steph und öffnete ihm die Haustür.

Er nahm zwei Stufen auf einmal, glättete sein Haar und klopfte.

Die Tür schwang auf. „Du warst aber schnell hier", sagte Steph.

„Kann sein, dass ich ein paar Mal die Geschwindigkeitsbeschränkung übertreten habe", gestand er. Normalerweise achtete er darauf, keine Verkehrsregeln zu brechen. Er hatte noch nie einen Strafzettel bekommen.

Sie küsste ihn auf die Wange. „Ich habe dich vermisst", flüsterte sie.

Seine Brust schmerzte. „Ich habe dich auch vermisst."

Eine Stimme meldete sich vom Sofa. „Aww … Ist das nicht süß?"

Dave marschierte hinein, um den Mann kennenzulernen, der zwischen ihm und seiner Frau stand. Der andere Mann erhob sich, er war fast so groß wie Dave, aber massiger. Der Typ hatte etwas Vertrautes an sich – das Leder, die Tätowierungen, die langen Haare. *Mist.*

„Sie sind Griffin Huntley", sagte Dave. Er wusste diese verstörende Tatsache nur, weil seine Schwester, Christina, ein Twisted Star Fan war. Chris ging zu all ihren Konzerten an der Ostküste. Sie hatte sogar wie eine Teenagerin ein Poster von Griffin in ihrem Schlafzimmer.

Griffin schenkte ihm ein Lächeln, das wenig warm wirkte. „Wie er leibt und lebt."

Dave drehte sich entsetzt zu Steph um. „Dein Ehemann ist ein verdammter Rockstar?"

Steph legte ihm eine Hand auf den Arm. „Ist doch keine große Sache."

„Und was machst du so?", fragte Griffin.

Dave richtete sich zu seiner ganzen Größe auf und sagte stolz: „Ich bin Mathelehrer."

Griffin hob eine Braue. „Sexy."

Dave sah rot. Was er tat war vielleicht nicht glamourös oder sexy, doch es war eine wichtige Tätigkeit, und Steph, die ebenfalls Lehrerin war, war die Frau, die er liebte. Wie konnte Griffin es wagen, sie beide wegen der von ihnen gewählten Profession niederzumachen? Dieser Typ konnte vermutlich nicht einmal eine Quadratwurzel von einem Binom unterscheiden.

Er stellte sich vor Griffins Gesicht. „Hast du ein Problem mit Lehrern? Denn, falls du es noch nicht bemerkt hast, Steph und ich sind beide Lehrer."

„Ich habe kein Problem mit Lehrern", schoss Griffin zurück. Er legte seine Hände an Daves Brust und gab ihm einen Schubser. „Ich habe ein Problem mit einem Typen, der sich an meine Frau ranmacht."

Dave schubste ihn zurück, doch Griffin rührte sich keinen Zentimeter. *Verdammt.* Er schwor sich, gleich am Wochenende anzufangen, Gewichte zu stemmen. „Dann gibt es ja kein Problem, denn sie ist gar nicht deine Frau."

„Vielleicht sollten wir das draußen besprechen", sagte Griffin mit herausforderndem Blick.

Steph trat zwischen sie. „Es reicht! Griff, jetzt hast du Dave kennengelernt und kannst also die Papiere unterschreiben. Ich verlange keinen Cent von dir."

Griffin musterte Dave. „Ich werde meine Frau nicht an einen Idioten wie dich verlieren."

„Sie verdient etwas Besseres als einen Playboy wie dich", spuckte Dave aus.

Er hatte Griffin auf zahlreichen Klatschmagazinen im Supermarkt mit Models in Bikinis gesehen. Steph war schöner als jede von ihnen. Dieser Typ war ein vollkommener und totaler Trottel, weil er nicht sah, was er an Steph hatte. Außerdem war sie klug und nett, was ebenfalls wichtig für jemanden war, der einen Partner und nicht nur einen Fick-Kumpel suchte, obwohl er für Steph beides sein wollte. Und zwar sehr. *Verdammt.* Warum hatte Griffin auftauchen müssen, bevor Dave Steph ins Bett bekommen hatte? Er und seine dummen Moralvorstellungen. Was für eine Chance hatte er schon gegen einen berühmten Rockstar? Rockstars würden tun, was zum Teufel auch immer sie wollten, und damit durchkommen.

Er machte sich immer noch innerlich Vorwürfe, als Griffin direkt vor Daves Gesicht mit den Fingern schnippte. Dave sah ihm in die Augen und verzog das Gesicht.

Griffin verschränkte die Arme. „Ich sagte", sagte er gedehnt, „lasset die Spiele beginnen, Trottel."

Dave sträubten sich die Nackenhaare. Er war sehr kompetitiv und gewann sämtliche online Schach- und Scrabblespiele gegen die besten Spieler, die das Internet zu bieten hatte. „Lasset die verdammten Spiele beginnen!"

„Dave!", rief Steph.

Dave sah sie an und machte sich wieder daran, seinen Widersacher anzustarren. „Ich habe keine Angst vor dir." Bei männlichen Konfrontationen war es wichtig zu bluffen. Er hob sein Kinn, um auf seinen Gegner hinabzublicken. „Ich war Mathlet in der Highschool."

Griffin brach in Lachen aus.

Dave schubste ihn. Davon überrascht stolperte Griffin rückwärts.

„Dafür wirst du zahlen", sagte Griffin und stürzte sich auf Dave.

Dave flüchtete rasch hinters Sofa. Griffin sprang darüber, packte ihn, und sie fielen mit einem dumpfen Laut zu Boden.

„Griff!", schrie Steph. „Komm sofort von ihm runter!"

„Ahh", stöhnte Griffin und packte eine von Stephs Händen. Sie hatte beide Hände in seinen langen Haaren und zog ziemlich fest daran, wenn seine Augenlider, die sich zu merkwürdigen Schlitzen verzogen, ein Hinweis waren. Dank Stephs Griff in seinem Haar sprang er von Dave herunter.

„Beide raus!", sagte Steph und scheuchte sie zur Tür. „Hier drin ist eine lächerliche Menge Testosteron. Ich fasse es nicht, dass zwei erwachsene Männer sich so verhalten."

Griffin nahm seine Jacke. „Das hier ist noch nicht vorbei", sagte er zu Steph, dann ging er zur Tür.

Nachdem sich die Tür hinter Griffin geschlossen hatte, drehte Dave sich zu Steph um, um ihr sein männliches Gehabe zu erklären. „Ich kann nicht zulassen, dass er dich so behandelt."

Steph schüttelte den Kopf. „Geh einfach."

„Ich werde nicht aufgeben", sagte Dave verbissen. „Er verdient dich nicht." Er würde für die Frau, die er liebte, kämpfen. Und er würde gewinnen.

„Bye, Dave." Sie schob ihn zur Tür hinaus und schlug ihm die Tür vor der Nase zu.

Eine Minute stand er da und rechnete nach, welche Chancen er wohl darauf hatte, zurück in ihre Wohnung zu kommen, entschied, dass sie nicht gut standen, und ging hinunter. Gott sei Dank fuhr die Limousine gerade fort. Er brauchte Zeit, um sich einen Plan zurechtzulegen. Den romantischsten Haut-sie-von-den-Socken-Plan, bei dem es nicht um Geld oder Rockstar-Sexappeal ging.

Das sollte einfach werden, er hatte weder noch.

4

Steph fiel mit einem Tiefkühl-Abendessen für später aufs Sofa und war völlig entgeistert, dass die beiden Männer in ihrem Leben tatsächlich um sie kämpften. Erstens war die Tatsache, dass Griffin auch nur glaubte, eine Chance bei ihr zu haben, lächerlich. Seit Jahren keine Kommunikation, und dann plötzlich forderte er seine Rechte als Ehemann ein. Ha! Und Dave machte einen auf Höhlenmann und ging Griff an die Kehle, das war wirklich schockierend. Die ganze Zeit, in der sie ihn kannte, hatte sie noch nie gesehen, dass er sich grob oder wie ein Macho verhalten hatte. Er war immer der perfekte, gutherzige Gentleman gewesen. Was war nur in ihn gefahren?

Als sie Dave bei der staatlichen Lehrerkonferenz kennengelernt hatte, hatte er einen Workshop über mathematische Standards gehalten und wie man sie anwendet. Steph hatte es wichtig gefunden, an dem Workshop teilzunehmen, um ihre Fünftklässler auf Mittelstufen-Mathe vorzubereiten. Er war auf dem Podium anbetungswürdig gewesen in seinem marineblauen T-Shirt mit dem großen Pi vorne drauf. In dem Meer von Business-Casual Outfits war ihr das gleich aufgefallen. Und er war auch noch enthusiastisch und hatte beim Reden wild gestikuliert.

„Hi, ich bin Dave Olsen", hatte er mit einem Winken gesagt, „aber alle, die die Pubertät schon hinter sich haben, dürfen mich Dave nennen."

Sie kicherte. Ein Lehrerwitz. Der Rest der Lehrer hatte Dave nur ausdruckslos angestarrt.

„Danke", hatte Dave gesagt und auf sie gezeigt. „Ich werde in den nächsten neunzig Minuten hier sein."

Sie lächelte. Er erwiderte das Lächeln.

Dave räusperte sich. „Wie dem auch sei, ich habe gehört, es ist immer gut, einen Vortrag mit einem Witz zu beginnen, also, hier kommt er." Er hob seine Hände. „Warum ist das Huhn über die Möbiusschleife gelaufen?"

„Warum?", fragte ein Mann in der hinteren Reihe trocken.

„Um auf die andere Seite ..., ähm ..." Er kratzte sich am Kopf.

Schweigen. Steph lächelte.

Dave grinste. „Danke an die lächelnde Frau in der ersten Reihe." Er schwang seine Arme nach vorn. „Dann machen wir mal gleich mit Zahlenverbindungen weiter ..."

Nach dem Workshop war sie mit ein paar anderen unter dem Vorwand, ihm ein paar Fragen stellen zu wollen, zu ihm gegangen. Von Nahem gefiel ihr seine Größe, er war größer als sie, schlank mit breiten Schultern, die dunkelblauen Augen, die sie endlich hinter dieser schwarzgerahmten Brille sah, als sie fast dran war, mit ihm zu sprechen. Er war niedlich. Nerdig niedlich.

Endlich standen sie einander von Angesicht zu Angesicht gegenüber.

„Hey", sagte er. „Danke, dass Sie über meinen Scherz gelacht haben. Das waren ja alles Stoffel. Als würde niemand erwarten, dass Mathe auch Spaß machen kann." Bei der Bemerkung zogen sich seine Brauen komisch zusammen.

„Ich höre Sie", sagte sie lachend, obwohl sie nicht gerade

verrückt nach Mathe war. Sie war ihm dankbar dafür, dass er in einen typisch langen Tag voller trockener Workshops, die zum Einschlafen waren, etwas Licht gebracht hatte.

Er grinste, und seine blauen Augen funkelten hinter seiner Brille.

„Haben Sie einen Rat, wie ich Beweise einführe, um Fünftklässler auf die Mittelstufe vorzubereiten?", fragte sie.

„Dazu hätte ich sogar eine Menge zu sagen." Er sah auf seine Schuhe hinunter. „Möchten Sie, ähm, etwas zu Mittag essen, dann können wir, ähm, darüber reden?"

„Sehr gerne."

Er sah in ihre Augen und grinste. „Großartig! Wie heißen Sie?"

„Stephanie Moore."

Er schüttelte ihr die Hand und Wärme schoss bei seiner Berührung ihren Arm hinauf. Ihre Blicke begegneten sich, und sie hielten sie. Er hatte es auch gespürt. Die Chemie.

„Sehr erfreut, Sie kennenzulernen, Stephanie", sagte er mit rauer Stimme.

Auf Daves Vorschlag waren sie in ein Restaurant die Straße vom Hotel aus hinuntergegangen, wo sie sich eine etwas ruhigere Atmosphäre erhofften. Ihr Mittagessen war informativ gewesen. Dave stand zu seinem Wort und hatte tatsächlich viel zu sagen über Beweise und darüber, wie man Schüler auf die Mittelstufe vorbereitete. Sie mochte seinen Enthusiasmus für das Unterrichten. Dann stellte sie fest, dass sie im selben Schuldistrikt unterrichteten, was bedeutete, dass er nicht allzu weit weg von ihr wohnte. Sie wusste bereits, dass sie ihn wiedersehen wollte.

Sie griffen gleichzeitig nach der Rechnung, und beide wurden rot.

„Ich zahle", sagte Dave. „Als Wiedergutmachung dafür, dass du dir mein Gelaber angehört hast."

„Das war sehr lehrreich", sagte sie.

Einer seiner Mundwinkel hob sich. „Das bin eben ich."

Auf ihrem Weg zurück zum Konferenzhotel plauderten sie über die Tagung und die Workshops, an denen sie teilgenommen hatten, während Steph sich fragte, ob er sie wohl um ihre Telefonnummer bat.

Er hielt ihr die Hoteltür auf wie ein perfekter Gentleman. Sie wollten sich gerade schon den Massen für die Nachmittagsworkshops anschließen, als Steph etwas tat, das sie nie in ihrem Leben getan hatte. Sie bat ihn um eine Verabredung.

„Möchtest du am Wochenende etwas essen gehen?", fragte sie.

„Du-du bittest mich um eine Verabredung? Wow. Das wäre großartig!" Sein Lächeln reichte von einem Ohr bis zum anderen, und sie war froh, dass sie gefragt hatte. „Gib mir dein Handy. Ich speichere meine Nummer darin."

Als er es ihr zurückreichte, sah sie hinunter. Da stand: Lehrer Dave. Es gefiel ihr, dass er einfach nur er selbst war, ohne aufgesetzt zu sein, ohne etwas vorzutäuschen. Einfach ein süßer Typ, der Mathe liebte, der trug, was er wollte, der genau das ausdrückte, was er empfand, ohne sich hinter der Fassade eines Machotypen zu verstecken. Das war so erfrischend.

Als Dave jetzt so auf Augenhöhe mit Griffin gewesen war, war sie sich nicht mehr sicher, ob der wahre Dave gerade aus seinem Versteck herausgekommen war, oder ob er nur so getan hatte, als wäre er etwas, um sie zu beeindrucken. So oder so, sie wollte den süßen Dave zurück. Mit Griff hatte sie genug Testosteronüberschuss.

Sie nahm sich die Fernbedienung des Fernsehers und hielt inne. Was war das für ein Geräusch? Das klang, als sänge da jemand. Sie ging nach hinten in ihr Apartment zu ihrem Schlafzimmer. Ja, Gesang und Akustikgitarre. Sie hob das Rollo vor dem Fenster und starrte auf Griff hinunter, der zu ihr aufblickte. Sie hätte es wissen sollen, dass er nicht einfach so gehen würde. Er hatte nie auf das gehört, was sie wollte. Sie öffnete ihr Fenster. Er stand unter dem Bewegungsmelderlicht hinten, das so grell wie ein Spotlicht war. Es war ihr Lieblingslied von ihm – eine Ballade, „Once I Held You". Er lächelte, während er sang:

Du bist heiß wie ein Traum
Mädchen, was du mir antust
Mein Innerstes schmilzt wie Sahne.
Was du mir antust.

Einige andere Mieter kamen raus, um zuzuhören. Pete, ein Typ in den Zwanzigern, wackelte mit dem Kopf im Takt der Musik. Jemand in einem Kapuzenshirt stand neben Pete. Vielleicht seine Freundin? Es war schwierig, das zu sagen, aber von der Größe her war es eine Frau. Roberta und Pauline, Schwestern, die sich die Wohnung im Erdgeschoss teilten, sahen begeistert aus. Griff sang weiter, geradewegs in ihre Richtung, sein Herz in seinen Augen.

Du machst mich ganz,
Du vervollständigst mich.
Meine Seele, mein Herz ruft nach dir.
Wirst du antworten oder werde ich allein warten;
Einst habe ich dich gehalten, einst warst du mein.
Mädchen, was du mir antust.

Tränen brannten in ihren Augen. Verdammt sollten er und seine aufregende Musik sein. Das war das Lied, das er zwischen den Auftritten seiner ersten Tour für sie geschrieben hatte.

Er beendete den Song und rief mit Blick auf sein Publikum zu ihr hoch. „Dieses Lied wurde von meiner Frau, Steph, inspiriert."

Alle starrten zu ihr auf. Der Mann liebte es, Publikum zu haben.

Sie musste sich bemühen, ihr Herz ihm gegenüber zu verhärten. „Verzieh dich, Griff."

Dieses Mal sprach er sie direkt an und sah ihr geradewegs in die Augen. „Ich habe nie jemanden außer dir geliebt."

„Awww …", sagten Roberta und Pauline gleichzeitig.

Etwas rührte sich in Stephs Herz. Sie spürte die Wahrheit seiner Worte. Sie hatte ihn mal geliebt. Gab es noch einen kleinen Teil von dem Griff, den sie mal gekannt hatte, tief in ihm? Dem Mann, den sie geliebt hatte, bevor die Rock'n'Roll-Maschine ihn gefressen und als Star wieder ausgespuckt hatte?

Und dann, einfach so, verlor sie seine Aufmerksamkeit. Roberta und Pauline bestürmten ihn für Autogramme, die Griff nur allzu gern gab und dabei freundschaftlich mit ihnen plauderte. Er posierte für ein paar Fotos mit ihren Handy-kameras.

Da verschloss sich ihr Herz wieder für ihn. Sie hatte ein ganzes Jahr damit verschwendet, darauf zu warten, dass Griff zu ihr zurückkam, selbst als es immer mehr Beweise dafür gab, dass sie verlassen worden war. Und die Frauen, mit denen er zusammen gewesen war, sprengten die Klatschzeit-schriften, und sie hatte von ihm keinen Pieps gehört. Keine Reue, nicht einmal die Anständigkeit, seine Affären aus der Presse rauszuhalten. Das hatte sie vernichtet und beschämt. Endlich, zwei Jahre, nachdem er sie verlassen hatte, hatte sie es geschafft, einen neuen Job in Clover Park zu bekommen, war weggezogen aus der Stadt, in der jeder ihre und Griffs traurige Geschichte kannte, in eine Stadt, in der niemand sie überhaupt kannte. Sie hatte ihn nie erwähnt, war sogar so weit gegangen, ihre Haare abzuschneiden, um anders auszu-sehen, für den Fall, dass von der kurzen Zeit, als sie mit ihm im Rampenlicht gestanden hatte, alte Bilder von ihnen kursierten. (Als sie sich erst einmal wohlgefühlt hatte und in der Stadt kein Klatsch über sie kursierte, von dem sie etwas mitbekommen hätte, hatte sie ihre Haare wieder wachsen lassen. Sie hatte für sich ein neues Leben begonnen und sich geweigert zurückzublicken.

Und jetzt, fünf Jahre später, brachten die Scheidungspa-piere Griff endlich dazu festzustellen, dass er sie liebte Es war zu spät. Verdammt noch mal zu spät.

AM NÄCHSTEN TAG hatte Dave immer noch nichts Großartiges geplant, um Steph zu gewinnen. Vor lauter Verzweiflung hatte er am vorigen Abend nach „romantischen Dingen, die Männer tun können" gegoogelt und seine Schwester angerufen, beides war jedoch wenig hilfreich gewesen. Das Internet hatte nur Dinge wie Rosen, Schmuck und Schokolade ausgespuckt. Doch er trat in Konkurrenz zu einem Rockstar, also wusste er, dass es groß sein musste. Sein Telefonat mit Christina war ein vollkommenes Desaster gewesen. Sobald sie den Namen Griffin Huntley gehört hatte, war sie wie eine Weiterentwicklung von Geschwindigkeit gewesen – einfach nervtötende Beschleunigung, die in eine einzige Richtung raste. Ihre Unterhaltung lief so:

Chris: „Ich möchte ihn kennenlernen."

„Nein."

„Bitte."

„Nein."

„Bitte."

„Nein."

„Komm."

„Nein."

Nach mehreren dieser Runden verkündete Chris: „Ich sage das doch nicht, weil ich auf den Typen stehe! Ich würde dir ehrlich gerne helfen. Ich kann ihn ablenken, während du dich an Steph ranmachst."

„Schau, das wird nicht passieren. Diesen Typen würde ich keiner Frau wünschen und schon gar nicht meiner Schwester."

„Ich komme schon allein damit klar."

„Nein."

Sie begannen weitere Runden, bevor er endlich drohte, aufzulegen. Das brachte Chris dazu zu brüllen: „Mach halt etwas Besonderes für Steph, nicht etwas, das du im Internet gefunden hast!" Was weniger als hilfreich war. Welche besondere Sache würde Steph umhauen? Sie schien bereits alles zu haben – eine hübsche Wohnung, einen hübschen Job, eine hübsche Katze. Was konnte er ihr nur geben?

Beim Mittagessen sprach er sein Dilemma in der Lehrerkantine bei seinen drei engsten weiblichen Freunden an, alle kampferprobte Veteranen der Singleszene – Michelle (Sozialkunde), Courtney (Französisch) und Julia (Sprachkünste). Für gewöhnlich hörte er nur zu, wie seine Freundinnen über Eltern plauderten, die Verwaltung und was gerade in irgendeiner Reality-TV Fernsehsendung so lief, die sie in letzter Zeit gesehen hatten, doch jetzt trat er gegen einen Rockstar an. Er brauchte schwere Geschütze, eine ganze Armada. Er brauchte diese drei.

Als die Unterhaltung darüber, ob Clive Jennifer M. gestern Abend die Perlen in irgendeiner Show, von der er noch nie gehört hatte, hätte geben sollen oder nicht, räusperte er sich. „Die Damen, ich brauche eure Hilfe in Sachen …" Er räusperte sich und zog am Kragen seines zugeknöpften Hemdes. „Liebe."

Michelle, Courtney und Julia drehten sich mit gleichartigen Blicken zu ihm um.

Courtney schloss ihren offenstehenden Mund geräuschvoll. „Geht es um Stephanie? Wirst du ihr die Frage stellen?"

Die Frauen tauschten begeisterte Blicke aus. Er erzählte ihnen rasch von dem Rockstar-Problem.

„Ich weiß nicht, Dave", sagte Julia in ihrem nachdenklichen Tonfall. „Das klingt insgesamt nach einer schlechten Situation. Warum wartest du nicht, bis sie geschieden ist, ehe du überhaupt etwas unternimmst?"

Courtney widersprach. Laut. „Sie hat doch gesagt, dass es vorüber ist. Warum sollten sie leiden, nur weil ihr baldiger Ex ein Arschloch ist?" Sie sah die anderen beiden Frauen finster an, dann drehte sie sich lächelnd zu ihm zurück. „Darf ich ihn kennenlernen? Ich liebe Twisted Star!"

„Ähm ..." Er zögerte.

„Ich weiß, was Dave vorhat", sagte Michelle. Sie war ein ehemaliger Cheerleader, derzeit Cheerleadertrainerin und sehr engagiert und selbstbewusst. „Du möchtest sie mit etwas Romantischem umhauen. Habe ich recht?"

„Awww", machten die Frauen im Chor.

Seine Ohren brannten.

„Versuch es mit einer Massage", sagte Michelle. „Frauen lieben Massagen. Vor allem eine Fußmassage, nachdem sie einen langen Tag auf den Füßen waren."

„Was, wenn er sie nicht allein erwischt, weil Griffin da rumhängt?", sagte Julia. „Ich denke, etwas Nettes, wie ihr beispielsweise eine Arbeit abnehmen. Mein Freund, Mike, hat einmal für mich gekocht *und* gespült. Das war ziemlich nett. Wenn man jemandem einen Dienst erweist, zeigt das, dass man ihn liebt."

Courtney verzog angewidert das Gesicht. „Ist das nicht derselbe Typ, der in deine Spüle gepinkelt hat, als du im Bad warst?"

„Das ändert aber nichts daran, dass er mir einen Dienst erwiesen hat", blaffte Julia.

„In die Spüle pinkeln ändert alles!", rief Courtney.

Dave rieb sich den Nacken und wünschte sich, die Damen würden etwas leiser sprechen. Allmählich fingen die Leute an zu lauschen. Er wollte nicht, dass alle von der unangenehmen Situation erfuhren, in der er sich befand.

„Vielleicht eine Wanderung und ein Picknick", schlug Michelle vor, und ihre Augen leuchteten. „Oder eine lange Fahrradtour."

„Zelten!" , rief Julia.

„Ein hübsches Hotel mit Zimmerservice!", rief Courtney.

Er sah auf den Tisch. Nichts davon klang ganz richtig. „Ich weiß nicht. Ich weiß es einfach nicht."

Julia legte ihm eine Hand auf den Arm. „Hey, wir sprechen hier von Dave. Süß ist seine starke Seite. Er sollte etwas Süßes tun."

„Etwas, das einem Arschloch-Rockstar niemals einfallen würde", sagte Courtney. „Aber sag ihm nicht, dass ich das gesagt habe. Ich hätte so gern sein Autogramm oder so." Ihre Wangen wurden rot, was für Courtney sehr ungewöhnlich war.

„Ich hab's!", sagte Michelle. „Er könnte ihr ein Liebesgedicht schreiben. Ja?"

„*Je serai poète et toi poésie*", sagte Courtney verträumt. „Das heißt: Ich werde ein Dichter sein und du die Dichtung."

„Ladys, ich bin Mathelehrer", sagte er geduldig. „Gedichte gehören nicht gerade zu meiner Expertise." Wenn das so weiterging, würde er Steph niemals gewinnen.

„Hast du schon mal von Fibonacci-Dichtung gehört?", fragte Julia

„Fibonacci?", fragte Dave. „Du meinst dieses numerische Muster, das man so oft in der Natur findet?" Die Fibonacci-Folge war ein Muster, in dem jede Zahl der Summe der beiden vorigen Zahlen entsprach – 1, 1, 2, 3, 5, 8, 13, 21. Die rekursive Sequenz beschrieb Spiralen wie zum Beispiel bei Sonnenblumen und Muschelschalen. Er liebte die Fibonacci-Folge.

Julia lächelte. „Ganz genau. Damit haben wir im Unterricht experimentiert. Du nimmst die Fibonacci-Folge, um ein Gedicht zu schreiben. Jeder Vers des Gedichts hat die Anzahl von Worten in der Sequenz, oder du könntest es auch auf die Anzahl der Silben beziehen."

„Ich nehme die Wörter", sagte Dave. „Das klingt leichter. Danke. Das ist etwas, das Griffin niemals wird toppen können."

Die Frauen warfen ihm ein Lächeln zu, das ein wenig besorgt wirkte.

„Was?", fragte er.

„Du wirst das großartig machen, Süßer!", sagte Michelle.

Alle nickten und lächelten enthusiastisch. Vielleicht ein wenig zu enthusiastisch, aber das war typisch für sie. Er hatte ein gutes Gefühl bei ihrem Gespräch.

AM NÄCHSTEN TAG wartete Griff nach der Schule vor Stephs Haus, dass sie von der Arbeit kam. Mandy hatte gestern und spät am Abend, als er für sie gesungen hatte, einige gute Aufnahmen von ihm und Steph bekommen, er musste also nicht bleiben. Die Sache war, jetzt, da er Steph gesehen und Dave kennengelernt hatte, musste er einfach bleiben. Die Art, wie Dave Steph ansah, machte Griff wahnsinnig. Schließlich war das *seine Frau*. Klar, er war ein paar Jahre nicht da gewesen, doch Tatsachen waren eben Tatsachen. Rechtlich gesehen gehörte sie ihm. Er lächelte vor sich hin, als er Steph in ihrem VW Beetle vorfahren sah. Er hatte ganz vergessen, wie quirlig sie war. Wie ein Hauch frischer Luft nach all den stumpfsinnigen Frauen, mit denen er in L.A. zusammen gewesen war.

Er wollte wirklich noch eine Chance bei ihr. Und wäre das nicht sogar noch bessere Presse für ihn? Der Rocker und das Mädchen aus seiner Heimat kommen wieder zusammen? Vielleicht würden sie ihr Gelübde sogar in einer großen, sensationellen Zeremonie erneuern? Nicht wie beim ersten Mal in dieser stickigen Kirche, in die sie und ihre Mutter gingen.

Er wollte gerade schon aus der Limousine steigen, als Steph ans Fenster klopfte. Er stieg aus.

Sie stemmte die Hände in die Hüfte. „Was tust du denn hier?"

„Ich wollte dich sehen."

„Nun, ich will dich aber nicht mehr sehen", schnaubte sie.

Er schenkte ihr ein langsames Lächeln, bei dem immer all die Herzen schmolzen. „Kannst du eine Minute erübrigen, um mit deinem Mann zu reden?"

Sie hob ihr Kinn. „Für mich bist du nicht mein Ehemann. Ich kenne dich ja nicht einmal mehr."

Er trat vor, in ihren Nahbereich. Sie wurde rot und trat rasch einen Schritt zurück.

„Du erinnerst dich", sagte er mit leiser Stimme. „An uns. Wir waren gut zusammen." Er streichelte ihre Haare und lächelte für den Fall, dass Mandy immer noch mit ihrem Teleobjektiv Fotos machte. Es sah immer gut aus, wenn man bei einer schönen Frau lächelte. Und Steph war selbst nach all diesen Jahren noch umwerfend. Er wollte sie genau so sehr wie früher. Der Sex war immer großartig gewesen. Das zumindest war nie ein Problem für sie. Es war nur, dass es ihm schwergefallen war, treu zu bleiben, als so viele andere schöne Frauen unbedingt mit dem berühmten Griffin Huntley ins Bett wollten. Das war eine Schwäche, an der er arbeiten wollte, wenn Steph ihm eine zweite Chance gab.

„Wenn du über die Scheidung reden möchtest, bin ich ganz Ohr", sagte Steph. „Ansonsten solltest du zurückfahren, aus welchem schäbigen Hotel auch immer du gekommen bist."

Er hielt ihr Kinn. „Ich bin im Vier Jahreszeiten, Babe."

Sie riss ihren Kopf von ihm los. „Natürlich bist du das."

Sie marschierte die Verandastufen hinauf. Er folgte ihr.

Mit der Hand am Türgriff blieb sie stehen. „Ich schwöre, ich werde die Cops rufen, wenn du versuchst, mir gegen meinen Willen die Treppe hinaufzufolgen."

Sie bluffte. Die Steph, die er kannte, würde ihm niemals wehtun. Sie liebte ihn.

Er grinste. „Und was, wenn du mich einfach einlädst?"

„Und was, wenn nicht?", sagte sie, dann schob sie sich hinein und schloss die Tür hinter sich.

Griff zog sich vorübergehend in seine Limousine zurück. Okay, es würde also etwas dauern, bis Steph sich wieder für ihn erwärmte, doch er wollte verdammt sein, wenn er diesen Nerd hier einfach so hereinmarschieren und sie ihm wegnehmen lassen würde. Er würde länger durchhalten als er. Er würde Steph *nicht* an so einen Typen verlieren.

DAVE VERBRACHTE nach der Schule eine ganze Stunde damit, sein allererstes Fibonacci-Gedicht zu verfassen, und fand, dass es ihm ziemlich gut gelungen war. Jetzt machte er sich über die beste Möglichkeit Gedanken, es ihr zukommen zu lassen. Persönlich, dann konnte er es ihr einfach überreichen. Oder unter der Tür durchschieben. Oder in den Briefkasten stecken. Nein, um romantisch zu sein, musste er selbst hingehen. Noch besser wäre, eine Leiter hinaufzusteigen und das Gedicht vor ihrem Schlafzimmerfenster vorzutragen. Wie Rapunzel, nur ohne das irrsinnig lange Haar.

Nach einem kurzen Halt, um noch rasch Rosen zum Gedicht zu holen, machte er sich auf zur Minne für die holde Maid. Innerhalb von Minuten begann er die Rapunzelidee zu hinterfragen. Es stellte sich als schwierig heraus, die Leiter auf seinem Wagen zu befestigen, und er musste die ganze Strecke fünfundzwanzig Meilen pro Stunde fahren, damit sie nicht herunterrutschte. Doch das wäre es wert, sagte er sich.

Er fuhr vor ihrem Haus vor und sah gleich die Limousine, die dort stand. Verdammt. Griffin war zuerst da gewesen. Dennoch würde er nicht aufgeben. Nur eine weitere Hürde auf seinem Weg. Er band die Leiter los und zog sie vom Wagen. Dann öffnete er die Beifahrertür und griff nach den Blumen auf dem Sitz. Die Leiter rutschte ihm ein wenig aus der Hand. Zu schwer. Er würde sie fallen lassen. Vorsichtig legte er die Leiter auf die Wiese vorm Haus.

Der Himmel war verhangen, und er betete, dass der Regen noch auf sich warten ließe, bis er seine Aufgabe hinter sich hatte. Der Wetterbericht hatte nichts von Regenschauern gesagt. Hätte Dave an Zeichen geglaubt, wäre das ein schlechtes gewesen. Doch es war einfach nur ein Sinken des atmosphärischen Drucks kombiniert mit dem Golfstrom. Bei all den Sturmwolken wurde es dunkel, und er hoffte, dass auf der Rückseite bei ihrem Schlafzimmer irgendwo Licht war. Er steckte die Blumen vorne in seine graue Fleecejacke. Manche Blütenblätter lösten sich und flatterten zu Boden.

Er hob die Leiter, und die Rosen wurden gegen seine Kehle gequetscht. Er schob die Blumen mit einer Hand weiter seine Jacke hinunter und schaffte es irgendwie mit der Leiter und den Blütenblättern, die ihn am Hals kitzelten, hinters Haus zu gelangen. Er hörte, wie hinter ihm eine Autotür zugeknallt wurde.

„Klingel doch einfach, Mann." Griffin tauchte vor ihm auf. Offensichtlich war er noch in der Limousine gewesen. Vielleicht hatte Dave doch die erste Chance bei Steph. „Du wirst hinterm Haus nur abrutschen."

Dave trat beiseite, entschlossen, seinem Plan durchzuziehen. „Ich schaffe das, ohne dass du mir einen Ratschlag erteilen musst. Ich brauche nur den richtigen Winkel und etwas Reibung. Simple Physik."

Griffin verdrehte die Augen. „Ich werde klingeln."

„Nein!"

Griffin ignorierte ihn, marschierte die Verandastufen hinauf und drückte auf den Klingelknopf.

„Wer da?", fragte Steph.

„Dein Schatz", sang Griffin.

Dave ließ die Leiter auf der Wiese vorm Haus fallen und rannte die Verandastufen hinauf. Er beugte sich zur Sprechanlage vor. „Ich bin's, Dave."

„Und Griff."

„Nur Dave kommt rein." Steph drückte auf den Türöffner.

Dave öffnete die Tür. „Du kannst jetzt gehen", sagte er seinem Erzfeind.

Griffin neigte seinen Kopf. „Viel Glück." Er schlenderte die Stufen hinunter und ging zu seiner Limousine.

Dave nahm zwei Stufen auf einmal und war insgeheim

erleichtert, dass er jetzt nicht die Leiter hinaufklettern musste. Ohne, dass jemand sie festhielt, hätte sie wirklich hinten am Haus abrutschen können. Er konnte nicht mit Griffin mithalten, wenn er auf die Reibung achten musste.

Steph öffnete die Tür, und sein Mund wurde trocken. Sie trug ein zu großes Columbia Sweatshirt und Leggins.

„Columbia", sagte er bewundernd. Sie sah *so* sexy aus.

„Ja. Komm rein."

Sie trat von der Tür beiseite, und er folgte ihr.

„Tut mir leid, dass Griff hier aufgetaucht ist", sagte Steph. Sie starrte auf seine Brust. Er sah hinunter, und die Blumen stachen ihm erneut in den Hals.

Er öffnete den Reißverschluss seiner Jacke und zog die zerknautschten Rosen hervor. Manche Blütenblätter hingen noch an seinem weißen Pullover. Er reichte ihr die Blumen. „Für dich."

Sie legte ihre Nase hinein. „Oh, Dave, die sind aber schön. Danke!"

„Tut mir leid, dass sie ein wenig lädiert sind."

„Ist nicht schlimm. Ich hole eben eine Vase dafür."

Er folgte ihr in die Küche, und sein Kopf raste vor lauter romantischen Dingen, die er jetzt tun sollte, denn jetzt, da er hier war, hatte er das Gefühl, dass das Gedicht es nicht bringen würde. Er wollte sie wirklich berühren. Das Columbia Sweatshirt machte ihn heiß. Er konnte ihre Füße massieren! Michelle hatte gesagt, dass Frauen Massagen liebten. Und die Füße waren mit die erogenste Zone – eine weitere sehr informative Google Recherche – ohne, dass er damit gleich zu viel forderte. Er war sich sicher, dass er mit langsam und beharrlich dorthin mit Steph gelangen würde, wohin er musste. Ein Typ wie Griffin war wie ein Blitz und bewegte sich wie ein Rennwagen. Frauen mochten Männer, die sich Zeit ließen. So viel wusste er immerhin von seinen weiblichen Kumpeln.

Während er noch darüber grübelte, wie er sie aus ihren

rosagestreiften flauschigen Socken bekäme, hörte er ein Klopfen.

Steph wandte den Kopf zum hinteren Teil ihrer Wohnung. „Was war das denn? Es klang, als käme das vom Fenster."

„Wahrscheinlich nur das Rollo. Ich sehe mal nach." Er ging in Richtung des Geräuschs und wünschte sich, dass es nur das Rollo war.

An Stephs Schlafzimmerfenster blieb er stehen und schob das Rollo hoch. Mit Wünschen hatte er noch nie Glück gehabt. Jetzt stand er von Angesicht zu Angesicht Griffin auf *seiner* Leiter gegenüber. Dieser Typ spielte schmutzige Spielchen.

„Was zum – Griff!", schrie Steph hinter ihm. Sie öffnete das Fenster. „Was machst du denn?"

Dave schielte zum Fenster hinaus. Jemand mit einem Hoodie hielt die Leiter für den Idioten. Griffin war doch nicht so dumm, wie er gehofft hatte.

Griff stürzte sich so richtig in den Märcheneffekt hinein. „Oh, schöne Steph. Rosen sind rot –"

„Komm hier rein! Bist du verrückt?" Steph packte seinen Arm und zog.

Griffin kletterte zum Fenster herein, wobei er ziemlich zufrieden mit sich wirkte, und stellte sich neben Dave. Zorn durchfuhr Dave. Griffin hatte es geschafft, Steph ein Gedicht vorzutragen, bevor er das geschafft hatte, auf *seiner* Leiter. Es war das dumme „Rosen sind rot" Gedicht, aber dennoch. Das war *sein* Plan gewesen.

Griffin fuhr fort. „Rosen sind rot, Steph ist schön —"

„Du hättest umkommen können!", schrie Steph. Sie deutete auf Dave. „Wenigstens war er klug genug, nicht sein Leben auf einer Leiter zu riskieren."

Daves Ohren brannten.

Griffin hob seinen Daumen in ihre Richtung. „Es war seine Idee."

Steph drehte sich mit großen Augen zu ihm um.

Dave schüttelte den Kopf, um es zu leugnen. Dann drehte er es zu seinen Gunsten um. „Ich wollte dir wie Rapunzel Rosen von einer Leiter aus geben, und *er* hat mich überredet, es nicht zu tun." Er stieß Griffin einen Finger in die Brust. „Du hast meine Idee gestohlen! Ich hatte ein Gedicht vorbereitet, und es war viel besser als das." Er zog es aus seiner Tasche und reichte es Steph.

Griffin grinste ihn an. Daves Hände wurden zu Fäusten. In einer körperlichen Auseinandersetzung würde er unterliegen, das wusste er, aber, verdammt, wie gerne würde er ihm einfach dieses arrogante Grinsen aus dem Gesicht schlagen.

Steph las das Gedicht leise und starrte es an. Griffin schnappte es sich aus ihren Fingern und lass es laut vor:

„Schlau.

Schön.

Du hast

Das ganze Paket

Viele Talente in einer Person."

GRIFFIN SCHNAUBTE und sah Steph anzüglich an. „Ich zeige dir gleich ein Paket."

„Sprich nicht so mit ihr", blaffte Dave. Er riss das Gedicht wieder an sich und reichte es Steph zurück „Das ist ein Fibonacci-Gedicht. Erinnerst du dich noch an die Fibonacci-Folge? Eins, eins, zwei, drei, fünf ..." Er sprach nicht weiter, als sie ihn nur verwirrt ansah. „Die ist schön. Ganz wie du."

Griffin schnaubte.

Steph rieb sich die Schläfe. „Ich bekomme gerade Kopfschmerzen."

„Yeah, Dave", sagte Griffin. „Verschwinde. Sie hat Kopfschmerzen."

Steph sah Griffin mit verengten Augen an. „Du gehst." Sie wandte sich an Dave. „Ich rufe dich später an, okay?"

„Kann ich nicht bleiben?", fragte Dave. „Ich hatte vor −"

„Nicht jetzt, Dave", sagte Steph zwischen ihren Zähnen.

Er verstand den Hinweis und ging hinaus. Er hätte wissen sollen, dass, sobald Griffin auftauchte, Dave keine Chance hatte. Er musste Steph allein abpassen, bevor Griffin den Moment ruinieren konnte. Er war halb die Treppe hinunter, als er Steph schreien hörte: „Geh!" Und dann war auch Griffin zur Tür hinaus. Dave ging einen Schritt schneller. Das Letzte, was er wollte, war noch eine zusätzliche Minute mit diesem Typen verbringen.

Als er seine Leiter geholt und sie zu seinem Wagen geschleppt hatte, öffnete sich der Himmel. Schnell verschwand er im Wagen. Er würde den Sturm abwarten müssen. Auch Griffins Limousine stand noch da. Dave entschied rasch, dass er nicht fahren würde, ehe nicht auch diese Limousine fuhr. Eine halbe Stunde später wurde aus dem Regen ein Nieselregen, und Dave befestigte die Leiter wieder am Wagen. Endlich fuhr die Limousine davon, und auch Dave brach auf und dachte daran, wie sehr das Ganze außerhalb seiner Liga war.

Klar, vor Griffin hatte er den Macho gegeben, doch was hatte er Steph zu bieten, das Griffin nicht toppen konnte? Griffin konnte ihr alles kaufen, sie in schicke Urlaube mitnehmen, mit ihr in Limousinen herumfahren, sie zu Celebrity Partys mitnehmen. Vermutlich war er auch noch gut im Bett, nachdem er mit all diesen Models geschlafen hatte. (Nicht, dass Dave darüber nachdenken wollte.) Dave hatte nur mit sieben Frauen geschlafen. Keine von denen hatte sich über ihn im Bett beschwert, doch sie hatten auch nicht seinen Lobgesang angestimmt.

In der Rückschau fand er, er hätte seine letzten sexuellen Partner hinterher einen Fragebogen ausfüllen und verschiedene Aspekte seines Liebesspiels auf einer Skala von 1-5 bewerten lassen sollen. Solche Daten hätten ihm geholfen, sich exponentiell zu verbessern, wodurch seine gegenwärtige Situation viel einfacher selbstbewusst anzugehen gewesen wäre. Wie sollte er sich mit einem Playboy wie Griffin vergleichen können?

Warum um alles in der Welt hatte Steph Dave überhaupt beachtet? Er war nicht hässlich, das wusste er. Und er blieb in Form. Dennoch hatte man ihm bei mehr als einer Gelegenheit gesagt, dass er Ähnlichkeit mit dem milden Clark Kent hatte. Es waren die Brille und das dunkelbraune Haar, da war er sich sicher. Jetzt war er in irgendeiner bizarren Welt und trat an gegen das, was seine weiblichen Kumpel einen Mussi genannt hätten – eine männliche Tussi. Einen sehr berühmten. Nicht gerade ein ausgeglichenes Spielfeld.

Auf seinem Weg nach Hause hielt er spontan an der Dancing Cow an, weil er hoffte, dass eine riesige Schüssel Zucker ihm irgendwie dabei helfen würde, herauszufinden, wie zum Teufel er gegen einen verdammten Rockstar bestehen können sollte. Das Lokal war leer. Er sah auf die Uhr an der Wand. Es war fast 6:30 Uhr. Er schätzte, dass die meisten Leute zu Hause waren und zu Abend aßen und sich nicht mit Junkfood vollstopften.

Barry arbeitete an der Kasse. Sie hatten sich am letzten Wochenende kennengelernt, als Dave als Stephs Date mit zu Barrys und Ambers Hochzeit gegangen war.

„Hi, Barry."

„Guten Abend", erwiderte Barry fröhlich. „Oh, hey, dich kenne ich von der Hochzeit. Du bist Stephs Freund, Dave."

Dave neigte seinen Kopf. Er war sich nicht sicher, ob das noch stimmte. Er ging zum Tresen mit den Schüsseln und nahm sich eine extra große.

„Zehn Prozent Rabatt für Freunde!", rief Baby.

„Danke!"

Dave füllte die Schüssel mit Schokoladen-Erdnussbutter Frozen Yogurt, dann ging er zur Zuckerbar, wo er zerbröselte Oreos, Schokokekse, Gummibärchen, einen Schokoriegel und Mini-Reese Erdnussbutter-Cups hinzufügte. Dann ging er weiter den Tresen entlang, um noch drei große Portionen heißes Karamell über das Ganze zu pumpen. Endlich stellte er die Schlüssel auf die Waage, um zu zahlen.

„Da braucht aber jemand dringend Nervennahrung", sagte Bentley mit breitem, freundlichem Lächeln.

„Ja", sagte Dave. „Ich dachte, du wärst in den Flitterwochen."

„Wir haben das lange Wochenende in Cape May verbracht, aber Amber wollte ihre Klasse nicht zu lange allein lassen. Die richtigen Flitterwochen machen wir in den Winterferien." Barry kassierte. „Aruba."

Dave nickte abwesend. Er zahlte eine lächerliche Summe, selbst mit zehn Prozent Rabatt, und setzte sich an einen langen Tresen am Fenster. Er nahm den ersten Löffel, doch seine Kehle war wie zugeschnürt, und er legte den Löffel wieder hin. Er legte seinen Kopf in die Hände und starrte auf den Tisch.

„Hey, geht es dir gut?"

Dave hob eine Hand. „Schon gut." Er stieß ein Seufzen aus und wollte gerade schon gehen, als Barry sich direkt neben ihn setzte.

Ein Herzschlag verging, während Dave unbehaglich dasaß, zum Fenster hinausstarrte und sich unsicher war, weswegen Barry bei ihm saß. Sie waren nicht wirklich befreundet. Bei der Hochzeit hatte er ihn nur kurz kennengelernt. Er spürte, wie der andere Mann ihn anstarrte.

Endlich drehte Dave sich um. „Was?"

Barry schüttelte den Kopf. „Nichts. Weswegen bist du so deprimiert, dass du nicht einmal einen köstlichen Haufen Zucker herunterbekommst?" Er deutete auf das Zuckerchaos, das noch unberührt dastand.

Dave sagte nichts.

„Wenn ich mal eins und eins zusammenzähle", sagte Barry, „eine riesige Schüssel voller Zucker und du siehst trotzdem deprimiert aus, würde ich sagen, dass du Probleme mit einer Frau hast."

Dave grunzte und starrte auf den Tisch. Er wollte wirklich nicht mit einem Mann darüber reden. Es war ein ganz schöner Schlag gegen sein Ego, als Mann von einem berühmten Rockstar getoppt zu werden. Frauen hielten sein Dilemma für romantisch – wie man ein Mädchen gewinnt. Männer würden es als das sehen, was es war – ein Tritt in die Eier.

„Steph ist verrückt nach dir", sagte Barry.

Dave drehte sich überrascht um.

Barry nickte. „Ich weiß das so sicher, weil sie so gut mit meiner Frau, Amber, befreundet ist. In der Ehe vertraut man sich so etwas an." Er nickte weise. „Meine Frau – ich sage das einfach so gerne – *meine Frau*. Wie dem auch sei, wir erzählen uns alles, was andere uns erzählen, aber da bleibt es dann auch" – er formte mit den Fingern einen Kreis – „in unserem kleinen Ehekreis."

„Steph ist verheiratet", murmelte Dave.

„Hab ich gehört", sagte Barry mitleidig.

Dave stand auf und nahm sich die Schlüssel mit ungegessenem Frozen Yogurt. „Man sieht sich."

„Warte, geh nicht. Ich bin mir sicher, dass ich dir helfen kann. Ich kenne Steph. Ich habe einen Insiderblick, was sie und Amber angeht."

Dave schüttelte den Kopf. „Du kannst mir nicht helfen. Es sei denn, du kannst mich zum Rockstar machen."

Barrys Augen begannen zu leuchten. „Bleib einfach da."

Ein paar Minuten später lud Barry gegen Daves Proteste die notwendigen Zutaten in den Kofferraum von Daves Wagen.

„Ich werde das nicht tun", sagte Dave.

Barry tätschelte ihm den Arm. „Nur für den Fall", sagte er zwinkernd.

5

Griff aß sein Abendessen vom Zimmerservice in Unterhose zu Ende, während er sich den Home Channel ansah, in dem immer diese glücklichen Familien in ihre neuen Häuser zogen. Manchmal mochte er es, so zu tun, als gehörte er zu einer dieser Familien, die es sich in ihrem neuen Heim gemütlich machten und es liebten, einfach zusammen zu sein. Das Leben auf der Straße war nicht so glamourös, wie es zunächst schien – die Hotels verschwammen miteinander, es gab zahlreiche einsame Mahlzeiten, er lebte aus dem Koffer.

Wieder dachte er an Steph. Sie hielt ihn immer noch auf Distanz. Wenn er nur irgendwie diesen Zorn beseitigen konnte, meinte er, sich ihr wieder nähern zu können. Sie war immer noch dieselbe Person. Er hatte sich geändert, klar, doch er wusste, dass er, wenn er mit ihr zusammen war, ein besserer Mann war als jemals, wenn er allein war. Spontan rief er seinen Manager, Bill an.

„Ich brauche noch eine Woche", sagte er. „Sag bei der *Bridgette Show* ab."

„Du kannst nicht drei Tage vorher absagen!", schrie Bill. „Hast du überhaupt eine Ahnung, an wie vielen Strippen ich habe ziehen müssen, um diesen Auftritt für dich zu bekommen?"

Griff hielt das Handy von seinem Ohr entfernt, während Bill sich durch eine wütende Tirade arbeitete. Als er sich abreagiert hatte, sagte Griff: „Schau, ich bekomme die Presse auch ohne diese Show." *Und meine Frau zurück,* fügte er in Gedanken hinzu.

Billy ging zu einem schmeichelnden Tonfall über, den Griff ausblendete. Die Wahrheit war, musikalisch war er auf dem absteigenden Ast. Steph war die Muse für seine größten Hits gewesen. Er legte das Handy hin, als Akkorde einer Melodie sein Hirn kitzelten. Er packte seine Gitarre, um dieses Geschenk festzuhalten. Seit einem Jahr hatte er keinen eigenen Song mehr geschrieben. Den Rest der Nacht über komponierte er wie ein Verrückter und fügte auch noch einen Text zu dem Song hinzu, zu dem er von Steph inspiriert worden war. Er nannte ihn „Missing Limb".

Er spielte den vollendeten Song und war ganz euphorisch über das, was er geschaffen hatte. Genau darum ging es – die Musik. Das war mächtiger Kram. Er stieß einen zufriedenen Seufzer aus, während er vorsichtig seine Gitarre in ihre Hülle zurücksteckte.

Ob Steph ihn nun in ihrer Nähe wollte oder nicht, er musste bei ihr sein. Sie war seine Muse.

AN JENEM ABEND, während seines Telefongesprächs mit Steph, schlug Daves Laune von besorgt in deprimiert um.

„Dave", sagte sie. „Dieses ganze Durcheinander mit Griff tut mir so leid. Ich möchte gar nicht, dass du da mittendrin steckst. Er fährt am Samstag, also lass uns einfach warten, wir sehen uns, wenn er weg ist, okay? Hoffentlich können wir all das hinter uns lassen."

Er war nicht damit einverstanden, bis Samstag zu warten.

Er konnte es sich nicht leisten, Griffin drei ganze Tage zu überlassen, in denen er Steph für sich gewann, während er sich zurücklehnte und nichts tat. Also sagte er ihr die Wahrheit, ließ nur einen kleinen Teil aus, denn es war an der Zeit, die großen Geschütze aufzufahren, egal, wie lächerlich das war.

„Ich würde mich auch freuen, wenn wir das hinter uns lassen könnten", sagte er.

„Gut." Sie klang erleichtert. „Ich rufe dich am Samstag an. Danke für dein Verständnis. Bye."

Er beendete das Gespräch und ging sofort zu seinem Wagen, um die Sachen, die Barry dort deponiert hatte, auszuladen. Strategisch war das ein guter Zug, besser als alles andere, was ihm bislang eingefallen war, wenn er von Barrys Enthusiasmus ausgehen konnte. Das hier war wichtig – der Kampf seines Lebens, keine Regeln, bis zum bitteren Ende. Das wäre es wert, um Steph zurückzugewinnen.

NACHDEM NICHT GERADE WENIG Überzeugungskünste von Jaz erforderlich waren, war Steph damit einverstanden, ihre Freundin am nächsten Abend im Garner's zu treffen, um dort etwas zu trinken. Sie saßen an der Bar, nippten an ihren Martinis und plauderten.

„Bin ich zu spät?", fragte Amber ein wenig außer Atem, als sie zu ihnen gelaufen kam. Sie sah sich im Restaurant um und drehte sich mit großen Augen zu Steph um. „Ich bin gleich hergekommen, als ich es gehört habe. Als Bare gestern Abend nach Hause gekommen ist, habe ich schon geschlafen, sonst hätte ich es früher gehört. Und dann, heute Morgen …" Eine Röte wanderte ihren Hals hinauf. „Wie dem auch sei, ich habe es einfach gehört. Bare kann immer ein wenig übertreiben. Ich versuche, ihn zurückzuhalten, wenn ich kann."

Wieder sah sie sich im Restaurant um und hielt inne, als sie hinten ins Restaurant starrte. „Das tut mir so leid—"

„Oh Junge", sagte Jaz. „Ich dachte, es wäre nur ein romantisches Abendessen."

Stephs Magen zwickte. Was jetzt? Sie sah in die Richtung, in die ihre Freundinnen starrten, und versuchte, ruhig zu bleiben. „Ich habe ihm gesagt, dass ich Zeit brauche. Ich habe explizit von Samstag gesprochen."

Jaz kicherte. „Ich finde ihn süß."

Steph warf Jaz einen finsteren Blick zu. „Ich fasse es nicht, dass du das hinter meinem Rücken getan hast."

Jaz hob ihre Hände. „Es tut mir leid. Er ist im Studio vorbeigekommen und war so ernst. Er liebt dich, Steph. Das kann doch nicht schlecht sein."

„Tut mir leid", sagte Amber kleinlaut. „Du bekommst jetzt die Bare-Behandlung, nur, dass Bare nie erwähnt hat …" Sie kicherte und drehte sich zu Jaz um. Beide brachen in Lachen aus.

Steph schüttelte den Kopf, ging hinüber in den Essensbereich und starrte. Dave stand neben einer Karaokemaschine, vor ihm war ein Mikrofon aufgebaut, und er trug ein grünes Shrek T-Shirt. Und Ogre-Ohren. Der Mann besaß Ogre-Ohren?

Oh mein Gott! Er hatte eine Ukulele.

Sein Gesicht begann zu strahlen, als er sie entdeckte. Einige Stammgäste drehten sich um und lächelten sie an, um zu sehen, wie sie es aufnahm.

Sie zwang sich zu lächeln, während sie auf Dave zuging. Jaz und Amber blieben hinten an der Bar. Vielleicht waren sie auch gegangen. Sie wünschte sich, auch sie hätte das tun können.

„Was tust du denn?", brachte sie zwischen zusammengebissenen Zähnen hervor.

Er drückt auf einen Knopf, und die Musik plärrte los.

Dave machte sich an eine enthusiastische Wiedergabe von Smashmouths „I'm a Believer" aus dem Shrek-Film.

Er schrie den Text, während er die Ukulele zupfte. Der Großteil der Noten war misstönend.

Sie zog sich zurück. Die nächsten Zeilen des Liedes sang er zu nah ins Mikrofon, und eine kreischende Rückkopplung drang durch den Raum. Dave machte weiter, und die Ogre-Ohren wackelten im Takt.

Steph ließ sich in einen Stuhl sinken und gaffte einfach nur. Er war schrecklich. Traf überhaupt nichts. Mit einem Arm kreiste er wie eine Windmühle, bevor er dramatisch auf der Ukulele herumzupfte und tanzte, auf eine Art, die man bestenfalls mit einem Hampelmann vergleichen konnte. Das Ganze noch mit dem grünen T-Shirt und den Ohren, und sie bekam eine Vision von Leprechaun, dem irischen Kobold. Ein hysterisches Lachen blubberte in ihr hoch.

Die Ogre-Ohren neigten sich gefährlich nach vorn und standen wie Hörner über seiner Brille. Er sang weiter.

Sie biss sich auf die Lippe. *Nicht lachen. Er gibt sich wirklich Mühe.* Die Hitze kroch an ihrem Hals hinauf, als weitere Leute von der Bar herüberkamen, um sich das anzusehen. *Weshalb, Dave? Weshalb? Und, Barry, ich werde dich umbringen.*

DAVE SPÜRTE JETZT, wie die Menge zu ihm kam und im Takt der Musik klatschte. Er schob die Ogre-Ohren an ihren Platz zurück. Von hier aus konnte er Stephs Gesichtsausdruck nicht erkennen, doch er musste einfach weitermachen. Bei diesem Song ging es darum, auszusprechen, was in seinem Herzen vor sich ging. Und wenn er eine Chance gegen Griffin haben wollte, durfte er nicht kleckern. Auch er konnte Rock'n'Roll. Karaoke war Barrys Idee gewesen, doch als Dave sein Lieblingslied vom Shrek-Soundtrack auf der Liste entdeckt hatte, wusste er, dass er im Kostüm auf die Bühne musste.

Außerdem hatte er bereits die Ogre-Ohren, das T-Shirt und die Ukulele.

Er legte die Ukulele ab, damit der sich richtig bewegen konnte. The Swim! Er hob seine Nase und wandte sich zu einem Tauchgang ab. Er kannte all die alten Tänze von seiner Großmutter. Endlich nutzten sie ihm mal etwas!

Er sprang auf und klopfte mit der Hand auf sein Herz, dann zeigte er auf Steph. *Ja, ich glaub – an uns!*

Sie rutschte auf ihrem Stuhl ein wenig tiefer.

The Mashed Potato! „Ich liebe dich, Steph!"

Er kam etwas aus dem Rhythmus, als seine Augen eine Frau entdeckten, die ihn wütend anzustarren schien. War das seine Schwester? Er hatte erwähnt, dass er vorhatte, Steph im Garner's umzuhauen, doch er hätte nie gedacht, dass Christina mehr als eine Stunde mit dem Zug von Brooklyn aus hierherkommen würde, um sich das anzusehen. Er versuchte, zurück in den Text zu gelangen. Etwas stimmte nicht. Das Lied plärrte weiter. Er hüpfte ein paar Mal auf und ab und stammelte irgendwelche Worte. Das Klatschen verlief sich.

Er packte die Ukulele. Wie wild zupfen! Endlich erkannte er den Text wieder. *Ich koche jetzt!*

Rennen und dann auf den Knien rutschen! Andersherum! Würde dieser Song denn nie enden? Schweiß lief ihm über das Gesicht. Er war sich nicht sicher, ob Steph seine Botschaft verstand.

Auf und ab hüpfen. Er kam zurück ans Mikrofon. „Yeah, yeah, yeah!" Dave gab alles.

Das Mikrofon kreischte, und er zog es vom Ständer und ließ die Ukulele liegen, als er die letzten Noten erkannte. Das Finale. Er rannte und rutschte auf seinen Knien direkt vor Stephs Füße. „Ich glaube an uns", sagte er mit rauer Stimme.

Einige Leute klatschten. „Danke", sagte er ins Mikrofon.

Steph packte seinen Arm und starrte. „Hast du dir ein Tattoo stechen lassen?"

Das Mikrofon fing ihre Stimme auf, und man hörte es

durchs ganze Restaurant. Ein paar Leute kicherten. Er stellte das Mikrofon aus. Seine Ohren brannten, als er auf das Herz hinuntersah, das jetzt auf seinem Bizeps prangte. Das war eine dumme Idee gewesen. Niemals würde er sich zu einem Bad Boy Tattoo durchringen können.

„Eine meiner Schülerinnen macht Fake Tattoos", gestand er. „Das sollte symbolisch sein. Ich trage mein Herz auf meinem Ärmel wie Shrek für Fiona."

Auf Stephs entsetzten Gesichtsausdruck hin fügte er hinzu: „Es sei denn, du bist eher die Prinzessinnenversion von Fiona und nicht die Ogre-Version."

Ihre Brauen zogen sich zusammen. Er war sich nicht sicher, ob sie ihn für verrückt hielt oder nicht glaubte, dass er es ehrlich meinte. Er versuchte es mit einer anderen Methode, sie von seinen Absichten zu überzeugen. „Steph, gemeinsam könnten wir eine Primzahl sein, unteilbar, außer durch uns selbst, obwohl ich nicht glaube, dass das passieren würde. Ich glaube, wir haben eine Zukunft –"

„Bettelst du, Dave?", erklang eine Stimme hinter Steph.

Dave erhob sich zu seiner vollen Größe, um seinen Erzfeind anzustarren.

„Hübsche Ohren." Griffin schnappte sich das Mikrofon aus Daves Händen und ging zur Karaokemaschine. Er stellte sie aus und wandte sich an sein Publikum. „Dieser Song ist etwas Besonderes für mich."

Jemand aus dem Publikum kreischte: „Aaaah! Das ist Griffin Huntley! Ich liebe dich, Griffin!"

Alle drehten durch, kreischten und klatschten. Vor allem die Frauen. Griffin hob eine Hand. „Danke, danke." Als sie endlich schwiegen, fuhr er fort: „Ich habe dieses Lied für meine Frau geschrieben, Steph. Honey, das hier ist für dich."

Blitze zuckten, als mehrere Leute Fotos von dem berühmten Griffin Huntley bei einem spontanen Konzert machten. Dave achtete genau auf Stephs Reaktion. Sie war gefesselt, wie alle anderen. Sein Herz wurde schwer.

STEPH STARRTE, als Griff ohne musikalische Begleitung vor einem faszinierten Publikum sang. Es war der Song, der ihn berühmt gemacht hatte. Der Song, den er für sie am Tag nach dem Tod ihrer Mutter geschrieben hatte. Der Song, der ihm gekommen war, so hatte er gesagt, wegen seiner Liebe für sie. „All for You" war ein Lied, das sich aufbaute, ganz langsam begann und sich dann zu einem rockenden Refrain steigerte. In der gemütlichen Umgebung des Restaurants war seine Stimme wunderschön und rollte zu der hinreißenden Melodie. Es gab schon einen Grund, weswegen sie sich seine Musik nie anhörte. Sie durchdrang ihre Abwehr und legte sich um ihr Herz.

Sie spürte, wie Dave sie anstarrte, doch wie jeder andere war sie von der Musik gefesselt, von seiner Stimme, seiner charismatischen Präsenz. Griffin Huntley war der geborene Rockstar.

Tränen traten ihr in die Augen, als die Erinnerungen zurückgeflutet kamen. Obwohl sie gewusst hatte, dass ihre Mom bald sterben würde, war der Tag, an dem sie schließlich von ihr ging, ruhig im Schlaf, dennoch ein Schock gewesen. Steph hatte noch am Abend vorher bei ihr gesessen und ihre Hand gehalten, während sie in dem Pflegebett gelegen hatte, das sie ihr ausgestellt hatten. Auch Griff war eine Weile bei ihnen gewesen, bis ihre Mom ihn gebeten hatte, mit Joey ein Eis essen zu gehen. Ihre Mom hatte mit ihr über die Zukunft gesprochen. Sie wollte alles hören, was Steph für ihre Zukunft geplant hatte, all ihre Träume. Und Steph, die irgendwie tief in sich wusste, dass das Ende nahe war, hatte ihrer Mom alles erzählt, was sie sich für ihr Leben mit Griff erträumte. Wie sie hoffte, dass er groß rauskommen würde, dass sie Kinder haben würden und sie sie mit Musik groß werden lassen würden, dass sie als Familie um die Welt reisen würden und sie dafür sorgen würde, dass sie Gutes in der Welt taten.

Ihre Mom hatte gelächelt und ihre Hand gedrückt. „Das gefällt mir." Sie atmete unsicher ein. „Vergiss dich nicht, Steph." Noch ein unsicherer Atemzug. Und dann sagte sie so leise, dass sie es fast nicht gehört hätte: „Auch deine Träume."

Steph hatte es damals nicht verstanden. Ihre Träume waren Griffs Träume; sie waren ein und dieselbe Person. Als sie das erklärte, hatte ihre Mom ihr in die Augen gesehen und ihre Augen hatten eindringlich gebrannt. „Du. Vergiss nicht … dich."

Dann war sie eingeschlafen und nie wieder aufgewacht.

„Steph, geht es dir gut?"

Sie drehte sich zu der Stimme um, immer noch in Erinnerungen verloren. Sie blinzelte die unverständliche Vision vor sich an. Dave, die Ogre-Ohren immer noch auf dem Kopf, während die Stimme ihres Ehemannes sie durch die Kraft der Musik erreichte und sie an die Liebe erinnerte, die sie einmal hatten, und an den Verlust ihrer Mutter.

Sie sprang so schnell auf, dass ihr Stuhl umfiel. Sie drehte sich um und rannte. Geradewegs aus dem Restaurant. Den Bürgersteig entlang. Sie hatte kein Ziel, brauchte einfach nur Raum, um allein zu weinen. Sie hatte gedacht, sie hätte ihre Zeit mit Griff hinter sich gelassen, doch jetzt war er hier, brachte ihren Kopf durcheinander, erinnerte sie an alles, was sie damals verloren hatte. Schritte waren hinter ihr zu hören. Das musste wohl Dave sein. Griff würde sein Publikum niemals mitten im Lied verlassen.

Sie blieb stehen und drehte sich zu dem Mann um, den sie liebte, und der jetzt versuchte, genau der Mann zu sein, den sie nicht mehr liebte. Sie wollte den alten Dave zurück. Eine Träne trat heraus.

„Wein nicht", sagte er und zog sie fest in eine Umarmung.

Sie sah über seine Schulter. „Ich werde weinen, wenn mir verdammt noch mal danach ist."

Er löste sich von ihr, um ihr in die Augen zu sehen. Als er

seinen Kopf zur Seite legte, wackelten seine Ogre-Ohren. „Weinst du wegen Griffin?"

Sie riss ihm die Ogre-Ohren vom Kopf. Es war schwierig, ihn so ernst zu nehmen. „Es ist dieses dumme Lied."

„Oh! Was ist damit?"

„Er hat das Lied direkt nach dem Tod meiner Mom geschrieben." Jetzt liefen ihr die Tränen so richtig. „Ich vermisse sie so sehr."

Er hielt sie und streichelte ihr die Haare, während sie an seinem Hemd schluchzte. Ein paar Augenblicke später atmete sie zitternd ein. Dann sah sie in sein besorgtes Gesicht hinauf, nutzte die Gelegenheit und erzählte ihm auch noch den anderen Teil, weswegen sie traurig war. „Seine Lieder erinnern mich an die Zeit, als wir zusammen waren. Und es tut weh, weil er mich verlassen und mich betrogen hat, und es gefällt mir überhaupt nicht, dass ich noch etwas dabei empfinde!"

„Er hatte dich nie verdient. Hör dir seine Songs nicht mehr an."

Sie löste sich von ihm. „Und du! Hör auf, Griff übertrumpfen zu wollen. Er singt ein Lied, du singst ein Lied. Er hat ein Tattoo, du machst dir ein Tattoo. Ich möchte doch nur, dass du selbst bist. Das ist kein Wettkampf, und ich bin kein Preis, um den man kämpft."

Er wischte ihr mit seinem Daumenballen eine Träne beiseite. „Und genau da irrst du dich. Du bist ein Preis, und ich werde um dich kämpfen."

„Ich will den alten Dave zurück. Ignorier Griff einfach. Er reist ohnehin übermorgen ab."

„Gut. Aber ich bin noch derselbe. Ich habe dieses Lied nicht gesungen, weil Griffin ein Rockstar ist. Ich hab es gesungen, damit du weißt, wie ich empfinde." Als sie schwieg, fügte er hinzu: „Es war Barrys Idee."

Sie wischte sich die Tränen weg und stellte fest, dass er

nicht wissen konnte, dass Griff ihr neulich Nacht ein Ständ-
chen gesungen hatte. „Und was ist mit dem Tattoo?"

Er lächelte verliebt. „Mir gefiel einfach die Metapher."

Griff kam zu ihnen gelaufen. „Hey, du hast dir das Ende
des Liedes gar nicht angehört. Sie wollen eine Zugabe. Mein
Fahrer bringt mir meine Gitarre. Steph, komm wieder rein
und hör zu. Ich habe einen neuen Song, und ich möchte wirklich, dass du ihn hörst. Ich habe ihn gestern Abend geschrieben. Du bist meine Muse, Babe."

„Ich bin mir sicher, das schaffst du auch ohne mich", sagte
Steph. Seine Behauptung, dass sie seine Muse war, war
immer nur vorübergehend, bis die Plattenfirma mit ihren
Leuten kam.

Griff sah überrascht aus, dass irgendjemand freiwillig
verpasste, wenn er etwas Neues vorstellte. Doch in Sekun-
denschnelle erholte er sich und drehte sich zu Dave um.
„Netter Ogre-Auftritt, Idiot."

„Kann ja nicht jeder ein hirnloser Rockstar sein", blaffte
Dave.

Griff stürzte sich auf Dave und fasste dessen Shrek-T-Shirt
mit einer Hand. „Ich habe im wahren Leben meinen
Abschluss gemacht, während du mit deinem Taschenrechner
gekuschelt hast."

„Ich muss dich warnen", sagte Dave und kniff die Augen
zusammen, wie ein tougher Typ, obwohl Griff ihn immer
noch am T-Shirt gepackt hatte. „Ich habe das Street Fighter
Videospiel in zwei Stunden und dreiundzwanzig Minuten
geschafft."

„Ooh, da bin ich ja wirkl–" Griffs sarkastische Antwort
wurde unterbrochen, als eine zierliche Frau aus dem Restaurant gerannt kam und sich an Griffs Rücken warf, wobei sie
beide Männer beinahe umgeworfen hätte. Griff ließ Dave los
und packte die Arme der Frau, die ihn beinahe erwürgte.

„Chris!", rief Dave.

Steph drehte sich mit großen Augen zu Dave um. „Du kennst sie?"

Griff schaffte es, die durchgedrehte Frau von seinem Rücken loszukommen, und drehte sich um, um ihre beiden Handgelenke mit einer Hand festzuhalten. „Wer zum Teufel sind Sie?"

Die Frau lächelte schüchtern, was so gar nicht zu ihrer viel zu ruhigen, viel zu bedrohlichen Stimme passen wollte. „Ich bin Christina Olsen, und du hast dich mit dem Falschen angelegt."

Dave räusperte sich. „Stephanie, darf ich dir meine Schwester, Christina, vorstellen."

Christina lächelte süßlich. „Hi, Stephanie, schön, dich endlich kennenzulernen. Ich habe schon viel von dir gehört. Lauter gute Sachen. Ich würde dir ja die Hand schütteln, aber ich bin gerade etwas gefesselt."

Griff ließ ihre Handgelenke los und trat einen Schritt näher an Steph. Christina war mit der Bewegung nicht glücklich. Sie wirbelte herum und stellte sich Zehenspitzen an Zehenspitzen vor Griff.

„Okay, wir wissen alle, wer du bist", sagte Christina und stieß ihren Finger in Griffs Brust. Sie senkte dramatisch ihre Stimme. „Der großartige Griffin Huntley." Da weitere Finger folgten, wich Griff zurück, während Christina fortfuhr. „Versteh mich nicht falsch." *Stoß.* „Ich bin dein allergrößter Fan." *Stoß.* „Aber du hast hier bei Stephanie eine Grenze überschritten." *Stoß.* Jetzt war Griffs Rücken an der Wand, und Christina stand direkt vor ihm. „Sie hat dich um eine Scheidung gebeten, und zwar sehr nett, wie ich gehört habe. Sie ist in meinen Bruder verliebt, der diese Liebe erwidert, deswegen frage ich dich" – sie hielt inne und betrachtete sie alle – „wer gehört nicht in dieses Bild?"

„Chris, du musst nicht für mich –", hob Dave an.

„Ich werde dir sagen, wer nicht in dieses Bild gehört",

blaffte Griff. „Du und dein Bruder. Steph war zuerst meine Frau."

Steph trat von den beiden zurück und stellte sich an Daves Seite, der gleich seinen Arm um sie legte.

Christina und Griff starrten einander unverwandt an. Allmählich kamen die Leute aus dem Restaurant, vermutlich wunderten sie sich, wohin Griff gegangen war, nachdem er ihnen noch mehr Musik versprochen hatte.

„Oh, schau nur", sagte Christina mit breitem Lächeln. „Das magst du doch am liebsten. Wir haben ein Publikum."

Und dann warf sie ihre Arme um Griffs Hals und küsste ihn mit aller Leidenschaft. Steph drehte sich zu Dave um, um zu sehen, wie er auf diese merkwürdige Entwicklung der Dinge reagieren würde, als er sie höllisch überraschte, indem er mit einer Hand ihre Haare packte und seinen Mund auf ihren stieß. Seinen anderen Arm legte er um ihre Taille und drückte sie flach gegen seinen Körper. Der Kuss war kräftig, wild und unglaublich erotisch, als seine Zunge hineinstieß. Sie konnte nichts anderes tun, als sich an ihm festhalten, während er ihren Mund eroberte, verloren in dem unerwartet fiebrigen Kuss.

GRIFFIN STOLPERTE ZURÜCK, als Christina ihn endlich Luft schnappen ließ.

„Hab ich's dir doch gesagt", sagte Christina hämisch grinsend zu Griff. Sie neigte ihren Kopf dorthin, wo Dave Steph immer noch wie ein nach Sex hungernder Mann küsste. Was er vermutlich auch war. Griff konnte sich nicht vorstellen, dass ein Typ wie Dave viel Action hatte. Warum musste er sich dann ausgerechnet an die eine Frau ranmachen, die Griff nicht loslassen konnte?

Griff schob die verrückte Frau von sich. Er sah sich in der

Menge um und entdeckte rasch Mandy mit ihrem üblichen Hoodie.

Er ging in ihre Richtung, als Christina an seinem Arm zog. „Was?", blaffte er.

Sie sah ihn herausfordernd an. Die Frau hatte schon Mut, das musste man ihr lassen. Die meisten Frauen lächelten nur und hauchten ihm leise Worte zu.

Sie stellte sich auf Zehenspitzen, um ihm ins Ohr zu flüstern, und in diesem erschreckenden Monument, als ihr Mund sein Ohr erreichte und sie endlich sprach, dachte er, sie würde ihm vielleicht das Ohr abbeißen.

„Wenn du Dave auch nur ein Haar krümmst", flüsterte sie, „werde ich dich kastrieren."

Er richtete sich auf und war erleichtert, dass er sein Ohr noch hatte. „Botschaft angekommen."

Jetzt machte Mandy Fotos von ihm und dieser Geisteskranken. Er musste sie aufhalten. Er wollte gerade schon gehen, als Christina wieder an seinem Arm zog.

Er drehte sich zu ihr zurück. „Ich verstehe schon!"

Sie lächelte unter ihren Wimpern zu ihm auf und drückte ihm eine Karte in die Hand. „Ruf mich an, wenn du mal mit einer echten Frau zusammen sein möchtest. Du weißt schon, nicht mit einer Plastikpuppe."

Er zeigte auf sie. „Du bist verrückt."

„Nur, wenn man mich herausfordert", sagte sie zwinkernd.

Sie ging nicht, stand einfach nur da und musterte ihn, worauf er sich sehr unbehaglich fühlte. Er wandte sich ab. „Mandy, warte!"

Mandy ging ziemlich schnell den Bürgersteig entlang auf ihren Mietwagen zu. Das war nicht gut. Normalerweise würde sie mit ihm reden. Er begann zu rennen und holte sie an ihrem Auto ein.

„Diese Fotos darfst du nicht benutzen", sagte er. „Bitte. Es sieht wirklich nicht gut für mich aus, wenn ich vor meiner

Frau eine andere Frau küsse, und dann auch noch zusehe, wie meine Frau einen anderen Mann küsst."

„Es ist ganz egal, was ich tue, Griff", sagte sie mit ihrer kehligen, verrauchten Stimme. Sie schob sich die Kapuze vom Kopf. Sie hatte sich die Haare gefärbt. Griff starrte. Ihre blonden Haare waren jetzt dunkelbraun und glatt. Und lang. Genau genommen sahen sie ziemlich so aus wie Stephs Haare.

„Trägst du eine Perücke?", musste er einfach fragen. Er konnte sich nicht daran erinnern, dass ihre Haare so lang gewesen waren.

„Viele Leute haben Fotos und Videos davon", schnaubte sie. „Das Zeug ist jetzt schon online. Mein Beitrag bedeutet nur, dass ich meinen Job behalten werde."

„Ich werde dir bald bessere Aufnahmen liefern", sagte er. „Das verspreche ich. Du musst mir helfen. Dafür sorgen, dass ich gut dastehe. Ich brauche das."

Sie öffnete ihren Wagen und stieg ein, dann öffnete sie das Fenster. „Ich gehe hin, wohin du gehst, aber du musst dir schon etwas Mühe geben. Die Kamera lügt nicht."

„Ich weiß, ich weiß. Das werde ich. Das verspreche ich."

Mandy schenkte ihm ein kleines Lächeln, bei dem ein Mundwinkel sich hob. „Mach dir um sie keine Sorgen, Griff. Ich liebe dich immer noch."

Er schenkte ihr sein langsames, sexy Lächeln aus Dankbarkeit dafür, dass sie ihm immer den Rücken stärkte. Er hatte nie mit ihr geschlafen, da das für gewöhnlich schlecht endete, und er konnte es sich nicht leisten, dass Mandy wütend auf ihn war. Sie konnte ihm in der Presse ernsthaft schaden.

„Danke, Mandy, du bist die Beste."

„Vergiss das nicht", sagte sie, dann fuhr sie davon.

6

„Ich sage nur, dass ich Griffin Huntley nicht von der Bettkante schubsen würde." Jaz wackelte mit den Brauen.

„Ich auch nicht", meldete Amber sich zu Wort.

Steph war mit ihren Freundinnen für einen dringend nötigen Mädelabend am Freitag bei Amber zu Hause. Sie aßen gerade Thai im Wohnzimmer.

Ambers Mann, Bare, steckte seinen Kopf aus der Küche heraus und sah sie an. „Worum geht es hier denn?"

„Mädelsgespräche", sagte Amber schnell.

„Amber", knurrte er und ging zurück in die Küche.

Ambers Gesicht lief rot an. Sie sprang vom Sofa auf. „Bin gleich wieder da, Leute."

Es war wirklich still in der Küche, deswegen flüsterte Steph ihr Geständnis Jaz zu. „Ich habe Dave noch nicht einmal ins Bett bekommen. Jedes Mal, wenn ich Dave treffe, taucht Griff auf."

Jaz bekam ganz große Augen. „Stalkt Griff dich?"

Bei dem Gedanken bekam Steph eine Gänsehaut. Es war merkwürdig, wie Griff immer wieder auftauchte. Keines von den Malen hatte sie ihm gesagt, wo sie war.

Sie aß noch etwas Thai und dachte nach. „Vielleicht tut er das", sagte sie schließlich.

Jaz beugte sich über den Sofatisch vor. „Würde er dir wehtun?"

„Nein, niemals", erwiderte Steph gleich. Nicht der Griff, den sie kannte. Sie waren nur sechs Monate miteinander ausgegangen, vor den drei Monaten ihrer Ehe, doch er war ihr gegenüber offen gewesen, manchmal sogar verletzlich, wenn er mit ihr über schmerzhafte Erinnerungen an seine Kindheit sprach. Und er war Joey gegenüber so gut. Er war kein gewalttätiger Mann. Zumindest nicht, bis er einen Blick auf Dave geworfen hatte. Natürlich hatte auch Dave nicht wie der Typ gewirkt, der sich auf eine körperliche Auseinandersetzung einließ, ehe er Griff kennengelernt hatte. Es war wie so eine Art männliches Weitpissen. Lächerlich.

Steph machte sich wieder an ihr Essen.

Jaz kaute auf ihrem Basilikum rundherum, bevor sie sagte: „Es ist dennoch gruselig."

Steph winkte das ab. „Er reist morgen ab, deswegen muss ich mir keine Sorgen machen."

„Du kannst Chief O'Hare anrufen, wenn du dich unsicher fühlst", sagte Jaz. „Du weißt, dass er das ernst nehmen wird."

„Ich weiß." Besonders, da Steph mit Ryan O'Hares Frau Liz befreundet war. Sie arbeiteten beide in der Clover Park Elementary.

Sie machten sich wieder daran, in behaglichem Schweigen zu essen. Ein paar Minuten später stellte Steph fest, dass Ambers Essen noch unberührt war. „Amber?", rief sie.

„Ich komme!" Amber schnappte nach Luft.

Jaz und Steph tauschten einen erstaunten Blick aus. *Oh mein Gott*, formte Jaz mit ihrem Mund.

Ich weiß, erwiderte Steph ebenso lautlos.

„Sollen wir gehen?", flüsterte Jaz.

Sie starrten einander an, dann brachen sie in Lachen aus

und bedeckten ihren Mund, um das Geräusch zu dämpfen. Jaz stand auf und ging auf Zehenspitzen Richtung Küche.

„Mach das nicht!", zischte Steph.

Jaz blieb stehen und tat so als stieße sie mit ihrer Hüfte. „Oh, Bar-ry", flüsterte sie.

„Schh-schh-schh", flüsterte Steph kichernd.

Sie aßen weiter. Jaz hielt immer wieder eine Hand an ihr Ohr, als lauschte sie auf das große Finale.

Endlich kam Amber zurück und glättete ihre Haare. „Also, was habe ich verpasst? Bare brauchte bei etwas Hilfe in der Küche."

„Etwas", wiederholte Jaz.

Amber kehrte zu ihrem Zitronengrashuhn zurück. „Mmm … etwas."

Jaz informierte sie. „Wir denken, Griff könnte Steph stalken, aber sie macht sich keine Sorgen, und er fährt morgen. Hast du ihn getroffen?"

„Ja", sagte Amber. „Er war an der Schule." Sie biss sich auf die Lippen, ihre Augen tanzten verschlagen, und sie sagte lauter: „In echt sieht er sogar noch besser aus."

Wieder steckte Bare seinen Kopf zur Tür herein. „Amber", knurrte er.

Amber errötete, blieb aber, wo sie war.

Bare kehrte in die Küche zurück.

Amber kicherte. „Dafür werde ich später zahlen müssen", sagte sie in glücklichem Tonfall. Sie wandte sich an Steph. „Möchtest du heute Nacht hier schlafen, damit du dir wegen Griff keine Sorgen machen musst? Wir haben ein Gästezimmer."

„So gerne ich ja auch hören würde, wie du und Bare es treibt" – Steph hob Bare zuliebe die Stimme – „die ganze Nacht, ich verzichte."

„Du kannst bei mir schlafen", bot Jaz an.

„Ist schon in Ordnung", sagte Steph. „Mir wird es schon gut gehen."

Nach dem Abendessen tranken sie noch Wein und sahen sich diese verrückte *Zombie Bonanza* Show an, auf die Amber so versessen war. Jaz warf immer wieder Popcorn auf den Bildschirm, wenn ein Opfer unschuldig ging, um nachzusehen, weil es ein merkwürdiges Geräusch gehört hatte. Steph entspannte sich zum ersten Mal, seitdem Griff in der Stadt aufgetaucht war. Sie konnte es nicht abwarten, dass er nach L.A. zurückkehrte. Dann würde sich mit Dave alles wieder normalisieren. Wenn dieser Kuss vor dem Garner's irgendwie ein Hinweis war, dann hatte Dave eine wilde, fleischliche Seite, die zu erkunden sie sehr bereit war.

Später am Abend bestand Bare darauf, Steph und Jaz nach Hause zu fahren, obwohl es nur ein paar Blocks zu Fuß durch die Dunkelheit waren. Sie verabschiedete sich winkend von ihren Freundinnen, sah sich in der dunklen Straße nach einer Limousine um, und als sie keine entdeckte, schloss sie unbesorgt ihre Tür auf. Nicht, dass sie viel sehen konnte. Es gab nur eine Straßenlaterne, doch eine Limousine wäre ihr aufgefallen, da war sie sich sicher.

Sie erklomm die Treppe, öffnete ihre Wohnungstür, schaltete das Licht an und erstarrte.

Etwas stimmte nicht. Ihre Lampe war umgefallen, und die künstlichen Orangen aus der dekorativen Schale waren auf dem ganzen Boden verteilt. Ihr teuflischer Kater, Loki, saß oben auf dem Sofa und zischte etwas auf der anderen Seite, außer Reichweite, an.

Ihr Herz raste, als Steph an all diese unschuldigen, dummen Leute dachte, die sie sich bei *Zombie Bonanza* angesehen hatte und die geradewegs dem Zombie in die Klauen liefen. Sie nahm die Lampe als Waffe und ging langsam in die Richtung, in die Loki starrte. Etwas Pelziges, Graues huschte an ihr vorbei und lief dabei über ihren Fuß. „Ahhh!"

Loki sprang vom Sofa und raste ins Schlafzimmer.

Heilige Scheiße. War das eine Maus oder eine Ratte? Es sah riesig aus. Steph erschauerte. Sie stellte die Lampe wieder auf den Beistelltisch und ging auf Zehenspitzen in die Küche, in die die Mauseratte gelaufen war. Das würde die Unordnung erklären, wenn Loki sie durch ihre Wohnung gejagt hatte. Das Biest kauerte hinter Lokis Fressnapf.

Die schwarzen Käferaugen starrten sie an. Es roch ihre Angst. Die Barthaare zuckten und entblößten scharfe, kleine Zähne. Es war eine übergroße Maus, da war sie sich ziemlich sicher, keine Ratte. Sie suchte nach etwas, womit sie sie fangen konnte. Sie konnte heute Nacht nicht schlafen, wenn sie wusste, dass eine Maus frei durch ihre Wohnung lief. Was, wenn sie sich in ihren Haaren niederließ? Oder ihren kleinen Mäusekopf in ihren Mund steckte, während sie schlief? Oder versuchte, ihren Augapfel zu fressen?

„Beweg dich nicht", sagte sie ihr. „Ich hole dir eine hübsche, bequeme Kiste."

Langsam ging sie rückwärts, um die Maus nicht zu erschrecken, dann ging sie in ihr Schlafzimmer, um nach einem Schuhkarton zu suchen.

Sie sah unter ihr Bett, wo der Kater sich hingekauert hatte. „Loki, schieb deinen Hintern da raus und verdien dir dein Futter."

Sie griff nach Loki, der nach ihr schlug. Seine Krallen trafen ihre Hand. „Au! Du bist eine Schande für alle Kater. Ich fasse es nicht, dass du nur meine Haarspangen jagst. Dafür wurdest du gemacht!"

Sie hielt ihre Hand. Es tat so weh. Ein paar Blutstropfen traten heraus. Großartig! Jetzt würde die riesige Maus Blut riechen und versuchen, sie zu fressen, einen kleinen Bissen nach dem anderen, während sie schlief. Sie öffnete ihren Schrank und zog einen Schuhkarton vom oberen Regal, die Schuhe ließ sie da. Mit dem Schuhkarton ging sie zurück in die Küche. Keine Maus.

„Komm raus, komm raus, wo auch immer du bist!", rief sie. „Ich habe ein hübsches, bequemes neues Haus für dich."

Sie sah sich überall in der Küche um, öffnete alle Schränke

und sah hinter allen Geräten nach. Sie ging ins Wohnzimmer hinaus. „Ah!", schrie sie.

Sie war auf dem Sofa! Mit geöffneter Schachtel rannte sie darauf zu, und sie huschte übers Sofa und verschwand in ihrem Schlafzimmer. Sie blieb stehen. Nie wieder würde sie schlafen können. Loki kam herausgerast und kauerte sich im Wohnzimmer in die Ecke. Sie knallte die Schlafzimmertür zu.

Sie musste umziehen, das war alles. Wenn das Biest auf ihrem Kissen saß, würde sie nie wieder darauf schlafen können. Sie nahm sich eine Decke vom Sofa und legte sie vor den Spalt unter ihrer Schlafzimmertür. Wenigstens saß sie jetzt fest. Doch was, wenn sie auf ihr Bett kackte? Sie würde ihre ganze Bettwäsche verbrennen müssen.

Sie riss die Decke wieder beiseite und drückte die Tür auf. Dann sah sie sich im ganzen Schlafzimmer um. „Hier, Mausi." Sie stampfte mit den Füßen, damit sie aufschreckte, und wollte gerade schon aufgeben, als ein grauer Blitz zur Tür hinausschoss. Loki fauchte. Sie rannte ins Wohnzimmer. Keine Maus. Loki saß auf dem Sofa, seine Augen so sehr geweitet, dass man das Weiß darin sah.

„Du bist sowas von gefeuert", sagte sie zu Loki. Und da sie sich auf keinen Fall hinsetzen oder irgendetwas tun konnte, bis diese Maus aus ihrem Haus war, rief sie Dave an.

„Bist du gerade beschäftigt?", fragte sie. Sie hörte die Stimmen von Männern im Hintergrund.

„Nee."

„Was machst du denn?"

„Nichts."

„Sicher?"

„Ich habe nur einen Pokémon-Abend mit den Jungs."

„Poker?" Manchmal kam bei bestimmten Wörtern sein Brooklyn-Akzent wieder raus. Er ließ die Rs fallen, wenn sie es am wenigsten erwartete.

„Nein, Po-ké-mon." Jetzt betonte er jede Silbe ganz deutlich.

War das nicht das Sammelkartenspiel, das die jüngeren Kinder in der Pause spielten? Auch Erwachsene spielten das? Bevor sie fragen konnte, rannte die Maus an der Wand entlang und eilte hinter ihren Kühlschrank. Was, wenn sie in den Kühlschrank gelangte? Was, wenn sie ihren Nudelsalat öffnete und eine tote Maus darin fand?

„Hier ist eine riesige Ratte!", rief sie. „Kannst du herkommen?"

„Bin sofort da", sagte Dave. „Mach dir keine Sorgen. Mit Ratten habe ich in Brooklyn ausreichend Erfahrungen gesammelt."

„Gesegnet seist du."

Kurz darauf traf Dave ein, ihr Held. Sie umarmte ihn. „Sie ist in der Küche."

„Wo ist dein Besen?", fragte er.

„Im Küchenschrank. Kannst du ihn holen? Ich möchte da nicht reingehen."

Er nickte einmal und holte den Besen. Er hielt ihn wie eine Waffe.

„Was wirst du tun?", fragte sie aus sicherer Entfernung.

„Ich werde sie töten."

„Du darfst sie nicht töten! Schaff sie nur hier raus."

„Diese Viecher verbreiten Krankheiten. Glaub mir, das möchtest du hier nicht haben."

„Es könnte auch eine Maus sein", sagte sie. „Eigentlich bin ich mir ziemlich sicher, dass es eine Maus ist. Ich weiß, ich hab gesagt, es wäre eine Ratte, weil sie so riesig ist, aber sie sieht nur riesig aus, weil sie an meine Sachen geht." Ein grauer Blitz huschte an ihnen vorbei. „Da ist sie!"

Dave rannte los, schlug nach der Maus, die ihn zu einer hübschen Verfolgungsjagd durch ihre Wohnung lockte. Loki schaute aus sicherer Distanz zu und sah entsetzt aus.

Steph setzte sich aufs Sofa und zog ihre Beine hoch, damit die Maus nicht noch einmal versehentlich über ihren Fuß rannte. Dave kesselte sie unter dem Sofa ein, als sie darunter rannte.

Steph sprang auf. „Ah! Dave!", kreischte sie.

Jemand klopfte an die Tür. „Steph! Geht es dir gut?""

Griff?

„Dave!", schrie sie erneut. Die Maus war auf der anderen Seite der Couch wieder aufgetaucht.

Dave kam auf sie zugeflogen, und der Besen schlug mit einem Klatschen auf ihren Oberschenkel.

„Au!", schrie Steph.

„Steph! Lass mich rein!", schrie Griff. „Sonst breche ich diese Tür auf." Ein lautes Pochen war an der Wohnungstür zu hören.

„Dave!", schrie sie und zeigte dorthin, wo die Maus jetzt in der Nähe der Wand lauerte.

Wieder war ein Pochen an der Tür zu hören. Steph riss ihren Blick von der Maus. Ein weiteres Pochen. Die Holztür gab gefährlich nach. *Mist.* Er würde die Tür noch wirklich aufbrechen. Steph rannte zur Wohnungstür und riss sie auf. Sie rannte zur Wohnungstür und riss sie auf. Griff kam hereingestolpert, als Dave gerade mit dem Besen hinter der Maus her vorbeikam, die wieder Richtung Schlafzimmer sauste.

„Fang sie!", kreischte sie. „Lass sie nicht an mein Bett!"

„Was ist denn hier los?", fragte Griffin. „Ich dachte, du wärst in Schwierigkeiten."

Steph warf ihm einen kurzen Blick zu, während sie die Orangen vom Fußboden aufsammelte, bevor Dave darauf noch zu Tode stürzte. „Dave versucht, die Maus zu fangen, die gerade in mein Schlafzimmer gerannt ist!"

Griff nickte. „Ich mach das schon."

Er ging. Sie hörte, wie Dave in ihrem Schlafzimmer herumpolterte, während der Besen den Boden und die Wände traf. Die Maus haute wieder daraus ab. Sie sprang zurück aufs Sofa, wo Loki vor Angst zitterte. Sie nahm sich den Kater und streichelte seinen bibbernden Körper. „Du bist der schlechteste Jäger aller Zeiten, Loki."

Loki antwortete darauf nicht.

Griff kam mit einem Baseballschläger zurück.

„Oh mein Gott, Griff, was tust du denn da?", fragte Steph. „Woher hast du den?"

„Von deinem Nachbarn. Ich erwische die Maus."

Entsetzt sah sie zu, wie sowohl Dave als auch Griff die Maus durch ihre Wohnung jagten, der hölzerne Schläger und der Besen wurden wild geschwungen. Dave schwenkte den Besen genau in dem Moment, als Griff mit dem Schläger ausholte und beinahe Daves Knöchel getroffen hätte.

„Jungs, stopp!", rief Steph. „Ihr könnt nicht beide die Maus jagen. Ihr werdet euch noch gegenseitig verletzen."

„Ich mache das", sagte Dave. Er ließ sein Opfer nicht aus den Augen.

„Ich schaff das schon, Honey", sagte Griff und machte sich auf den Weg zu ihrem Schlafzimmer.

Sie hörte ein Rascheln, mehrere dumpfe Geräusche und ein Krachen, als der Schläger auf Holz traf. „Mach meine Möbel nicht kaputt, Griff!"

Plötzlich huschte ein grauer Blitz nahe an ihren Füßen vorbei, was reichte, um Loki aus ihren Armen springen und in die entgegengesetzte Richtung laufen zu lassen. Der Kater lief gerade zum Schlafzimmer, als Dave und Griff gleichzeitig versuchten, durch die Tür zu gehen. Griff stolperte über den Kater, stieß gegen Dave, und beide fielen mit dem Gesicht voran zu Boden.

Sie schaute sich wie wild nach der Maus um und sah, wie sie den Hausflur direkt vor ihrer Wohnungstür entlanglief, die Griff zu schließen vergessen hatte. Sie sprang zur Wohnungstür, knallte sie zu und blockierte den Spalt darunter mit der Decke.

„Sie ist weg!", erklärte sie.

„Runter von mir", sagte Dave.

Griff und Dave lösten sich voneinander und standen auf.

Steph nahm einen tiefen, beruhigenden Atemzug. „Das war aufregend."

Sie nahm den beiden Männern den Schläger und den Besen ab. „Danke für die Hilfe", sagte sie. Sie linste hinter sie in ihr Schlafzimmer. Der Pfosten am Fußende war zersplittert.

„Griff, du hast mein Bettgestell ruiniert", sagte sie.

„Und genau deswegen ist ein Besen besser", sagte Dave.

„Ich kaufe dir ein neues", sagte Griff.

„Was machst du eigentlich hier?", fragte sie Griff.

Einen Moment lang sah er unbehaglich aus, doch er erholte sich schnell. „Ich habe für morgen einen Tisch im Grinaldi's in der City reserviert. Ich bin nur vorbeigekommen, um dich zu fragen, ob du hinmöchtest. Um der guten alten Zeiten willen. Ich habe einen Tisch mit einem umwerfenden Blick auf die Skyline bekommen."

Das Grinaldi's war eins der top Restaurants in der City, das Lokal, um zu sehen und gesehen zu werden. Celebritys frequentierten das Restaurant, das die obere Etage des Metro Six Gebäudes einnahm. Dennoch war Steph misstrauisch. Für die Einladung hätte er anrufen können. Er musste in der Nähe gelauert haben.

Sie schüttelte den Kopf.

Dave meldete sich zu Wort. „Die alten Zeiten sind tot und vorbei."

Griffs Kopf zuckte herum. „Ich habe doch wohl wenigstens eine Mahlzeit mit *meiner Ehefrau* verdient. Es gibt Dinge, über die wir reden müssen."

„Dann hättest du sie in den letzten fünf Jahren wenigstens einmal anrufen sollen", sagte Dave.

Die beiden Männer starrten einander finster an. Das Testosteronlevel im Zimmer stieg.

„Jetzt beruhigen wir uns erst einmal alle", sagte Steph. „Griff, nein, aber danke. Ich habe schon etwas mit Dave vor." Hatte sie nicht, aber das wusste er nicht.

„Genau, sie hat etwas mit mir vor", stimmte Dave gleich zu.

„Gute Reise morgen", sagte Steph zu Griff. „Wir müssen nicht in Kontakt bleiben, okay?"

Griff wandte sich mit einem mörderischen Blick an Dave. „Was habt ihr denn vor?"

Daves Mundwinkel hob sich. „Das wüsstest du wohl gern."

Griff stellte sich direkt vor Daves Gesicht. „Ich habe ein Recht, es zu wissen. Das Recht eines Ehemanns."

Dave wich nicht vom Fleck. „Du hast null Rechte", bellte er. „Weniger als null. Null Komma nichts."

„Ich werde nicht gehen, ehe Steph und ich uns nicht unterhalten haben", sagte Griff grimmig.

„Und ob du gehen wirst", sagte Dave, packte Griffs Arm und begleitete ihn zur Tür. Griff schüttelte ihn ab und schubste ihn kräftig. Dave stolperte rückwärts.

„Griff, hör auf!", sagte Steph. „Es wird nicht gekämpft."

Dave stürmte vor und schubste Griff, der rückwärts gegen die Tür stolperte. Steph bekam ganz große Augen.

„Ich sagte doch, hier wird nicht gekämpft!", schrie sie.

Die beiden Männer umrundeten einander. Dave hielt beide Fäuste gehoben wie ein Boxer und begann zu hüpfen und auszuweichen. Steph ächzte. Das musste ja schiefgehen.

„Beide raus", sagte sie. „Wenn ihr euch schon prügeln müsst, dann will ich das nicht auch noch sehen." Sie packte beide am Arm und schob sie zur Tür hinaus.

„Aber, Steph", sagte Dave.

„Komm schon", sagte Griff.

„Raus", sagte sie, dann schob sie die Tür zu und schloss ab. Erschöpft ließ sie sich gegen die Tür sinken. Sie hoffte, ohne sie als Zeugin würden sie sich beruhigen. Sie schätzte, dass es ihr Stolz und ihr Ego waren, die sie versuchten, vor ihr zu bewahren.

Sie wollte wirklich nicht sehen, wie Dave einen Tritt in den Hintern bekam.

EINEN MOMENT lang stand Dave auf dem Bürgersteig und war sich unsicher, ob er zu Steph zurückgehen oder ihr etwas Freiraum lassen sollte. Er war nur zu diesem Pokémon-Abend gegangen, weil Steph bei einem Mädelsabend gewesen war. Außerdem hatte er gedacht, er könnte die Jungs fragen, wie sein nächster Schritt aussehen sollte. Er hatte absolut keine Idee. Wie sollte er auch? Nie zuvor hatte er gegen einen berühmten Rockstar antreten müssen. Unglücklicherweise hatten seine Kumpel noch weniger Ahnung von Frauen als er. Frank hatte vorgeschlagen, sie zum Pokémon-Abend einzuladen, doch Dave vermutete, dass Frank einfach nur eine schöne Frau da sehen wollte. Er war schon seit ein paar Jahren Single und würde sich wahrscheinlich an Steph ranmachen. Andy hatte vorgeschlagen, ihr einen Welpen zu schenken, doch sie hatte ja bereits den Kater. Kyles Idee war gewesen, dass Dave ihr etwas kochte, und er hatte ihm sogar den *Playboyguide fürs Essen zu Hause* von seinem eigenen Regal gegeben. Nur, dass Dave nicht kochen konnte. Normalerweise holte er sich vier Portionen Hühnchen mit gemischtem Gemüse von Sunny Garden und aß das dann die ganze Woche. Die Maus war der perfekte Vorwand gewesen, sowohl bei Steph wie ein Held zu wirken als auch Zeit mit ihr zu verbringen. Bis Griffin gekommen war.

„Hey, willst du ein Bier?", rief Griffin.

Dave fiel die Kinnlade herunter. Griffin lehnte sich mit den Händen in den Hosentaschen gegen die Limousine.

„Mit dir?", fragte Dave.

„Ja, wir klären das. Das geht bei einem Bier leichter, meinst du nicht?"

Dave war misstrauisch, doch er würde so gut wie alles tun, damit sich die Sache mit Steph klärte. „In Ordnung."

Schweigend gingen sie die paar Blocks zum Garner's. Griffin nahm ein paar Plätze an der Bar ein. Bald schon hatte sich eine Menge um sie versammelt, alles Frauen, die für Griff schwärmten. Der Typ hatte nichts Großartiges erfunden, wie zum Beispiel Nanotechnologie, nicht einmal den Rock'n'Roll. Griffin gab ein paar Autogramme und ließ ein paar Fotos von sich mit den Anwesenden machen.

Dave nuckelte an seinem Bier und stand kurz davor, diese ganze Wir-klären-das-Idee auf sich beruhen zu lassen. Nur seine Liebe für Steph hielt ihn auf diesem Barhocker neben dem aufgeblasenen Sänger fest. Eine lange, langweilige Zeit später erinnerte Griffin sich endlich an Dave.

„Das war's jetzt, Leute", sagte Griffin. „Ich bin eigentlich hier, um ein wenig mit meinem alten Kumpel Dave zu plaudern."

Die Menge löste sich widerwillig auf. Eine schöne Rothaarige gab Griffin eine Serviette mit ihrer Nummer, während sie sich vorbeugte und ihm etwas ins Ohr flüsterte. Griffin grinste, steckte die Serviette in seine Tasche und winkte ihr hinterher.

„Nett", murmelte Dave leise. So wünschte man sich einen Ehemann. Der Typ hatte Steph definitiv nicht verdient.

Griffin musterte Dave. „Also, erzähl mir von dir, Dave."

Das überraschte Dave. „Was möchtest du wissen?"

Er nahm einen Schluck von seinem Bier. „Was sieht Steph in dir?"

Er dachte über die Frage nach. „Ich bin ein netter Typ. Frauen mögen das."

Griffin hob skeptisch eine Braue. „Ja? Nimm das nicht persönlich, aber für mich wirkst du ein wenig wie ein Langweiler."

„Nimm das nicht persönlich, aber für mich wirkst du ein wenig wie ein Arschloch."

Griffin lächelte und kippte sein Bier herunter. „Zwei Whisky", sagte er zu dem Barkeeper. „Machen wir es etwas interessanter. Lass uns sehen, wer die meisten Kurzen schafft."

„Das ist kindisch", sagte Dave. „Mir reicht mein Bier."

Die Shots waren sofort da.

„Langweiler." Griff nahm einen und knallte das leere Schnapsglas auf den Tresen. „Noch einen." Der Barkeeper stellte einen weiteren vor ihn. „Zu schade, dass du nicht die Eier für einen Kurzen hast."

„Oh, und ob ich Eier hab. Zwei große." *Nicht wirklich.* Dave nahm sich das Schnapsglas, kippte den Whiskey rein und begann gleich zu husten, als er in seiner Kehle brannte. Er verkniff sich einen Schrei und schüttelte den Kopf auf eine Art, von der er hoffte, dass sie als männlich durchgehen würde.

Griffin trank seinen zweiten Shot aus und sah Dave an. „Wäre ich nicht auf Tournee gegangen, hättest du mir niemals meine Frau stehlen können."

Dave bestellte mit dem Finger einen weiteren Kurzen, fühlte sich bereits wagemutiger. Der nächste kam, und Dave schaffte den mit weniger Husten und ohne sich auf die Brust zu schlagen. „Weißt du, was dein Problem ist?", fragte er Griffin mit lauter Stimme.

Griffin hob eine Braue. „Was ist denn mein Problem, Dave?", fragte er langsam.

„Zu viele Touren, zu wenig Steph." Er grinste, der Whisky gab ihm mehr Selbstvertrauen. Er war der Typ für Steph, nicht Griffin. „Ich habe sie dir nicht gestohlen. Sie hat dir erst gar nicht gehört. Du hast keine Frau." Er beugte sich vor, um es noch stärker zu betonen. „Überhaupt keine."

„Oh, ich hatte schon Frauen", knurrte Griffin. Er drehte sich zu dem Barkeeper um. „Noch vier, Barkeeper."

Daves Blutdruck stieg in die rote Zone. Griffin hatte all diese Frauen gehabt, während er noch mit Steph verheiratet gewesen war. „Das werde ich. Aber nicht Steph. Sie gehört mir."

Die Shots kamen. Dave nahm sich noch einen und wischte sich den Mund ab. Mist. Ihm war schwindlig. Er nahm sich ein paar Brezeln aus der Schüssel auf der Bar und schob sie sich in den Mund. Die Brezeln würden den Alkohol absorbieren. „Und ich habe noch etwas, das du nicht hast", sagte er mit Brezeln im Mund.

Griffin kippte noch einen Kurzen hinunter und sah ihn von der Seite an. „Und was, Hotshot?"

Daves Zunge fühlte sich an, als wäre sie zu groß für seinen Mund. Er trank noch einen Kurzen und verschlang die Brezeln. Seine Worte kamen ganz langsam. „Numerisches Verständnis. Was ist 731×57?"

Griffin lachte schallend. „Und du meinst, Steph liegt etwas daran?"

Daves Worte klangen gelallt, doch er brachte sie heraus. „Einundvierzigtausendsechshundertsiebenundsechzig."

Griffin schnaubte. „Versuch's mal mit Verständnis für Frauen. So sind Frauen. Sie wollen einen Typen, der weiß, was er tut. So wie ich alle Stellen kenne, die Steph heiß machen. Ich wette, du hast bis jetzt nicht einmal ihren süßen Punkt gefunden, oder doch?"

Die Worte hingen in der Luft zwischen ihnen.

Griffin grinste hämisch. „Ich wusste es!"

Dave stürzte sich auf Griffin. Sie fielen zu Boden, die Barhocker flogen durch den Raum. Sie rollten über den Boden, ein Durcheinander von Gliedmaßen. Dave hatte Griffins lange Haare in seiner Hand, und er kämpfte darum, seinen anderen Arm aus Griffins Eisengriff zu bekommen, damit er einen guten Schlag im Gesicht des hübschen Jungen landen konnte.

„Whoa, Griffin Huntley in einer Barschlägerei!", schrie jemand. „Sag Cheese." Ein Blitz leuchtete auf.

Sie rollten sich weiter. Noch mehr Blitze gingen los. Auch

ein paar Piepstöne waren zu hören, als Handys das epische Ereignis aufzeichneten. *Ha!*, dachte Dave ein wenig berauscht. *Das wird in sämtliche Klatschzeitschriften kommen. Man ruft mich definitiv ins Büro des Direktors!*

Griffin löste seinen Griff von Dave und starrte wütend die Menge an, die in der Nähe um sie stand. „Keine Fotos!", schrie Griffin. „Keine Videos!"

Dave nutzte die Ablenkung und rollte sich von Griffin herunter, hatte vor, so weit wie möglich von dem Mann wegzukommen, mit dem er sich niemals hätte anlegen sollen, als sein Ellbogen versehentlich Griffins Gesicht traf. Plötzlich spritzte Blut aus Griffins Nase.

„Du hast mir die Nase gebrochen!", kreischte Griffin. Er rappelte sich auf seine Füße auf. Jemand reichte ihm eine Serviette, und er legte seinen Kopf zurück und versuchte, die Blutung zu stoppen.

Dave stand entsetzt da. „Das habe ich nicht …" Er konnte nicht weitersprechen, als das Blut durch die weiße Serviette sickerte und ihm unwohl wurde. „Mist", sagte er noch, dann verlor er das Bewusstsein.

Als er wieder zu sich kam, sah Griffin ihn finster an, hielt sich ein Coolpack an die Nase, und ein tough aussehender Polizeibeamter starrte auf ihn herab.

„Können Sie aufstehen?", fragte der Cop.

Dave stand auf und neigte sich unsicher zur Seite. Auf dem Namensschild des Cops stand R. O'Hare. R. O'Hare würde ihn jetzt verhaften. Er, ein respektabler Lehrer, im Gefängnis. Wieder wurde ihm ein wenig schwindlig. Er konzentrierte sich auf etwas anderes als den scharfen Blick des Cops und zwang sich, aufrecht zu stehen.

„Sie beide werden die Nacht an einem sehr besonderen Ort verbringen, wo Sie sich etwas abkühlen können", sagte R. O'Hare.

„Ich werde nirgendwo hingehen", sagte Griff und machte eine große Show daraus, den toughen, mutigen Typen zu mimen, was Dave für unüberlegt hielt, selbst in seinem kaum zurechnungsfähigen Zustand.

R. O'Hare war nicht beeindruckt. „Wir haben bereits Trunkenheit, ordnungswidriges Verhalten und Ruhestörung. Möchten Sie noch weitere Anklagepunkte auf die Liste fügen?" Als Griffin schwieg, zuckte R. O'Hare mit dem Kopf Richtung Tür. „Dachte ich mir. Auf geht's."

Dave ging friedlich.

„Ich möchte einen Anwalt", sagte Griff und stemmte die Fersen in den Boden.

„Sie bekommen ihren Telefonanruf", sagte R. O'Hare. „Und jetzt gehen wir", brachte er zwischen den Zähnen hervor, „oder soll ich Ihnen Handschellen anlegen?" Er sah bedeutungsvoll zu all den Gästen des Lokals, die eifrig die Szene betrachteten.

Griffin ging. R. O'Hare schob sie hinten in seinen Polizeiwagen und fuhr die kurze Strecke zum Polizeirevier von Clover Park.

„Was haben wir denn da, Chief?", fragte ein anderer Cop.

„Zwei betrunkene Idioten. Steck sie in die Ausnüchterungszelle, damit sie zu sich kommen."

Normalerweise wäre Dave am liebsten im Erdboden versunken, weil er im Gefängnis war, entsetzt, mit seinem Erzfeind hinter Gittern zu sitzen, doch er war zu sehr damit beschäftigt, sich nicht übergeben zu müssen.

7

Steph tauchte um 6:00 Uhr morgens am Samstag im Polizeirevier von Clover Park auf, um mit den beiden Männern zu reden, die eine Schande für das männliche Geschlecht und sie war. Dave hatte sie gestern Abend angerufen, und was er gesagt hatte, hatte überhaupt keinen Sinn ergeben. Er hatte nur immer wieder gesagt: „Ich bin im Gefängnis, und ich liebe deine Haare." Schließlich musste er das Telefon wohl weitergereicht haben, denn dann erklärte Ryan O'Hare die Situation. Sie waren sich einig gewesen, dass es besser war, die beiden über Nacht auszunüchtern, bevor man sie auf Clover Park losließ. Jaz hatte kurz danach angerufen. Ihre Schwester, Zoë, hatte im Garner's gekellnert und alles gesehen. Jaz hatte ihr erzählt, wie Dave Griff in den Hintern getreten hatte. Was sagte es über Steph, dass es sie ein wenig erregte, dass Dave um sie gekämpft und gewonnen hatte?

Für diesen Auftritt sollte sie auf beide wütend sein. Dass sie sich beide hatten gehen lassen. Warum waren sie überhaupt zusammen gewesen? Bei dieser ganzen Sache wurde ihr klar, dass die beiden Männer, die sie für so verschieden gehalten hatte, tatsächlich mehr als nur sie gemeinsam hatten. Griff hatte diese Alpha-Männchen-Sache und eine verborgene süße Seite, während Dave eine süße Persönlichkeit und eine verborgene Alpha-Seite hatte. Sie hatte gedacht, mit Dave würde sie das Gegenteil von Griff bekommen, doch jetzt war sie sich nicht mehr sicher.

Sie schob sich an einer Gruppe von Reportern vorbei, die am Eingang des städtischen Polizeireviers herumlungerten, und als sie feststellte, dass der Eingang verschlossen war, drückte sie auf die Klingel.

Der diensthabende Deputy, Matt, ließ sie herein, und die Tür schloss sich wieder hinter ihr. „Diese Reporter sind wahnsinnig früh hier aufgetaucht", sagte Matt.

„Aasgeier", sagte Steph.

„Sie sind in der Ausnüchterungszelle im Untergeschoss." Matt bedeutete ihr, ihm zu folgen. „Chief O'Hare hat keine Geduld für Trunkenbolde. Diese beiden sind kurz, nachdem sie hergekommen sind, eingeschlafen."

Sie ging hinunter in ein feuchtes, spärlich beleuchtetes Untergeschoss, in der sich nur eine Gefängniszelle befand. Irgendwie unheimlich. Sie sah in die Zelle. Griff hatte sich auf der Pritsche ausgebreitet, seine Hände lagen unter seinem Kopf, und für die Welt sah er so aus, als entspannte er sich gerade an einem Pool. Dave saß auf einer Holzbank, hatte seinen Kopf in seine Hände gelehnt.

„Ich habe Chief O'Hare gebeten, euch nicht rauszulassen, ehe ich nicht mit euch gesprochen habe", sagte Steph.

Matt trat zurück und ließ ihnen etwas Raum.

„Steph!" Dave sprang auf die Füße, dann verzog er das Gesicht und hielt sich den Kopf.

„Hey, Babe", sagte Griff, setzte sich auf und kam in aller Ruhe zu ihr. Oh mein Gott! Seine Nase war geschwollen, und er hatte ein Veilchen. Dave hatte ihm wirklich in den Hintern getreten. Ihr Blick wanderte zurück zu Dave, der ebenfalls langsam zu ihr kam. Da sieh sich mal einer diesen schlimmen Kerl an. Sie befeuchtete ihre Lippen, als sie Daves zerzaustes Haar sah, seine Stoppeln, seine breiten Schultern, die trainierte Gestalt, die so voller Kraft war. Ein Schauer lief über sie. *Mal ganz ruhig. Das hier ist falsch.* Was Griff und Dave taten war *falsch.* Weswegen also war sie so angetörnt?

Steph sah sie beide finster an. „Die ganze Stadt spricht über eure Schlägerei in der Bar. „Das ist so peinlich. Ich unterrichte ihre Kinder! Keine Schlägereien mehr. Ihr seid zwei erwachsene Männer in den Dreißigern, ihr seid viel zu alt, um euch zu betrinken und ein Wetttrinken zu veranstalten. Besonders du, Griff. Das ist überall im Internet zu sehen."

Griff rieb sich seinen stoppeligen Kiefer. „Was sagen sie denn so?"

„Sie sagen, dass dir ein Mathelehrer von der Mittelstufe in den Hintern getreten hat."

Dave schob seine Brust vor.

„Das war ein Glücksstreffer", sagte Griff. „Lass mich hier raus, Steph. Ich muss ganz dringend mit meinen Leuten Schadensbegrenzung betreiben."

„Nicht, ehe ihr mir nicht versprochen habt" – sie zeigte mit ihren Fingern auf sie beide – „dass ihr euch nicht mehr schlagen werdet."

Dave hob eine Hand. „Ich schwöre es. Keine Schlägereien mehr. Ich weiß nicht, was in mich gekommen ist."

„Danke", sagte Steph. Sie wandte sich an Griff.

„Meinetwegen", knurrte Griff.

„Nein, nicht ‚meinetwegen'", sagte Steph, die jetzt endgültig ihre Geduld verlor. „Versprich es! Und versprich auch, dass du diese Scheidungspapiere unterschreibst!"

Griff verzog das Gesicht.

„Ich schwöre, ich lasse dich hier drin verrotten!", schrie Steph. „Ich will dein Wort, Griffin Huntley!"

Griff verzog erneut das Gesicht, diesmal, weil sie so laut schrie. „In Ordnung, in Ordnung, ich verspreche es."

„Beides", stellte sie klar. „Keine Kämpfe mehr, und du unterschreibst die Papiere."

„Ja, ja", murmelte Griff.

„Gut." Sie drehte sich um und rief den Deputy: „Matt, du kannst sie jetzt rauslassen."

„Verstanden." Matt, offensichtlich daran gewöhnt, Betrunkene aus dem Garner's über Nacht hier zu haben, schlenderte herbei und öffnete die Zelle. „Ich will eure Gesichter hier nie wieder sehen."

„Nein, Sir", sagte Dave.

Griff tat so, als salutierte er, dann marschierte er hinaus. Als sie erst einmal ihre Sachen zurückhatten, blieb Griff da, um seinen Fahrer zu rufen und vermutlich auch seinen Manager, Anwalt und Pressesprecher. Sie dachte sich, dass er sich den Reportern, die draußen warteten, nicht ohne eine gute Strategie stellen würde.

Dave hielt Stephs Hand. Seine größere Hand umhüllte ihre mit ihrer Wärme. „Tut mir leid."

Sie schüttelte den Kopf. „So etwas scheint immer zu passieren, wenn Griff in der Nähe ist."

„Du wirst mich nie wieder aus dem Gefängnis holen müssen. Das verspreche ich."

„Ich weiß."

Sie gingen hinaus in einen kühlen Oktobertag.

Dave kniff die Augen zusammen, als sie ins Morgenlicht traten. „Ich hätte mich nicht auf dieses Wetttrinken einlassen sollen."

Sie strich mit ihrer Hand an seinem Arm auf und ab. „Meinst du, du bist in der Lage, dich später mit mir zu treffen?"

Er schluckte. „Ähm, ja. Heute Abend?"

„Vielleicht früher. Nachmittags?" Sie fuhr mit ihren Fingern durch sein Haar.

Er sah sie an. „Früher ist gut."

„Bei mir. Ich werde auf dich warten … nackt."

„Ich werde da sein", sagte er mit angestrengter Stimme.

„Gut", schnurrte sie.

∼

„GENAU DAVON SPRECHE ICH", sagte Griff, als Steph später nackt die Tür öffnete.

Sie gaffte. Griff hatte sich die langen Haare kurz und akkurat schneiden lassen, und er war glattrasiert. So hatte sie ihn noch nie gesehen. Er sah jünger aus, süßer. Abgesehen von dem blauen Auge.

„Jetzt fühle ich mich overdressed", sagte er grinsend.

Sie knallte die Tür zu, ihre Wangen brannten. Sie nahm die Decke vom Sofa und wickelte sie um sich. Jemand musste ihn hochgelassen haben, denn es hatte gar nicht geklingelt. Sie sollte ihren Nachbarn sagen, dass sie nur Dave hochlassen sollten, doch jeder in der Stadt war von Griff fasziniert. Ihre Nachbarn fragten ständig nach ihm, ihre Kollegen, selbst der Direktor. Jaz hatte ihr erzählt, dass die Gäste im Garner's Wetten abgeschlossen hatten – Team Dave gegen Team Griffin. All das Gerede beschämte sie. Sie war hierhergezogen, um all dem zu entkommen. Wie dem auch sei, sie gehörte zu einhundert Prozent zum Team Dave.

Was sollte das, dass Griff an einem Samstagnachmittag an ihrer Wohnung auftauchte? Sie hatte gedacht, er wäre mittlerweile weg. Und warum hatte er sich plötzlich von seinen berühmten Locken verabschiedet? All diese Haare. Diese wunderschönen Haare.

„Babe!", rief er durch die Tür. „Sei nicht schüchtern. Du siehst gut aus. Genau, wie ich dich in Erinnerung habe."

Er war nur nett. Ihr Körper war nicht mehr wie vor fünf Jahren, doch sie lächelte ein wenig und war dankbar für die Bemerkung. Sie musste ihn wirklich wegbekommen, bevor Dave kam.

Sie öffnete die Tür erneut. „Du siehst ja so anders aus. Warum die Veränderung?"

„Darf ich reinkommen?", fragte er. „Scheinbar hast du gehofft, dass ich hier auftauchen würde."

Sie stieß genervt einen Atemzug aus und ließ ihn herein. „Offensichtlich habe ich dich nicht erwartet."

Er betrachtete sie rasch von oben bis unten und blieb etwas länger an ihrem Ausschnitt hängen. Sie wickelte die Decke etwas höher um sich.

Dann sah sie ihm in die Augen, und er schenkte ihr ein langsames, sexy Lächeln. Sie konnte sich immer noch nicht an sein neues Aussehen gewöhnen. Er sah aus wie ein aalglatter Typ, nicht wie der Bad Boy Rocker, den sie kannte. Sie hätte lügen müssen, wenn sie behauptete, dass sein neuer Look nicht reizvoll war. Auch die Schwellung an seiner Nase war zurückgegangen.

Er strich mit seinen Händen durch seine kurzen Haare. „Ich habe das Gefühl, zwanzig Pfund leichter zu sein." Er lachte.

Sie starrte.

Er ging zu ihr und drang in ihren Nahbereich ein. „Ich wollte dir zeigen, dass ich mich ändern kann."

Sie schluckte kräftig. Sie wusste nicht, was sie sagen sollte. Ein neuer Haarschnitt bedeutete nicht, dass er eine andere Person war. Er sah nur einfach so anders aus. Er sah aus wie der süße Junge, den sie in einigen Fotoalben seiner Mutter gesehen hatte. Der kleine Griffin, der am Keyboard lächelte.

Er schob eine Locke ihres Haares aus dem Gesicht und über ihre nackte Schulter, erinnerte sie damit daran, dass sie bei dem falschen Mann fast nackt war.

„Was machst du eigentlich hier?", fragte sie. „Ich dachte, du fliegst heute Nachmittag zurück."

„Der Auftritt ist ausgefallen", sagte er. „Ich habe noch eine weitere Woche. Ich möchte Zeit mit dir verbringen. Nur wir zwei."

„Nein."

„Steph", sagte er leise. „Komm schon." Sie war überwältigt von seinem Duft nach Leder und frisch geduschtem

Mann. „Was befürchtest du denn, dass passieren kann, wenn du allein mit mir bist?"

Sie sagte nichts.

„Was hoffst du, wird passieren?", fragte er mit verführerischer Stimme.

Sie sah ihm in die Augen und sagte mit kühler Stimme: „Ich bin über dich hinweg, Griff. Nichts wird passieren."

Er sah sie flehend an, tief in ihre Augen, und sagte das eine Wort, das sie noch nie von ihm gehört hatte: „Bitte."

Und doch, sie musste weiterleben, dürfte sich nicht weiter auf ihn einlassen.

Sie schüttelte den Kopf. „Ich bin fertig. Ich habe lange gebraucht, um über dich hinwegzukommen." Sie sah ihn ernst an. „Eine lange, schmerzhafte Zeit. Aber ich habe es. Und ich werde nicht dorthin zurückgehen. Ich bin jetzt mit Dave zusammen. Nichts, was du sagst oder tust, wird das ändern. Lass mich bitte mein Leben weiterleben."

Mit einer Hand umfasste er ihre Wange. Bei seiner Berührung erinnerte sie sich lebhaft an seine vorsichtige, süße Seite. Die vielen Male, die er ihre Wange berührt hatte, immer, bevor –

„Ich liebe dich", sagte er, und sah ihr in die Augen.

Bevor er etwas von Herzen sagte.

Sie wich zurück, stolperte über den Teppich und wäre gefallen, doch er griff nach ihr und richtete sie wieder auf. Sie zog die Decke zurecht und stand steif da. „Es ist zu spät." Sie trat einen weiteren Schritt zurück, denn Erinnerungen an eine lange vergangene Zeit machten nicht die Jahre dazwischen wieder gut. „Ich liebe Dave."

Ein verletzter Blick zuckte über sein Gesicht, dann senkte er es und starrte auf den Boden. Er stieß ein Seufzen aus und rieb sich den Nacken. Er sah zu ihr. Sie erwiderte den Blick unverwandt.

„Wir besuchen morgen deinen Bruder", sagte er. „Du und ich. Seine Familie."

Ihr Magen verdrehte sich. „Joey ist nicht deine Familie. Nicht mehr."

„Als ich ihn das letzte Mal besucht habe, hat er allen erzählt, dass ich sein großer Bruder bin."

Ihr fiel die Kinnlade herunter. „Du hast ihn besucht? Wann?"

„Letztes Jahr, als ich an der Ostküste war."

Griff war Einzelkind. Es musste ihm viel bedeutet haben, einen kleinen Bruder zu haben, selbst, wenn er nur angeheiratet war. Plötzlich hatte sie das Gefühl zu ersticken.

„Ich wusste gar nicht, dass du ihn besucht hast", sagte sie über den Kloß in ihrer Kehle. „Wie lange machst du das schon?"

„Ich habe nie damit aufgehört."

Steph blinzelte, war plötzlich verletzt. Griff hatte jahrelang ihren Bruder besucht, aber nicht sie? Joey lebte nur zwei Stunden von ihr entfernt.

„Hätte ich das gewusst, hätte ich mich mit euch getroffen", sagte sie leise.

Griff schob seine Hände in die Taschen. „Ich wusste, dass ich dich nicht verdiene. Es tut mir leid, Steph. Alles."

Sie musterte ihn einen Moment lang. „Okay!"

Mit schmerzerfülltem Gesichtsausdruck sah er ihr in die Augen. „Ich habe unserer Ehe nie wirklich eine Chance gegeben. Das bedaure ich. Sehr. Es ist alles meine Schuld."

Bei seinen Worten wurde sie weich. „Es war alles deine Schuld."

„Also begleitest du mich morgen? Joey fragt immer nach dir, wenn ich ihn besuche. Was weiß er schon, wie kompliziert Beziehungen sind? Seines Wissens sind wir verheiratet, also sind wir alle eine Familie."

Sie nickte. „Ja, ich werde mitkommen."

„Wohin mitkommen?", fragte eine Stimme hinter Griff.

„Dave!", rief Steph. „Ich habe nicht gehört, dass du geklingelt hast." Einer ihrer Nachbarn musste wohl zum Team Dave gehören und ihn reingelassen haben.

Dave betrachtete ihre Decke, unter der man immer noch viel Bein sah, da sie ihr Dekolleté bedecken musste und die Decke nicht so weit reichte, dann sah er zu Griff und verengte die Augen. „Dein Nachbar hat mich reingelassen. Was ist hier los?"

„Griff wollte gerade gehen", sagte sie.

Griff neigte seinen Kopf. „Ich seh dich dann morgen, Liebling." Er lächelte Dave arrogant an, der ihn wütend ansah.

Steph begleitete Griff zur Tür, schloss hinter ihm ab und drehte sich zu Dave um. Sein Kiefer war verkrampft, während er ihren fast nackten Zustand betrachtete. Sie war sich nicht sicher, ob er sie jetzt anbrüllen würde oder die Decke wegreißen und sie nehmen. Sie wusste, was sie wollte.

Sie ließ die Decke fallen.

DAVE SCHLOSS DIE AUGEN, war hin- und hergerissen zwischen seinen niederen Bedürfnissen und dem Verlangen herauszufinden, was Steph verdammt noch mal gerade mit Griff getan hatte, und was sie morgen mit ihm vorhatte. Er rieb sich kräftig die Schläfen. Denk nach! Alles Blut war aus seinem Gehirn gewichen. Doch er sah immer noch rot. Ihr erstes Mal sollte kein wütender Sex sein. Richtig?

Sie legte ihre Arme um seine Taille und drückte sich an ihn. Der Instinkt übernahm. Er packte ihren Hinterkopf und küsste sie heftig, lang und tief, war fast von Sinnen, sie haben zu müssen. Sie für sich zu beanspruchen. Er schob den Sofatisch aus dem Weg. Innerhalb von Sekunden hatte er sie auf dem Fußboden, seine Hose halb unten. Er fühlte sich wie ein Tier, doch er konnte nicht aufhören, und er konnte nicht langsamer machen. Er schob seine Hand zwischen ihre Beine, spürte die Feuchtigkeit dort und hörte ihr gedämpftes Stöhnen, während das Blut in seinen Ohren rauschte, bevor er sich zwischen ihren Schenkeln niederließ und tief eindrang.

Sie zu spüren war so heiß, sie war so eng um ihn, und er verlor auch noch die letzte Kontrolle. Er rammte in sie, nahm sich, was ihm gehörte, war sich kaum ihrer Beine bewusst, die sich um ihn legten, ihrer Nägel, die in seine Schultern drangen. Ihre Körper, glitschig voller Schweiß, klatschten wieder und wieder aneinander, bis er ein letztes Mal tief hineinpumpte und mit einem Grollen in ihr explodierte. Er brach auf ihr zusammen, war erledigt.

Sie schob gegen seine Schultern, und erst jetzt fiel ihm auf, dass er sie erdrückte. Er stützte sein Gewicht auf seine Ellbogen und sah zu ihr hinunter. Ihre Lippen waren von seinen Küssen rosig und geschwollen. Er wollte sich bei ihr entschuldigen dafür, wie er sie genommen hatte, so schnell, so wild, doch was herauskam, war die Wahrheit.

„Du gehörst mir", sagte er. Er war immer noch tief in ihr.

Verwundert starrte sie ihn an. „Ich wusste gar nicht, dass du das in dir hast. Das war so … intensiv."

Er sah ihr in die Augen. „Du gehörst mir. Nicht Griffin. Ich muss hören, wie du es sagst."

„Ich gehöre dir", sagte sie.

Er entspannte sich wieder, küsste sie zärtlich und wünschte sich, er hätte es einfach so auf sich beruhen lassen können. Selbst wenn er es wüsste, würde er wieder wütend werden, doch er musste es wissen. „Sag mir, was du morgen mit Griffin vorhast."

Sie streichelte seine Haare. „Wir besuchen meinen Bruder."

„Ich dachte, Griffin reist ab."

„Er bleibt noch eine Woche."

Er grunzte, war gar nicht glücklich darüber. „Ich komme mit dir."

Sie küsste ihn, ihre heiße Zunge streichelte ihn, und er spürte, wie er in ihr pulsierte und wieder härter wurde. „Ich möchte keinen Streit vor meinem Bruder", flüsterte sie an seinem Ohr. „Es wird schon in Ordnung sein."

Er wollte gerade von ihr herunterrollen, war wütend auf sich, weil er sie wollte, während sie offensichtlich mit ihm spielte, als sie ihn informierte: „Ich nehme die Pille und bin gesund, nur, dass du es weißt. Wir können also –"

„Verdammt", murmelte er. „Verhütung." Er konnte nicht glauben, dass er das vergessen hatte. Das vergaß er nie.

Sie lachte. „Ja, verdammt."

Er stieß einen Atem aus. „Ich bin auch gesund."

„Gut." Sie umfasste seinen Hintern und drückte zu.

Er verkniff sich ein Stöhnen. Das hier war nicht gut. Das Verlangen. Dass er sie mit einem anderen Mann teilte.

„Vielleicht solltest du das mit deinem Ehemann klären", sagte er, und es gefiel ihm gar nicht, sich das sagen zu hören, während er sie doch so sehr liebte.

„Gib mich nicht auf!", rief sie und schlug ihm mit beiden Händen kräftig auf den Hintern, so kräftig, dass es wehtat. Instinktiv stieß er in sie, hart und tief. Sie stöhnte und sah ihn an, die Herausforderung in ihren haselnussfarbenen Augen. „Zeig es mir, Dave. Zeig mir, dass ich dir gehöre."

Wildes Verlangen pumpte durch ihn. Er stand auf, schob sich die Jeans und die Boxershorts aus und sie auf die Füße. Dave ging keiner Herausforderung aus dem Weg. Oder einem Moment, in dem er jemandem etwas zeigen konnte.

STEPH LEGTE sich aufs Bett und sah zu, wie Dave seine Brille auf das Nachtschränkchen legte und sich das T-Shirt über den Kopf zog.

„Steph", sagte er mit leiser, rauer Stimme. „Ich fühle mich geehrt, dass du mich willst."

Tränen brannten unerwartet in ihren Augen. *Geehrt.* Bei ihm klang das so, als wäre sie etwas Wertvolles. Er ließ sich auf dem Bett neben ihr nieder und drehte sich auf die Seite. Sie griff nach ihm, und sie verbanden sich miteinander in glühender Hitze, als ihre Lippen einander fanden. Seine großen, warmen Hände wanderten über ihren Körper, während sie einander küssten, und sie verlor sich in seinem Geschmack, seiner Berührung, dem Feuer, das zwischen ihnen brannte.

„Du gehörst mir", murmelte er, dann strich er mit seinen Lippen über ihre. „Mir allein." Und dann beanspruchte sein Mund sie, fest und wieder fordernd, und sie gab mit einem Seufzen nach. Seine Hände wurden langsamer, streichelten ihren Rücken, während sein Mund wieder und wieder auf ihren stieß. Sie zog ihn, wollte ihn auf sich, in sich, und er gehorchte, ließ sich zwischen ihren Beinen nieder. Doch dann machte er sich an ihren Hals, küsste und leckte, bevor er sich an ihrem Körper hinunter arbeitete, von ihrem Schlüsselbein zu ihren Brüsten, wo er verharrte, ihren Nippel in den Mund zog und dafür sorgte, dass ihre Hüfte sich unruhig von einer Seite zur anderen bewegte.

„Dave", hauchte sie, als seine Zähne über ihren empfindlichen Nippel kratzten. „Ich will dich in mir."

Er machte ts. „Ich zeige es dir gerade. Das wolltest du doch." Er saugte an der anderen Brust, benutzte seine Zähne und seine Zunge, und das Pochen zwischen ihren Beinen verstärkte sich. Sie würde noch kommen, wenn er nicht aufhörte. Sie wollte ihn, brauchte ihn in sich.

„Vergiss das Zeigen", brachte sie keuchend hervor.

Er machte sich wieder daran, sie zu küssen, saugte ihre Unterlippe in seinen Mund. Dann ließ er sie los und blickte auf ihre Lippen. „Alles an dir gehört mir. Mein Mund. Sag, dass er mir gehört. Niemand sonst küsst dich."

„Er gehört dir", sagte sie seufzend. Sie hätte ihn nicht darum bitten sollen, ihr zu zeigen, dass sie ihm gehörte. Jetzt wäre er wieder langsam und gründlich, wie sein Küssen für gewöhnlich war. Aber sie war schon so angetörnt.

Er fuhr mit seiner Zunge über ihr Ohrläppchen. „Mir", knurrte er.

„Dir", sagte sie. Unruhig bewegte sie ihre Hüfte gegen ihn, wollte verzweifelt mehr. Seine Hand legte sich flach auf ihre Hüfte, hielt sie still.

Er küsste sie am Hals, seine Zähne kratzten mit köstlicher Erregung über sie. „Mir."

Sie seufzte.

Seine Zähne blieben seitlich an ihrem Hals, er wartete.

„Dir", keuchte sie schließlich. Legte ihre Hände in sein Haar. „Bitte", flehte sie, doch er war noch nicht damit fertig, es ihr zu zeigen.

Seine Hand umfasste ihre Brust. Dann senkte er den Kopf und schnalzte mit seiner Zunge über ihren erigierten Nippel. „Mir."

„Dir", sagte sie gleich.

Er belohnte ihre schnelle Reaktion, indem er so tief saugte, dass sie aufschrie. Ihre Nägel gruben sich in seinen Rücken, als der Druck sie an den Rand der Erlösung trieb, doch dann hörte er auf. Sie keuchte, als er sich an die andere Brust machte und sie umfasste. Er sah ihr in die Augen und wartete.

„Dir", sagte sie schnell.

„Gut", murmelte er, dann schenkte er der Brust dieselbe Aufmerksamkeit, saugte und kratzte mit seinen Zähnen darüber, worauf sie sich ihm entgegenbog. Ihr Inneres zog sich zusammen, der Druck baute sich unerträglich auf, und dann, als sie am Rand dessen, was ein höllisch guter Höhepunkt zu werden versprach, schwebte, hörte er auf. Sie riss die Augen auf und erwischte ihn dabei, wie er leise lächelte. Er wusste, dass sie fast da war; er hielt sie absichtlich zurück. Er küsste hinunter zu ihrem Bauch, und seine Zunge tauchte in ihren Nabel. Bevor sie ihn noch anbrüllen konnte, er sollte aufhören, sie zu ärgern, rutschte er tiefer und drückte einen Kuss auf ihre Scham.

„Dir, dir, dir!", schrie sie.

Seine Finger tauchten tiefer, strichen über ihre glitschigen Falten hoch und runter. „Wer berührt dich hier?"

„Du."

„Nur ich. Das hier gehört mir."

„Ja."

Seine Finger drangen in sie ein und streichelten sie innen. Sie hob ihre Hüfte. Er drückte tiefer hinein, sein Daumen blieb auf ihrem Knoten, und er hielt sie fest. „All das gehört mir."

Sie keuchte, warf ihren Kopf von einer Seite zur anderen, denn der Rest von ihr wurde von seiner großen Hand gehalten. Nahe, sie war so nah dran.

„Sieh mich an", sagte er. „Deine Orgasmen gehören mir. *Jeder einzelne.*"

Sie öffnete ihre Augen für seinen intensiven Blick und wimmerte. Sein Daumen übte Druck aus, und sie schnappte nach Luft. Sie hob ihre Hüfte, brauchte mehr. „Dir", sagte sie, doch es war mehr ein Befehl als eine Unterwerfung. Sie wollte das, was dieses Wort ihr gab.

Seine Hand ließ sie los, und beinahe hätte sie über den Verlust geweint, doch dann rührte er sich, bewegte sich an ihrem Körper hinunter, und sein Mund schloss sich über ihrer Scham. Sie schrie auf, und er hörte auf.

„Bitte, nicht aufhören", brachte sie atemlos hervor.

„Mir", sagte er und hauchte auf den empfindlichen Knoten.

Sie zitterte. „Dir."

Er labte sich an ihr, und sie wand sich unter ihm. Dann saugte er, und sie bog sich seinem Mund entgegen. Ihre Nägel gruben sich in seine Schultern, als sich der Druck in ihr aufbaute, und sie verlor rasch die Kontrolle.

Er hob seinen Kopf, streichelte sie mit seinen Fingern in langsamen, müßigen Kreisen. Seine Stimme klang weit entfernt, als er sie ganz für sich einnahm, all ihre Sinne konzentrierten sich auf seine Finger. „Sag meinen Namen, wenn du kommst", verlangte er.

Sie wimmerte.

„Mir", knurrte er, dann nahm er sie ganz in den Mund, seine Zunge lag an ihrem empfindlichsten Punkt.

„Dave!", schrie sie, als sie im Rausch kam und wild zustieß, während sie jede einzelne Welle an seinem fordernden Mund ausritt.

Dann lag sie da und keuchte, als er sie endlich ließ. Sie spürte seine Hitze, sein Gewicht, als er sich auf sie legte.

„Sehr gut." Seine Stimme grollte in ihrem Ohr. „Du bekommst eine Eins plus."

Sie lächelte und schnappte dann nach Luft, als er tief in sie eindrang. Sie bog ihre Hüfte, legte ihre Beine um ihn, und er drang noch tiefer ein. Sie stöhnten beide.

„Du gehörst mir", sagte er.

Seine Stirn lehnte an ihrer, und er küsste sie zärtlich. „Dir."

Er bewegte sich mit langsamem, gleichmäßigem Rhythmus, bei dem ihre Augen nach hinten rollten. Wieder baute sich der Druck auf, und sie spürte, wie sie einem weiteren Höhepunkt entgegeneilte, während er härter und schneller zustieß.

„Öffne deine Augen", sagte er.

Ihre Augen öffneten sich flatternd, und sie sah in seine blauen Augen, die vor Verlangen ganz dunkel waren und angestrengt auf sie hinunterblickten. Der Effekt war intensiv, die Intimität dieses Moments. Sie schrie seinen Namen, als sie über den Rand fiel, und er folgte ihr mit einem Stöhnen.

Ein paar Augenblicke später hob er sein Gewicht auf seine Arme und küsste sie vorsichtig. „Fährst du morgen wirklich ohne mich?"

„Dave", sagte sie leise. Sie wollte nicht streiten. Nicht jetzt. Sie wollte einfach nur diesen Moment genießen.

Er lächelte verschlagen, dann beugte er sich vor, um an ihrem Hals zu saugen. Fest.

„Dave!"

Er ließ sie los und starrte auf ihren Hals. Er grinste. „Sieht so aus, als gehörtest du mir."

Sie schlug ihm auf den Arm. „Ich fasse es nicht, dass du mir einen Knutschfleck gemacht hast."

Zufrieden starrte er ihn an. „Sieht so aus, als hätte man es dir so richtig besorgt. Wo kann ich dich sonst noch markieren?"

„Wage es ja nicht!"

Er rollte sich von ihr herunter und schmunzelte. Dann zog er sie an sich, sodass ihr Kopf auf seiner Brust lag, und zog die Decke über sie. Sie seufzte, fühlte sich entspannt und befriedigt.

Seine Hand umfasste ihren Hintern. „Du solltest mich nicht herausfordern, weißt du. Das fühlt sich nach einer Herausforderung an, der ich mich nicht entziehen kann." Er drückte ihren Hintern ein weiteres Mal. „Ich könnte dich hier markieren."

Sie sprach mit zittriger Stimme. „Wage es ja nicht!"

„Ich habe dir gesagt, du sollst mich nicht herausfordern", sagte er mit einer Stimme, die mit finsterer Absicht belegt war.

Sie spürte den Moment, als er sich unter ihr wegziehen wollte, doch bevor er das tun konnte, legte sie ihre Arme um seinen Hals und saugte kräftig daran. Dann zog sie sich zurück und sah ihn zufrieden an. „Jetzt sind wir quitt."

„Au", sagte er und hielt sich die Hand seitlich an den Hals. Das war auch noch ein guter geworden. Schön groß. „Du hast viel kräftiger als ich gesaugt."

Sie lachte.

Er schüttelte den Kopf, ein kleines Lächeln umspielte seine Lippen. „Ich liebe dich, Steph!"

Sie strahlte. „Ich liebe dich auch."

Er stützte sich auf einen Ellbogen, sah sie an und schob ihr eine Locke hinter das Ohr. „Ich möchte eine Zukunft mit dir."

„Aww, das will ich auch."

Er rieb ihre Haare zwischen seinen Fingern. „Weißt du, bevor ich herausgefunden habe, dass du verheiratet bist, hatte ich vor, dir einen Antrag zu machen. Ich habe sogar bereits nach einem Diamantring gesucht."

„Oh Dave", sagte sie über den Kloß in ihrer Kehle. „Ich hätte Ja gesagt, wenn ich die Gelegenheit bekommen hätte."

Er runzelte die Stirn und sah sie an, bevor er endlich sagte: „Diese ganze Sache mit Griffin ist wirklich schwierig für mich. Es gefällt mir nicht. Ganz und gar nicht."

Sie streichelte seinen Arm. „Ich weiß. Ich wünschte, ich hätte dich vor fünf Jahren kennengelernt."

Er sah ihr in die Augen. „Wenn du mich wirklich eines Tages heiratest, werde ich dich niemals verlassen. Ich werde *immer* treu sein. Darauf kannst du dich verlassen. Ich werde jeden Tag damit verbringen, dich wissen zu lassen, wie wichtig du mir bist."

Sie blinzelte Tränen beiseite. „Siehst du? Hätte ich dich vor fünf Jahren kennengelernt, hätte mir das eine Menge Herzschmerz erspart. Mit dir wäre mein Leben so viel besser gewesen."

Er fluchte leise. Dann zog er sie auf sich und lächelte verschlagen. „Ich werde dafür sorgen, dass du morgen komisch gehst, wenn du dich mit Griffin triffst."

„Wage es nur", erwiderte sie.

Berühmte letzte Worte.

8

Am nächsten Morgen hörte Steph die Klingel und drückte auf den Knopf, um Griff hereinzulassen. Dave hielt sie auf halbem Weg zur Tür mit einer Hand an ihrem Arm zurück. „Ich mach das schon, Süße."

Sie sah ihn vielsagend an. „Es wird nicht gekämpft."

„Du solltest deine Haare hochstecken." Er hob ihre Haare und fuhr mit einem Finger seitlich über ihren Hals, wo er sie markiert hatte.

„Nicht nötig. Deins sieht aus wie ein blinkendes Neonschild."

Verschämt legte er eine Hand an den Hals. Sie lachte. Er packte sie, knabberte an ihrer Unterlippe und saugte sie in seinen Mund. Sie drückte sich kaum gegen ihn. Er hatte so eine besitzergreifende, eifersüchtige Seite, die das Animalische in ihm hervorlockte. Sie liebte es.

Griff klopfte an. Dave ließ sie nicht los. Stattdessen rammte er seinen Mund auf ihren zu einem festen Kuss, bei dem sie in seinen Mund stöhnte.

Griff klopfte erneut. Daves Hand glitt an ihrem Hintern herunter und zog sie an sich. Seine Zunge imitierte perfekt die harten Stöße, die er ihr mehrmals letzte Nacht und heute Morgen verpasst hatte.

„Steph?", rief Griff.

Sie riss ihren Mund von Daves und ging zur Tür. Dave hob sie hoch und stellte sie hinter sich. Er riss die Tür auf. „Hey, Griffin."

Griff bemerkte Daves nasses Haar, frisch von der Dusche, das zerknautschte T-Shirt, die Jeans und die nackten Füße. „Bereit, Steph?", fragte er und beugte sich zur Seite, um an Dave vorbei Steph anzusehen.

„Klar, ich hole nur meine Handtasche." Sie ging in die Küche, wo sie sie auf den Tresen gelegt hatte, und sie hörte Daves Pfauenmanier.

„Kann sein, dass sie nach letzter Nacht heute ein wenig komisch geht. Richtig, Babe?"

Sie widerstand dem Verlangen, die Augen zu verdrehen. Eifersüchtig und besitzergreifend waren im Bett lustig, vor allem die vielen Wege, auf die Dave sie für sich beanspruchte und sie daran erinnerte, dass sie ihm gehörte, doch vor Griff war es etwas peinlich. Sie kehrte zu den beiden Männern zurück und stellte fest, dass Griff mit sich blähenden Nasenlöchern Dave zu einem Wettstarren herausforderte.

„Bereit", sagte sie und hielt ihre Handtasche in die Höhe.

„Ruf mich kurz an, wenn du zu Hause bist", sagte Dave. „Wir essen gemeinsam." Dann beugte er sie über seinen Arm, um sie lang und tief zu küssen. Sie hörte Griff einen Fluch murmeln, doch Dave war noch nicht fertig damit, sie daran zu erinnern, dass sie ihm gehörte. Endlich richtete er sie wieder auf, und seine Augen brannten in ihre.

Griff war bereits in den Flur hinausgegangen und hatte ihnen den Rücken zugedreht.

Ein wenig atemlos glättete sie ihr Haar. „Ich rufe dich an."

Er grunzte zustimmend. Sie drehte sich um, und er klatschte ihr auf dem Weg nach draußen auf den Hintern. Sie schrie kurz auf.

„Mir", knurrte er.

Bei seiner von Testosteron gesteuerten Haltung wurden ihre Wangen ganz rot, und sie spürte sogar, dass sie feucht wurde.

„Dir", murmelte sie über ihre Schulter, dann ging sie mit ihrem Ehemann zur Tür hinaus.

DIE STILLE DEHNTE sich unangenehm zwischen Steph und Griff aus, während sie in der Limousine zum Horizon Village fuhren. Sie wusste, dass Dave nicht gerade hilfreich gewesen war, doch zumindest waren er und Griff nicht handgreiflich geworden. Steph saß am äußersten Ende der langen Bank, weit entfernt von Griff. Er hatte seine langen Beine ausgestreckt, seinen Kopf zurückgelehnt und seine Pilotenbrille aufgesetzt. Sie musterte ihn ein paar Minuten lang, als seine Atmung sich vertiefte. Er war immer noch glattrasiert. Jetzt, mit seinem quietschend sauberen guten Aussehen erinnerte er sie ein wenig an Dave.

Griff schien zu schlafen. Auch sie war müde. Dave hatte sie letzte Nacht zweimal mit einem rollenden „Mir" in ihr Ohr geweckt, während seine Hände und sein Mund seinen Anspruch betonten. Nicht, dass sie etwas dagegen hatte, doch sie war müde, und die Fahrt würde zwei Stunden dauern. Sie rollte sich auf der langen Bank zusammen und schlief ein.

Sie wachte auf, weil jemand ihre Haare streichelte, und sie kuschelte sich in den warmen Schoß, auf dem ihr Kopf jetzt lag. Ihre Mutter hatte ihr immer die Haare gestreichelt, um sie aufzuwecken. Langsam öffnete sie die Augen und stellte fest, dass Griff sie beobachtete.

„Hey, Schlafmütze", sagte er.

Sie raffte sich auf, um sich aufrecht hinzusetzen. „Was ist passiert? Wie lange habe ich geschlafen? Wo sind wir?"

„Ganz ruhig. Du hast anderthalb Stunden geschlafen. Wir sind fast da."

Sie rutschte ein wenig weiter von ihm weg und glättete ihre Haare. „Wie ist denn mein Kopf in deinen Schoß gekommen?"

Er schmunzelte. „Ich habe deinen Kopf einfach mein Bein als Kissen benutzen lassen. Du bist diejenige, die an etwas interessantere Stellen gerutscht ist."

„Griff!", blaffte sie, doch weiter kam sie nicht, dann küsste er sie. Es war ein zärtlicher Kuss, an den ihr Körper sich erinnerte, auch wenn ihr Verstand rebellierte. Sie drückte gegen seine Brust, und er lehnte sich auf seinem Platz zurück. „Mach das nicht."

„Hast du etwas empfunden?", fragte er.

Rasch schüttelte sie den Kopf, um es zu leugnen. „Nein."

„Ich schon." Er musterte sie einen Moment. „Du lügst. Ich kenne dich, Steph. Da war immer Chemie zwischen uns."

„Bei Dave habe ich mehr", sagte sie. Dave bot ihr Stabilität, Treue und eines Tages, hoffte sie, eine Familie, die sie gemeinsam großziehen konnten. Er wäre ein wundervoller Vater. Damit konnte Griff niemals mithalten.

Er nahm ihre Hand und hielt sie warm in seiner. Sie versuchte, sie wegzuziehen, doch er ließ sie nicht los.

„Als wir uns kennengelernt haben", sagte er, „hatte ich nichts. Nur eine winzige Wohnung, die ich mir mit Henry und Jake geteilt habe."

Sie erinnerte sich. Diese Nähe zwischen ihm und seinen Bandmitgliedern hatte vermutlich dazu beigetragen, dass sie so großartig musikalisch miteinander zusammenarbeiten konnten.

Er drückte ihre Hand und sprach ganz ernst. „Jetzt kann ich dir viel mehr bieten. Was immer du willst. Ich habe ein Strandhaus in Laguna Beach, ein Haus in Aspen, wir können uns eins in Clover Park kaufen. Im Sommer, wenn du nicht arbeiten musst, könntest du mich auf meiner

Tournee begleiten. Wir könnten Kinder haben, wie du es immer wolltest."

Ihr Herz schmerzte, als sie diese Worte jetzt von ihm hörte. Kinder. Eines der Dinge, über die sie sich gestritten hatten, bevor seine Band groß rausgekommen war. Sie hatte sie gewollt, er hatte sie nicht gewollt.

„Und die Kinder würden dich wann sehen?", fragte sie. Mehr eine rhetorische Frage als sonst etwas. Sie würde nicht Griffs Kinder bekommen.

Er streckte seine Handflächen aus, ließ ihre Hand los. „Wann immer sie mögen. Wir können ein Kindermädchen und einen Privatlehrer haben, vollkommene Freiheit. Du würdest keinen weiteren Tag in deinem Leben mehr arbeiten müssen."

Ein Angebot, auf das manche Frauen sich stürzen würden. Nur nicht sie. „Das ist nicht das, was ich will. Ich unterrichte gern. Ich möchte meine Kinder in einer Kleinstadt wie Clover Park großziehen, mit einem Dad, der jeden Tag für sie da ist, um ihnen die Schuhe zuzubinden, ihre Brotboxen zu packen und ihnen Gutenachtgeschichten zu erzählen – alles. Jemand, der ihnen etwas beibringt und sie liebt."

Sein Mund verzog sich angewidert. „Wie Dave? Was wird er ihnen schon beibringen, wie man beim Sport verprügelt wird?"

Kalte Wut durchfuhr sie. „Wir sind fertig, Griff. Es ist an der Zeit, dass du das akzeptierst."

Griffs Lippen formten eine flache Linie. Steph wandte sich ab.

„Joeys Unterkunft ist teuer", sagte Griff.

Sie drehte sich zurück. „Was versuchst du mir da zu sagen?"

Er drehte sich um und starrte zum Fenster hinaus. Steph bearbeitete ihre Unterlippe. Wollte Griff damit sagen, dass er nicht mehr länger dafür aufkommen würde, wenn sie sich von ihm scheiden ließ? Sie musste eine Möglichkeit finden,

Stabilität für Joey herzustellen, ganz egal, was passierte. Ihr Bruder kam mit Veränderungen seiner Routine nicht gut klar. Als sie ihn ins Horizon Village gebracht hatten, war er einen Monat lang aufsässig gewesen. Fast hätten sie ihn rausgeschmissen. Und ein erwachsener Mann, selbst wenn er nicht groß war, konnte stark sein und Dinge zerstören, wenn er wütend war. Sie würde jemanden brauchen, der am Tag auf ihn aufpasste, wenn er zu ihr zog. Oder sie würde sich viel frei nehmen müssen. Ihr Magen verdrehte sich. Keine dieser Optionen konnte sie sich leisten.

GRIFF STARRTE zum Fenster der Limousine hinaus. Er war an einem Scheideweg. Mandy saß am Steuer der Limousine, damit sie Fotos von ihm und Steph bei Joey machen konnte. Stephs Schwäche für ihren Bruder. Würde er Steph für sich gewinnen, wenn er ihr anbot, seine Unterkunft weiter zu bezahlen, oder würde sie weiter mit ihm verheiratet bleiben, wenn er drohte, nicht weiter dafür zu zahlen? Es wäre leichter, mit einer dankbaren Steph zusammenzuleben. Als sie sich dem Horizon Village näherten, bemerkte er, dass sie sich Sorgen machte. Er hatte sie vor sich hin kochen lassen, damit sie letzten Endes noch dankbarer wäre. Er würde Joeys Unterkunft immer bezahlen, solange er es sich leisten konnte. Er liebte Joey wie einen Bruder. Das hieß aber nicht, dass er es Steph leicht machen würde, ihn zu verlassen.

Er wusste, dass sie mit Dave gefickt hatte. Es gefiel ihm nicht, doch in Hinblick auf seine lange Reihe von Frauen war er bereit, ihr zu verzeihen. Er konnte allen Frauen die kalte Schulter zeigen, wenn er nur Steph zurückbekam. Er war musikalisch nie so inspiriert gewesen, wie wenn er mit ihr zusammen war.

STEPH KLOPFTE an die Tür der Wohngemeinschaft ihres Bruders. Sie hatte vorher angerufen, damit er sie erwartete. Sie hörte ein paar aufgeregte Stimmen, dann schwang die Tür auf.

Joey strahlte sie an. „Stephanie!"

„Hi, Joey", sagte sie und bückte sich, um ihren viel kleineren Bruder zu umarmen. „Ich habe dich vermisst."

Er trat zurück und lächelte von einem Ohr zum anderen. Dann sah er zu Griff und hob seine Hand für ein High Five. „Großer Bruder!"

„Joey, Kumpel", sagte Griff mit einem enthusiastischen High Five.

Stephs Herz zog sich zusammen, als Griff und Joey einander anlächelten. Das dunkelbraune Haar ihres Bruders war ordentlich zur Seite gekämmt. Seine Augen waren so haselnussbraun wie ihre, aber runder, und er trug eine dicke Brille. Einige von Joeys Mitbewohnern kamen an die Tür.

„Wer ist das?", fragte ein junger Mann.

„Stephanie und Griff", sagte Joey stolz. „Meine Familie."

Griff legte seine Hand auf ihre Schulter und drückte sie. Steph lächelte verkrampft. Nachdem sie Joeys drei Mitbewohner getroffen und kennengelernt hatten (die Steph bei mehreren Gelegenheiten schon vorher kennengelernt hatte, doch Joey wollte sie ihr noch einmal vorstellen), gingen sie auf einen Spaziergang über das Anwesen. Es erinnerte Steph ein wenig an einen Collegecampus mit dem getrimmten Rasen und den vielen Bäumen.

„Was macht der Rock'n'Roll?", fragte Joey.

„Großartig, Kumpel", erwiderte Griff. „Ich habe sogar vor ein paar Tagen einen neuen Song geschrieben, inspiriert von deiner Schwester."

Steph zuckte zusammen. Er schrieb immer noch Lieder für sie?

„Spiel es", sagte Joey.

Griff schüttelte seinen Kopf. „Ich habe meine Gitarre nicht dabei, aber weißt du was?"

„Was?", fragte Joey mit breitem Lächeln.

„Du wirst es bald im Radio hören."

„Toll!", rief Joey und hob seine Hand für noch ein High Five. Griff gab es ihm. „Mit Twisted Star?"

„Ja, mit Twisted Star. Hey, wie funktioniert das Keyboard, das ich dir geschenkt habe?"

„Toll!", rief Joey und gab Griff ein weiteres High Five.

Steph hörte zu, wie Joey und Griff sich unterhielten und stellte allmählich fest, dass Griff nicht nur Geschenke geschickt hatte, sondern auch regelmäßig zu Besuch gekommen war und angerufen hatte. Vielleicht war das Griffs Absicht, sie wissen zu lassen, wie viel er für ihren Bruder getan hatte. Und so konnte sie nicht anders, als ihn dafür zu lieben. Nicht jeder verstand, dass Joey etwas Besonderes war. Griff schien ehrlich etwas an ihm zu liegen.

Sie neigte ihren Kopf zur Seite und entdeckte jemanden mit einem Kapuzenshirt auf der anderen Seite der Wiese, halb von einem Baum verdeckt. Sie hätte schwören können, dass es dieselbe Person mit Hoodie war, die sie schon vor ihrem Haus und an jenem Abend, als Dave und Griff aufgetreten waren, vor dem Garner's gesehen hatte. Sie nahm Joeys Hand.

„Zeig mir doch mal dieses Keyboard, Joey", drängte sie und zog ihn zurück zum Haus. „Ich kann es nicht abwarten, dich darauf spielen zu hören."

„Ich spiele mit Drums", sagte er.

„Tust du das? Das ist ja toll." Sie drängte ihn weiter, ihr Blick ruhte auf der Person mit dem Kapuzenshirt, die ihnen zu folgen schien. „Welche Lieder kennst du denn?"

„Ja", sagte Joey. Manchmal, wenn Joey die Antwort auf eine Frage nicht kannte, sagte er einfach Ja.

„Was ist denn los?", fragte Griffin.

Steph ruckte ihren Kopf in die Richtung der Person, die ihnen folgte.

Griff schüttelte seinen Kopf. „Ich weiß nicht, wie die mich gefunden haben."

„Was ist denn los?", echote Joey. Er blieb stehen und sah mit großen Augen zu Steph auf. „Alles in Ordnung?"

„Ja, alles in Ordnung", sagte Steph und zog ihn wieder mit sich. Sie war sich nicht so sicher, ob es ein Zufall war, dass die Person mit dem Hoodie Griff hier gefunden hatte. Vielleicht wollte Griff aus irgendeinem Grund Fotos von ihnen drei zusammen.

Sie gingen zurück zum Haus, wo Griff und Joey gemeinsam auf dem Keyboard einen Twisted Star Song spielten. Joey erinnerte sich an viele Worte, das hieß, dass er sie sich oft angehört hatte. Ihr war gar nicht klar gewesen, was für ein wichtiger Teil von Joeys Leben Griff war. Sie sollte Joey bald Dave vorstellen. Dave war ihre Zukunft.

Nach ihrem Besuch, den Steph mehr genossen hatte, als sie es mit Griff an ihrer Seite für möglich gehalten hatte, stieg sie mit ihm zurück in die Limousine.

„Das hat Spaß gemacht", sagte Griff, als die Limousine losfuhr. Er streckte seine Arme auf der Rückenlehne der Bank aus, und seine Finger berührten ihre Haare. Er rieb eine Locke zwischen seinem Daumen und dem Zeigefinger. „Wie in alten Zeiten, wie, Steph?"

„Ich bin dir dankbar dafür, dass du so gut zu ihm bist", sagte sie. „Er ist –"

„Etwas Besonderes", beendete Griff den Satz für sie.

Tränen brannten in ihren Augen. „Das ist er."

„Ich weiß. Ich liebe ihn auch."

Ihr Herz zog sich zusammen. Sie nickte, unfähig, über den Kloß in ihrer Kehle etwas zu sagen.

„Steph, was Joey angeht …"

Ihr Herz begann zu rasen. „Was ist mit ihm?"

„Solange ich es mir leisten kann, Scheidung hin oder her,

werde ich für seine Unterkunft bezahlen. Ich werde auch versuchen, diese Celebrity Wohltätigkeitsveranstaltungen am Leben zu halten. Das ist für mich die einfachste Art, das Geld an Horizon Village fließen zu lassen."

Erleichterung rauschte durch sie. „Oh, Griff, du weißt, wie viel mir das bedeutet. Und ihm." Sie atmete zitternd ein, und zum ersten Mal seit langer Zeit sah sie ihn mit etwas anderem als Wut oder Ärger an. „Vielen Dank."

Er legte seine Hand auf ihre Schulter und drückte sie. „Gerne." Er ließ ihre Schulter los und beugte sich zur Minibar vor. „Möchtest du etwas trinken?"

„Nein, danke."

Er goss sich einen kleinen Whisky ein und stellte ihn zurück. „Manchmal denke ich, ich wäre glücklicher, wenn ich noch Gitarrenlehrer wäre, weißt du? Mir mit dir ein Leben aufbauen würde."

Ein lautes Klicken erklang. Waren die Türen gerade verriegelt worden? Langsam beugte sie sich zum Türgriff und probierte ihn. Verschlossen. Ihr Blick flog zu seinem.

„Mach dir deswegen keine Sorgen", sagte er. „Der Fahrer hat aus Sicherheitsgründen abgeschlossen. Du willst doch nicht auf dem Freeway rausfliegen, oder doch?"

Sie lehnte sich unbehaglich im Sitz zurück.

„Wir essen im Grinaldi's zu Abend", informierte er sie. „Mit Blick auf die Skyline."

„Ich habe Dave versprochen, mich mit ihm zum Abendessen zu treffen", sagte sie.

Er hob eine Braue. „Ruf ihn an und sag ihm, dass du es nicht schaffst."

„Nein."

Er hob eine Schulter und senkte sie wieder.

Sie holte ihr Handy aus der Handtasche, drückte auf Daves Nummer, als Griff es ihr aus der Hand riss und es in seine Gesäßtasche steckte. „Gib mir das zurück!"

„Du bekommst es nach dem Abendessen zurück."

„Du kannst mich nicht entführen!"

Griff schnaubte. „Nur Abendessen."

„Was willst du von mir?"

„Ich will eine zweite Chance."

„Du wirst dich nicht durchsetzen. Du kannst niemanden zwingen, mit dir essen zu gehen und ihn dann auch noch in eine Ehe zurückzwingen. So funktioniert das nicht!"

Steph kochte. Sie konnte es nicht fassen, dass Griff sich so verhielt. Besonders, nachdem er ihrem Bruder gegenüber so süß gewesen war. Nachdem er versprochen hatte, sich auf jeden Fall um ihn zu kümmern. Was hatte er vor? Sie über Joey gewinnen? Sie würde nicht zulassen, dass er sie so manipulierte.

„Griff, du musst dich nach der Scheidung nicht mehr um Joey kümmern. Ich entbinde dich von allen Verpflichtungen. Dave und ich werden uns um ihn kümmern."

Griff starrte sie ungläubig an. „Du lehnst mein Geld ab?"

Steph fühlte sich ein wenig elend bei dem Gedanken, Joey zu entwurzeln, doch was konnte sie schon tun? Das hier war falsch. Schlicht und einfach.

„Ja", sagte sie.

Griff schwieg und sah zum Fenster hinaus. Er drehte sich zu ihr zurück. „Du lässt einfach zu, dass Dave meinen Platz einnimmt?"

„Du kannst immer noch Kontakt zu Joey haben. Er liebt dich. Ich werde mich nicht zwischen euch stellen. Aber ich werde auch nicht zulassen, dass du ihn benutzt, um an mich ranzukommen."

Das Fenster, das sie vom Fahrer trennte, wurde hinuntergefahren. „Wir müssen kurz anhalten, damit ich tanken kann", sagte eine weibliche Stimme. „Vor uns liegt starker Verkehr. Ich möchte nicht, dass wir liegenbleiben."

„Na schön", sagte Griff.

„Und dann muss ich nach Hause", sagte Steph.

„Wir lassen das Grinaldi's aus", fügte Griff stirnrunzelnd hinzu.

An der nächsten Raststätte fuhren sie hinaus. Die Fahrerin, eine Frau, die schlicht mit Kapuzenshirt und Jeans bekleidet war, öffnete die hintere Tür. „Bei diesen Dingern dauert es eine Weile, bis sie vollgetankt sind. Sie könnten sich in der Zwischenzeit einen kleinen Snack oder so etwas gönnen."

Griff zog Steph mit sich aus dem Wagen. „Komm schon."

Sie folgte ihm in den kleinen Tankstellenladen. „Wer ist das? Warum hat sie sich im Horizon Village hinter einem Baum versteckt?"

„Mandy. Sie ist Teil der Griffin Huntley Maschinerie. Sie ist harmlos."

Sie sah über ihre Schulter und stellte fest, dass die Frau sie beobachtete. Griff legte seinen Arm um ihre Schulter und flüsterte in ihr Ohr: „Wie wäre es mit einem Yoo-hoo?"

Sie lachte. Früher hatte er sie immer damit aufgezogen, dass sie als Erwachsene immer noch die Yoo-hoo Trinkschokolade mochte. „Hätte ich sehr gern", sagte sie.

Einen Moment lang lächelte er sie an, dann ging er in den Laden, um ihr eine zu holen. Sie war froh, dass er ihr die Zurückweisung nicht übelzunehmen schien.

NACHDEM SEINE SCHWESTER ihm die neue Story über Griffin und Stephanie gemailt hatte, war Dave irgendwo zwischen Eifersucht und glühendem Zorn. Es war eine dieser dummen Klatsch-Websites, die darüber sprach, dass das berühmte Paar wieder zusammenkam. Ein Gerücht, mit dem er umgehen konnte. Das konnte eine Lüge sein. Doch dieses Foto von Griffin und Steph log nicht. Griffin hatte seinen Arm um Steph, die strahlend zu ihm aufsah. Griffin lächelte zu ihr hinunter, als gehörte sie ihm.

Er atmete ein paarmal tief ein und zwang sich, rational zu denken. Nur eine einzige Erklärung ergab einen Sinn. Steph hatte ihn angelogen. Sie hatte gesagt, dass sie nur ihren Bruder besuchen wollten. Und doch war sie noch nicht von dem, was nur ein Tagesausflug hatte sein sollen, zurück. Sie erlebte einfach mit Griffin einen Sonnenuntergang, lächelte ihn an, ließ es zu, dass er sie berührte.

Verdammt. Er hätte es wissen sollen. Wie hatte er jemals glauben können, auch nur für eine Nanosekunde, dass er mit Griffin Huntley, einem Rockstar, mithalten konnte? Er war ja lediglich ein Mathelehrer der Mittelstufe. Das Aufregendste, was er Steph bieten konnte, war Hilfe beim Benoten ihrer Arbeiten.

Sein Handy klingelte. Stephs Nummer. Er konnte nicht rangehen. Er war zu wütend. Er kam sich wie ein vollkommener Idiot vor, und er wäre nicht in der Lage gewesen, sich davon abzuhalten, als seine Wut an ihr auszulassen. Rasch schaltete er sein Handy aus.

AUF DER RÜCKFAHRT machte Steph sich immer mehr Sorgen. Dave ging nicht ans Handy. Das sah ihm gar nicht ähnlich. Und noch dazu erwartete er ihren Anruf.

„Geht nicht ran, wie?", fragte Griffin. „Hat wahrscheinlich vergessen, es aufzuladen."

„Nein, er lädt es jede Nacht auf." Sie versuchte es noch einmal, und die Mailbox ging gleich an. Auch an seinen Festanschluss ging er nicht.

Griff begann, eine Melodie vor sich hin zu Summen. „Diesen Song habe ich vor ein paar Tagen geschrieben. Für dich. Er heißt ,Missing Limb'."

Sie wollte sich die Ohren zuhalten, so kindisch das auch gewesen wäre. Dann sang er von Liebe und Verlust. Darüber, wie sehr er sich wünschte, er hätte Amnesie und könnte sie vergessen. Dass sie ein Teil von ihm war. Der beste Teil.

Was sollte sie nur mit Griff tun? Als er sich auf sie konzentrierte, spürte sie die Ehrlichkeit in seinen Worten, die Liebe dahinter. Doch sobald der abgelenkt wurde, war es, als existierte sie gar nicht. Sie wollte nichts anderes als eine Scheidung, um ihr Leben weiterzuleben. Und er wollte sie einfach nicht gehen lassen. Er liebte sie auf seine Art. Es war nur einfach nicht die Art, wie sie geliebt werden musste. Und in diesem Moment verstand sie endlich, dass ihre Ehe kein riesiger Fehler gewesen war, sie war auf Liebe gegründet gewesen. Sie hatte nur das Verlassen, den Verrat und das häufige Fremdgehen nicht überstehen können, dachte sie resigniert. Welche Ehe konnte das schon?

„Hat es dir gefallen?", fragte er, als er fertig war.

Sie zwang sich zu lächeln. „Ich glaube, da hast du einen weiteren Hit an der Hand."

Er klopfte sich aufs Bein und grinste. „Ich sag's dir, du bist meine Muse, Babe. Seit einem Jahr habe ich kein neues Lied geschrieben, und jetzt kommen sie mir schneller, als ich sie niederschreiben kann. Jeden Morgen wache ich mit einem neuen im Kopf auf."

„Ich glaube, es wäre an der Zeit, dass du dir eine neue Muse suchst", sagte sie vorsichtig.

Er sah sie an. „Nein, Babe. Du bist es. Du bist mein Glücksbringer."

„Du wirst also einfach in Clover Park rumhängen und neue Lieder schreiben?"

„Ich muss am Samstag zurück nach L.A. Das muss ich wirklich. Wir haben ein ausverkauftes Konzert. Ich kann doch meine Fans nicht enttäuschen."

„Nein, das kannst du sicherlich nicht."

„Aber dann komme ich zurück."

„Nein, Griff, mach das nicht. Ich weiß nicht, wie ich es dir noch deutlicher erklären soll. Ich liebe Dave."

Er unterdrückte ein Seufzen und trommelte mit den Fingern auf seinen Sitz. Schließlich sagt er: „Ich hoffe, wir können immer noch Freunde sein."

Erleichterung rauschte durch sie. Die Botschaft war bei ihm angekommen. „Okay, Freunde."

„Gut."

Nachdem Griff sie zu Hause abgesetzt hatte, fuhr Steph geradewegs zu Dave. Sobald er an die Tür kam, warf sie sich ihm in die Arme. Er war steif und erwiderte die Umarmung nicht gerade.

Sie löste sich von ihm. „Ich habe versucht, dich anzurufen, aber da ging immer die Mailbox an."

Sein Kiefer verkrampfte sich. „Ich weiß."

„Was ist passiert? Warum hast du mich nicht zurückgerufen?"

„Weil ich dein Bild mit Griffin gesehen habe" – Seine Stimme hob sich zu einem Grollen – „und es sah aus, als hättest du dich ziemlich wohlgefühlt! Du hast gelächelt! Dich anfassen lassen! Was sollte ich denn denken? Was bin ich für dich?"

„Was für ein Bild?"

Er zog sein Handy hervor ein und zeigte es ihr.

„Oh! Ich wusste gar nicht, dass jemand ein Foto gemacht hat." Vermutlich die Fahrerin der Limousine. Griff hatte gesagt, dass sie Teil der Maschinerie war. Wenn sie jetzt so darüber nachdachte, hatte Griff gewirkt, wie wenn er posierte, während er dastand und sie anlächelte. Sie legte ihre Hand auf Daves angespannten Arm. „Das war nichts. Da hatte er gerade etwas Lustiges über Yoo-hoo gesagt."

„Es gibt nichts Lustiges an Yoo-hoo", spuckte Dave aus. „Das ist nur ein köstliches Getränk."

Sie verkniff sich ein Lächeln. „Ich schätze, die Fahrerin der Limousine hat versucht, ein Bild von uns zu bekommen. Griff benutzt mich für seine Publicity. Du weißt schon, die geheime Ehefrau. Ich habe die Fahrerin im Horizon Village gesehen, wie sie sich hinter einem Baum versteckt hat. Ich wette, sie hat Fotos von uns mit Joey gemacht."

Er riss sie an sich und küsste sie. „Mir gefällt diese verrückte Sache nicht. Kein einziger Teil davon."

„Mir auch nicht."

Er küsste sie wieder. „Bleib hier, bis Griffin abreist." Er küsste sie sehr lange, und Steph hatte endlich das Gefühl, als wäre alles in ihrer Welt wieder richtig.

Sie blinzelte langsam. „Ich muss für Loki nach Hause."

„Dann schlafen wir eben bei dir." Er küsste sie kurz. „Lass mich eine Tasche packen."

Und einfach so zog Dave bei ihr ein.

9

Dave benahm sich in der Woche wie ein absolutes Tier. Die erste Nacht war in Ordnung. Klar, er machte Liebe mit Steph auf seine übergriffige, besitzergreifende Art und Weise, doch wenn ihr befriedigtes Lächeln hinterher irgendein Hinweis war, dann war das für sie in Ordnung. Doch am zweiten Abend sah er eine schwarze Limousine mit getönten Scheiben vor ihrem Haus, die jeden Beschützerinstinkt, den er besaß, reizte. Auf keinen Fall würde er zulassen, dass Steph zum Opfer wurde, von der Presse gejagt, Gerüchte und Tratsch ihren guten Namen ruinierten.

Er ging zu dem Auto in der Absicht, Mandy, der Celebrity-Klatschreporterin, von der Steph ihm erzählt hatte, mal etwas über Stephs Recht auf Privatsphäre zu erklären, doch es war keine Frau. Es war Griffin. Der Mann brachte immer Daves schlimmste Seite hervor.

„Was tust du denn hier?", verlangte Dave zu wissen.

„Nichts, Mann. Verschwinde."

„Ich werde nicht verschwinden! Du kannst hier verschwinden. Steph will dich nicht sehen."

„Beruhige dich, verdammt noch mal. Ich belästige doch

niemanden. Ich komponiere nur." Er hielt ein kleines Aufnah-
megerät und einen Notizblock in die Höhe.

„Du belästigst mich. Geh, und komponier irgendwo
anders."

„Fick dich."

„Fick dich! Ich rufe jetzt die Polizei. Wir werden ein
Kontaktverbot erwirken."

„Das ist eine öffentliche Straße. Ich darf hier sitzen, wenn
ich das will."

Dave ging davon und rief die Cops. Kurz darauf traf ein
Cop ein, und Griffin fuhr davon. Frustrierend war, dass, als
Dave Steph sagte, sie solle bei dem Polizisten ein Kontakt-
verbot erwirken, sie sich weigerte.

Sie diskutierten. Kämpften mit Worten.

„Dave", sagte sie mit viel zu ruhiger Stimme, als wäre er
ein unvernünftiges Kind, „er wird mir nicht wehtun. Vermutlich komponiert er wirklich nur."

„Er ist besessen von dir."

Sie zuckte die Schultern. „Er hält mich für seine Muse. Er
wird eine neue Muse finden und weiterleben."

Er stemmte die Hände in die Hüfte. „Wann?"

„Hoffentlich bis Samstag, wenn er abreist."

Daves Blut pochte in seinen Ohren. Er konnte nicht fassen,
dass Steph es so locker nahm, dass Griffin sie im Grunde
stalkte. Sollte er den Mann einfach jeden Abend da draußen
sitzen und das Haus beobachten lassen?

„Scheiß drauf", sagte er. „Du ziehst zu mir."

„Ich gehe nirgendwohin. Ich verstehe nicht, warum du so
wütend bist. Er ist doch nicht gefährlich."

Dann traf es ihn mit plötzlicher Klarheit. „Du möchtest,
dass er hier ist! Du magst es, seine Muse zu sein!"

„Ich möchte, dass er weiterlebt."

„Dann erwirke ein Kontaktverbot!", bellte er.

„Nein."

Er musste einen Spaziergang machen, um sich zu beruhigen. Man konnte es Unsicherheit nennen. Man konnte es Eifersucht nennen. Man konnte es die verdammte Macht der Liebe nennen, doch von dem Moment an, als Dave von seinem Spaziergang zurückkam, konnte er seine Finger nicht von Steph lassen. Nicht, solange Griffin noch im Staat Connecticut war.

Sobald er nach der Arbeit zurück zu Stephs Wohnung kam, nahm er sie im Bett, wo er sie genau daran erinnerte, wem sie gehörte. Er wusste, dass er übergriffig und viel zu fordernd war, er konnte nur einfach nicht anders. Sie schob ihn auch nicht von sich, weswegen er nur noch mehr wollte. Jeden Morgen drang er in ihre Dusche ein, ließ sie ihr Columbia Sweatshirt und nichts sonst tragen, damit der sie ganz leicht wieder und wieder nehmen konnte. Er fühlte sich wie ein verdammtes, brünstiges Vieh.

Er konnte nicht aufhören.

Und jeden Abend stand dieser verdammte Wagen da draußen. Steph ließ nicht zu, dass er die Polizei rief, weswegen er fast durchdrehte und nur noch mehr zum Tier wurde, bis der Wagen endlich davonfuhr.

Griffin wagte es nie hereinzukommen.

GRIFFIN HATTE KEINE ZEIT MEHR. Es war Freitagabend, und er musste zurück nach L.A. für dieses Konzert morgen. Tausende Fans warteten auf ihn. Die Band wartete auf ihn. Er parkte mit seinem Mietwagen vor Stephs Haus. Er hatte die Presse bekommen, die sein Manager gewollt hatte. Tonnenweise Klatschzeitschriften und Websites hatten das Foto von ihm und Steph, wie sie einander an der Tankstelle anlächelten, sein Arm um ihre Schultern. Mandy hatte die Aufnahme gemacht und war gleich zurück nach L.A. gefahren. Job erledigt.

Jemand hatte auch noch Fotos von ihm und Steph bei

ihren Flitterwochen auf Hawaii ausgegraben, und Fotos und ein Video von der ersten Tour, auf die er gegangen war. Vermutlich sein Pressesprecher. Die Schlagzeilen „Griffin Huntleys geheime Ehe", „Geheime Ehefrau gefunden" und „Wie viele geheime Frauen gibt es?" mit mehreren seiner Geliebten waren genau der Schub, den er brauchte. Doch anstatt zufrieden zu sein, fühlte er sich einfach nur müde.

Er wurde alt. Er wollte mit diesen Tourneen aufhören. Er vermisste die Musik. Er vermisste seine Muse, Steph.

Er wusste, dass Dave die Woche in Stephs Wohnung verbracht hatte. Es war für ihn Selbstkasteiung, es zu wissen. Er akzeptierte es als passende Strafe für all die Affären, die er gehabt hatte. Jetzt waren er und Steph quitt. Sie konnten weitermachen. Er hatte vor, Steph morgen auf irgendeine Weise mitzunehmen. Er wollte, dass sie ihn bei dem Konzert sah, in Bestform sah. Die Musik würde sie zusammenbringen.

Außerdem hatte sein Anwalt ihm gesagt, dass eine Scheidung ihn finanziell ruinieren würde.

Beinahe wäre er aus der Haut gefahren, als die Beifahrertür sich öffnete und eine zierliche Frau mit schulterlangen braunen Haaren in den Wagen stieg. Sie drehte sich zu ihm um. Mist. Daves Schwester – die verrückte Frau, die ihn vor jener Bar überfallen hatte.

„Du!", rief er.

Sie hob einen Mundwinkel. „Ich!", neckte sie ihn. Sie stellte ein Sixpack kalorienarmes Bier auf das Armaturenbrett. „Ich dachte, wir könnten im Auto ein wenig feiern, anstatt zu stalken. Klingt das gut?"

Sie öffnete eine Bierdose und nahm einen Schluck.

„Steig aus meinem Wagen, du Verrückte."

Sie nippte an ihrem Bier und betrachtete ihn mit erstaunlich blauen Augen. „Nö. Hey, lass uns ein Spiel spielen."

Er rutschte näher zur Tür.

„Es heißt wie heiße ich? Verrückte zählt nicht. Und für Bonuspunkte kannst du mir erzählen, warum du meinen

Bruder stalkst. Bei der richtigen Antwort werde ich nicht die Polizei rufen." Sie lächelte ihn so fröhlich an, dass es ihn vollkommen verängstigte.

Er konnte sich nicht an ihren Namen erinnern. Er traf so viele Leute, dass er sie nicht auseinanderhalten konnte, doch er erinnerte sich an dieses Gesicht mit den blauen Augen, den scharfen Wangenknochen und der noch schärferen Zunge. Dieser knurrende New Yawk City Akzent. „Woher kommst du? Queens?"

„Brooklyn. Und jetzt beantworte meine Frage."

„Ich stalke deinen Bruder nicht."

„*Brrrap.*" Sie machte ein nervtötendes Buzzergeräusch. „Schau, wenn du jeden Abend vor Stephs und Daves Haus stehst, nennt man das stalken."

Er verzog das Gesicht. „Ich komponiere nur."

„Oh, sehr schön. Und ich heiße Christina. Das ist das letzte Mal, dass ich dir das sage, also schreib es dir auf, wenn es sein muss. Hast du meine Karte noch?"

Er zuckte die Schultern.

Sie stieß ein lautes Seufzen aus und kramte nach einer weiteren in ihrer Handtasche. „Da. Ist auch das letzte Mal, dass du eine davon bekommst."

Er sah sie sich an. Christina Righetti Olsen, R.N. Righetti war mit einem großen schwarzen X durchgestrichen und Olsen war von Hand schräg zwischen Righetti und R. N. geschrieben. Ihren ersten Mann hatte sie vermutlich umgebracht. Dann stand da: Pflege zu Hause, wenn sie es am dringendsten brauchen. Auch ihre Nummer.

„Wann braucht man denn Pflege zu Hause am meisten?", fragte er.

„An den Wochenenden und nachts. Das ist nur ein Nebenjob. Normalerweise bin ich im Krankenhaus Schwester auf der Onkologie."

Er machte große Augen, als er sich Christina als Krankenschwester vorstellte. Er konnte sich keine weniger rücksichtsvolle Person vorstellen, um sich um Kranke zu kümmern. Selbst wenn er auf seinem Sterbebett läge, würde er sie nicht in sein Zimmer lassen.

„Dann lass mich mal hören, was du bis jetzt hast", sagte sie.

Als er sie einfach nur anstarrte, verengte sie die Augen. „Du komponierst nicht wirklich hier, oder doch?" Sie holte ihr Handy heraus. „Ich rufe jetzt die Polizei. Dave sagt, Steph lässt ihn nicht, aber mich hält niemand zurück."

„Warte!"

Sie lächelte süßlich.

Er sah sie finster an. „Mischst du dich immer in die Angelegenheiten deines Bruders ein?"

Sie hob ihre Brauen. „Ich mische mich in jedermanns Angelegenheiten ein."

Er holte seine Gitarre vom Rücksitz, stimmte sie und sang ihr das Lied über Steph vor, „Missing Limb". Er mochte es immer, Publikum zu haben, selbst, wenn es nur eine Person war. Er sang zu Ende und sah zu ihr hinüber.

„Das ist ätzend", sagte sie.

Überrascht zuckte er zurück. Jeder liebte seine Musik.

Sie winkte das ab. „Was hast du sonst noch?"

„Wer zum Teufel hat dich überhaupt gefragt?", schrie er. Das war das erste Lied, das er seit einem Jahr geschrieben hatte, und sie machte es einfach so nieder. Er hätte sie mal gerne eine Melodie komponieren und noch den Text dazu schreiben gesehen.

Sie neigte den Kopf. „Mit deiner Karriere geht es bergab. Und weißt du, warum?"

„Klär mich auf", sagte er zwischen zusammengebissenen Zähnen.

„Weil du immer noch vor fünf Jahren lebst. Du spielst immer dieselben alten Hits. Oder Variationen davon."

„Erst letztes Jahr haben wir ein neues Album rausgebracht."

„*Ach was.* Aufgewärmte Reste."

Weil er so aufgebracht war, dass er deswegen beinahe zitterte, legte er seine Gitarre zurück in ihre Hülle. Er würde keine einzige weitere Note spielen, solange *sie* im Wagen saß.

Er musste sich zwingen, seinen Kiefer zu lockern. „Was weißt du schon über Musik, Christina Olsen, R.N.? Was zum Teufel weiß eine Krankenschwester über Musik?"

Sie stellte ihr Bier in den Becherhalter und musterte ihn mit ernstem Blick. „Ich verfolge deine Karriere schon seit dem ersten Tag. Ich kenne deine Musik sehr gut. Ich liebe sie. Aber es ist an der Zeit, dass du dir mal einen Schubs gibst. Geh Risiken ein. Brich aus der Masse aus."

„Das sagt sich so leicht", murmelte er.

„Dein Poster hängt an meiner Schlafzimmerwand. Und weißt du warum?"

Jetzt bewegte er sich in vertrauteren Gefilden. Er schenkte ihr sein langsames, sexy Lächeln. „Ich hab da so eine Idee."

Sie schüttelte den Kopf. „Ja, du bist hübsch, aber es sind deine Augen. Sie haben eine Seele. Sie sagen mir, dass da etwas Schönes, Tiefes darauf wartet, herausgelassen zu werden. Ich möchte die Musik deiner Seele hören."

Er schnaubte. „Dieser Song, den ich eben gespielt habe, der kam aus meiner Seele."

„Deine Musik und deine Frau waren vor fünf Jahren. Hör auf, in der Vergangenheit zu leben."

„Halt die Klappe!", bellte er. „Du weißt nichts über mich und Steph!"

„Wach auf!", blaffte sie und ohrfeigte ihn.

Überrascht legte er seine Hand an seine Wange. Das tat auch noch weh. Er gaffte immer noch, als sie ihr Bier nahm und ging.

Diese Verrückte. Niemand behandelte ihn so. Schon gar nicht Frauen. Frauen liebten ihn. Bei Christina war eine Schraube locker.

STEPH STRECKTE sich am Samstagmorgen wie eine zufriedene Katze, Daves Hand lag besitzergreifend breit auf ihrem Bauch. Was für eine Woche. Sie lächelte vor sich hin. Griff hatte sie nicht belästigt. Dave konnte nicht genug von ihr bekommen. Sie liebte diese wilde Seite an ihm. Langsam, ganz, ganz langsam, rutschte sie unter seiner Hand hervor und rollte sich aus dem Bett. Sie ging ins Badezimmer, in der Absicht, ihn zu überraschen. Sie wusch sich schnell und machte sich dann an die Arbeit.

Es dauerte eine Weile, und es war nicht leicht. Doch sie meinte, dass es das wert war. Gerade als sie letzte Hand anlegte, wurde die Tür aufgerissen.

Er nahm gleich wahr, dass sie nackt war, und seine Augen wurden hinter seiner Brille dunkel. Sein Haar war anbetungswürdig zerzaust und stand in jede Richtung. „Warum bist du nicht im Bett?", knurrte er.

Er hatte sie gern so lange wie möglich im Bett. Es sei denn, sie wollte etwas essen oder fernsehen oder musste Arbeiten benoten. Und selbst dann war er gern in ihrer Nähe. Sie beschwerte sich nicht.

Sie schlenderte an ihm vorbei, blieb stehen und warf noch über ihre Schulter: „Was meinst du wohl?"

Sie wartete mit ihrem Rücken zu ihm, damit er ihre Rückansicht bewundern konnte, und hörte, wie er scharf einatmete.

„Steph, was hast du getan?"

Sie sah seinen überraschten Ausdruck über ihre Schulter und lächelte vor sich hin.

„Sag mir, dass das nicht echt ist", bat er sie, griff aber nach ihr. Er fuhr mit einem Finger über eine Pobacke und umfuhr das D. Über beide Backen hatte sie einen Schriftzug, der Daves lautete.

„Das ist nicht echt. Und es war gar nicht einfach, dass im

Spiegel hinzubekommen." Sie schnaubte. „Ich hoffe, du freust dich."

Er ging auf seine Knie und küsste das D. Sie sah über ihre Schulter, während er jeden Buchstaben ehrfurchtsvoll küsste. Hitze sammelte sich in ihr bei seiner Berührung.

„Ich gehöre dir, Dave. Nur dir."

Ächzend stand er auf, seine Hand umfasste immer noch ihren Hintern. „Ich war unausstehlich zu dir, und du hast dich nicht beschwert. Du musst mir nicht mehr sagen, dass du mir gehörst."

Sie spreizte ihre Beine und lehnte sich vor zu ihm, öffnete sich ihm. „Ich habe jede Minute geliebt, du verdammtes Biest."

Er murmelte einen Fluch, packte ihre Hüfte und stieß ganz in sie hinein. Es war wild, drängend und höllisch heiß. Seine Hände umfassten ihre Brüste, zupften an ihren Nippeln, während er fest und regelmäßig in sie hineinstieß.

„Mir", sagte er erbittert. Sie wusste nicht, von welchem Teil an ihr er sprach, doch das spielte keine Rolle, sie gehörte ganz ihm.

„Dir", keuchte sie.

Seine Finger streichelten ihre Scham, und sie spürte das vertraute Engerwerden, als der Druck zunahm. Sie schloss die Augen, dem Gefühl ganz hingegeben. Sein Finger schnippte über ihren harten Knoten, und sie schrie auf.

„Mia", sagte er und schnippte noch einmal schnell darüber, während er gleichmäßig zu stieß. Ihr ganzer Körper erbebte.

„Dir", schrie sie, als die Intensität wie eine Rakete bei jedem Schnipsen seines Fingers hochschoss. Ihre Beine gaben nach, doch er hielt sie, ein Arm lag um ihre Taille. Seine Berührung wurde vorsichtiger, streichelte wieder ihre Scham, doch seine Stöße ließen nicht nach, und sie flog, während ihr Körper bei einem Höhepunkt explodierte, der durch sie rauschte und von ihrer Mitte den ganzen Weg bis hin zu ihren

Zehen ausstrahlte. Seine Hände verkrampften sich an ihrer Hüfte, und sie nahm seine letzten, zitternden Stöße wahr, bis er stöhnte, sie festhielt und sich tief in ihr gehen ließ.

Einen Moment später drehte er sie in seinen Armen um und ließ Küsse auf sie regnen – ihre Augenlider, ihre Wangen, ihre Lippen, ihr Kinn. „Ich liebe dich."

„Ich liebe dich auch."

Er schüttelte den Kopf. „Ich fasse es nicht, dass du mich ihm vorgezogen hast."

„Du bist der bessere Mann."

Er legte seine Arme um sie und hielt sie ein paar Augenblicke fest. Dann löste er sich von ihr, um ihr in die Augen zu sehen. „Wie kommt es, dass ihr keine Kinder hattet, du und Griffin?"

Sie senkte den Blick. „Er wollte keine." Sie sah in seine freundlichen Augen. „Ich schon. Ich habe immer Kinder gewollt."

Er nahm ihr Gesicht in seine Hände. „Ich möchte, dass du meine Babys bekommst."

Sie blinzelte Tränen beiseite.

„Oder auch nicht. Du musst nicht." Er streichelte ihre Wange. „Wein doch nicht."

Sie konnte nicht anders. Tränen drangen selbst, als sie lächelte, aus ihren Augen. „Das will ich auch."

„Das tust du?" Auch seine Augen wurden feucht, und er drückte sie an sich. „Sobald wir verheiratet sind."

Sie lachte. „Ich habe gar keine Frage gehört."

Er zog sich zurück und grinste. „Nein, hast du nicht. Dann verbringen wir den Sommer in langen Flitterwochen im Haus meiner Familie, oben am Lake George."

Sie fuhr mit ihrem Finger über seinen stoppeligen Kiefer. „Ich liebe das alles, aber –"

Er unterbrach sie mit einem Kuss, bei dem ihre Knie weich wurden. Als er sie nach Luft schnappen ließ, sagte sie: „Aber ich brauche immer noch diese Scheidung."

Dave ächzte. „Er hat versprochen, die Papiere zu unterschreiben."

Ihre Lippen formten eine flache Linie. „Griffin macht eine Menge Versprechungen, die er dann nicht hält."

„Wir besorgen uns einen guten Anwalt."

„Anwälte sind teuer."

„Dann warten wir einfach, dass Griffin in die Gänge kommt und die Papiere unterschreibt? Scheiß drauf."

Sie rieb ihm die Brust und versuchte, ihn zu beruhigen. „Ich werde mit ihm reden. Er kann auch vernünftig sein. Wir sind als Freunde auseinandergegangen."

„Und ich soll hier einfach warten, während du versuchst, ihn zu Sinnen zu bringen?" Er rammte seine Hände in sein Haar. „Wie lange soll ich denn warten?"

„Gibt es eine zeitliche Begrenzung? Ein Haltbarkeitsdatum für deine Liebe?"

Sein Kiefer verkrampfte sich, und ein Muskel zuckte in seiner Wange. „Verdammt", murmelte er.

Er zog sie ins Badezimmer, drehte die Dusche an und sah sie finster an, während das Wasser sich erhitzte. Sie sagte kein Wort. Sie wusste, was als Nächstes kam. Er zog sie hinein und verhielt sich ihr gegenüber absolut animalisch.

STEPH GING im Bademantel an die Tür, während Dave sich noch rasierte. „Hi, Griff. Reist du heute ab?"

Sein Blick senkte sich auf ihre Brust, und sie zog den Bademantel enger um sich.

Er sah ihr in die Augen. „Heute ist der Tag."

„Vergiss nicht, du hast versprochen, diese Scheidungspapiere zu unterzeichnen."

„Du liebst ihn wirklich, wie?"

Sie hob ihr Kinn. „Ja, tue ich."

Er stieß einen Seufzer aus. „In Ordnung."

„In Ordnung?"

„Ja, was kann ich schon tun? Ich hab's versucht." Er ließ die Schultern hängen, und verlor jede Spur seines sonst so arroganten Gehabes. „Du weißt, ich werde dich immer lieben. Ich kann nichts tun, wenn du nicht genauso empfindest …"

„Vielen Dank."

Er runzelte die Stirn. „Hör zu, ich habe Paulie D. angerufen. Er sagte, der Papierkram ist kompliziert, weil, verdammt, ich weiß nicht, er sagte nur, dass es kompliziert ist. Doch er wird sich um alles kümmern, sobald ich ihm den Auftrag dazu gebe. Möchtest du, dass das schnell erledigt wird? Dann flieg mit mir zurück, und ich lasse Paulie D. die Papiere bringen. Ich werde direkt da, backstage nach dem Konzert unterschreiben."

Erleichterung rauschte durch Steph. Heute Abend. So schnell, heute Abend, konnte sie die Scheidung bekommen.

„Okay, ich werde mitkommen", sagte sie.

Er setzte ein kurzes Lächeln auf. „Das wirst du? Großartig! Ich habe einen Privatjet. Es wird dir gefallen."

„Klingt gut. Du weißt schon, dass Dave bei mir sein wird."

Er verzog das Gesicht. „Du möchtest Dave mitbringen."

„Ja." Zwei Arme legten sich von hinten um sie. Sie spürte die Hitze von Daves nackter Brust an ihrem Rücken. Dave legte sein Kinn an ihre Schulter.

„Wohin fliegen wir denn, Griff?", fragte Dave.

„Griff hat uns zu seinem Konzert heute Abend eingeladen", sagte Steph fröhlich. „Er hat versprochen, danach Scheidungspapiere zu unterschreiben. Wir fliegen in seinem Privatjet. Wird das nicht lustig werden?"

Dave kam an ihre Seite und legte einen Arm um ihre Schultern. Er trug nur Jeans. „Und glauben wir, dass er die Papiere wirklich unterschreiben wird?" Er sprach mit Steph, hörte aber nicht auf, Griff finster anzusehen.

„Ich sagte doch, ich werde es tun, oder etwa nicht?", blaffte Griff.

Steph drehte sich zu Dave um. „Es wird schon in Ordnung sein." Sie wandte sich an Griff. „Wir kommen mit."

„Kann es nicht abwarten", sagte Dave, doch es klang eher wie ein *Fick dich*.

„Dann mal los", sagte Griff.

„Wir treffen dich am Flughafen", sagte Steph.

„Ja, wir treffen dich da", sagte Dave.

Griff verdrehte die Augen. „Wir fliegen um zwölf von Eastman."

„Wir werden da sein", sagte Steph.

Dave lächelte Griff breit an.

Griff runzelte die Stirn, drehte sich um und ging.

Steph verschloss die Tür hinter ihm. Sie wandte sich an Dave. „Wem gehöre ich?", fragte sie triumphierend.

Im Bruchteil einer Sekunde war er auf ihr, sein Körper drückte sie gegen die Wand. „Du bist die schlimmste Schülerin, die ich je hatte." Er hielt ihren Blick, während er sich gerade weit genug zurückzog, um seine Jeans zu öffnen. Sie hörte das Geräusch des Reißverschlusses und wurde feucht. „Wieder und wieder muss ich dir dasselbe zeigen."

Und dann hob er sie hoch und stieß in sie hinein.

„Du bist ein guter Lehrer", sagte sie atemlos, während sie ihre Beine um ihn schlang.

Doch ihre Bemerkung ging in seinem wiederholten *mir, mir, mir* unter, als er in sie hineinpumpte.

DER JET SUMMTE, während er durch den Himmel flog. Steph wand sich, als sie zu dritt unangenehm schweigend dasaßen. Sie und Dave saßen nebeneinander auf einem weißen Sofa auf einer Seite des Jets. Griff saß auf einem identischen Sofa ihnen gegenüber.

Griff verzog das Gesicht.

Dave lächelte.

Daves Hand lag besitzergreifend auf ihrem Oberschenkel, streichelte sie hin und wieder, seine Finger wanderten an der Innenseite ihres Schenkels skandalös hoch. Es machte sie verrückt, doch sie protestierte nicht. Griff musste die Botschaft verstehen. Sie waren fertig. Unterschreib die verdammten Papiere.

Griff knirschte mit den Zähnen und unterbrach schließlich die Stille. „Also ... Was trinken? Ich habe eine gefüllte Bar."

Daves Finger streichelten die Innenseite, dann auf und ab, auf und ab. Sie spürte, wie sie rot wurde.

„Wir brauchen nichts", sagte Dave und antwortete für sie beide. „Aber danke."

Griff stand abrupt auf. Einen Augenblick später kam er mit etwas, das wie Whisky aussah, zurück.

„Gibst du viele Konzerte?", fragte Dave.

„Unzählige", erwiderte Griff knapp.

Eine weitere unangenehme Stille folgte. Dave streichelte wieder ihr Bein, rutschte auf die Innenseite, hoch und runter, hoch und runter. Griff trank seinen Whisky mit einem einzigen langen Schluck.

„Wie ist eure Vorband?", fragte Steph.

„Sie sind gut", sagte Griff. Sein Blick lag auf Daves Hand, die jetzt die Innenseite ihres Schenkels packte.

Daves andere Hand war außer Sichtweite, doch jetzt rutschte sie an ihrem Hintern hinunter und packte sie von unten. Wenn er nur eine halbe Chance bekäme, würde er sie hochheben und sie rittlings auf sich setzen. Das wusste sie, weil sie diese Bewegung von ihm schon unzählige Male erlebt hatte, in genau dieser Position, eine Hand an der Innenseite ihres Schenkels, eine an ihrem Hintern. Sie dachte sich, dass es kein Zufall war, dass er sie so hielt. Er erinnerte sie.

Sie versuchte, ihre Atmung ruhig zu halten, während sie sich ungezwungen an Daves Arm lehnte, damit er mit dieser hinterhältigen Sache, die seine Hand da trieb, aufhörte, während seine Finger jetzt drängend von unten drückten. Er verstand die Andeutung nicht.

„Ich habe die Vorband selbst ausgesucht", sagte Griff. „Soul Cavity. Die sind wie Punk auf Speed."

Dave lächelte, es war mehr wie ein Blecken seiner Zähne. „Erzähl ihm von deinem Tattoo, Honey. Da steht Daves. Quer über ihrem –"

„Dave!", rief Steph.

„Ach, ja?" Griff zog seine Lederjacke aus und rollte den Ärmel seines schwarzen T-Shirts hoch. Er schob seinen Bizeps vor. „Dann schau mal, was hier steht."

Dave schielte auf das Steph-Tattoo. „Da steht, ich bin ein Vollidiot."

Griff sprang auf. Dave ebenfalls. Steph sprang zwischen sie. „Ihr Jungs habt versprochen, euch nicht zu streiten!" Sie sah Dave finster an. „Du hast es versprochen."

Dave setzte sich. Auch Griff setzte sich widerwillig.

„Niemand bekommt irgendwelche Tattoos", sagte sie mit ihrer besten Lehrerstimme. „Keine Streitereien mehr." Sie verengte ihre Augen und sah beide mit einem eiskalten Blick an. „Habe ich mich klar ausgedrückt?"

„Glasklar", sagte Griff. Er ging wieder an die Bar hinten im Jet, um sich noch einen Drink zu holen.

Dave umfasste ihren Hintern. „Mir", sagte er erbittert.

Sie wirbelte herum. „Dave", flüsterte sie, hin- und hergerissen zwischen angetörnt und genervt. „Nicht jetzt."

Er zog sie auf seinen Schoß und küsste sie heiß und tief, bis all ihre Verärgerung auf ihn verflog. Er schob ihre Haare beiseite und knabberte an ihrem Hals. Griff rauschte an ihnen vorbei, als er in den vorderen Teil des Jets ging, wo vier Stühle um einen kleinen Tisch herum standen. Er knallte sein Getränk auf den Tisch und ließ sich auf einen Sitz fallen, drehte ihnen den Rücken zu.

„Ich glaube, er ist wütend", sagte Dave mit teuflischem

Lächeln, dann machte er sich wieder daran, an ihrem Hals zu knabbern.

Steph seufzte und neigte ihren Kopf, damit er besser drankam. „Ich will nicht, dass er wütend ist", flüsterte sie. „Ich möchte doch nur, dass er die Papiere unterschreibt. Provozier ihn nicht."

Dave zog sich zurück. „Er hat doch mich provoziert."

„Es ist mir egal, wer angefangen hat …" Sie unterbrach sich. „Das hier ist lächerlich. Du musst damit aufhören. Genieß einfach das Konzert, wir bekommen die Papiere und sind weg."

„Die einzige Möglichkeit, dass ich dieses Konzert genieße, ist, wenn du nackt dabei tanzt", verkündete Dave.

„Halt. Die. Klappe", bellte Griff.

Steph kicherte. Dann küsste sie Dave erneut, um ihn ruhig zu kriegen.

DAVE KUSCHELTE mit Steph im Jet und dachte über die vergangenen beiden Wochen nach. Er versuchte immer noch, sich an den Gedanken zu gewöhnen, dass er, Dave Olsen, Mathelehrer der Mittelstufe und ehrbarer Bürger, das Folgende getan hatte: er hatte Ehebruch begangen (wenn auch indirekt), vor dem Ehemann seinen Anspruch erhoben und war dann auch noch in den Jet des Mannes gestiegen, um sich dessen Konzert anzuhören. Als er Griffin kennengelernt hatte, hatte er gewusst, dass er sich zwischen Steph und ihren Mann stellen musste. Dieser fremdgehende Idiot hatte keine Picosekunde von Stephs Zeit verdient.

Und nicht nur das, er hatte eine Nacht im Gefängnis verbracht, und Steph war aus irgendeinem Grund heiß auf ihn gewesen, als er da rauskam. Er küsste Steph oben auf den Kopf und sah ihren in Leder gekleideten Ehemann an, der in seinem ganz zurückgelegten Sessel zu schlafen schien. Wie konnte Dave Steph nur aus Rücksichtnahme auf dieses Arschloch verweigern, was sie beide wollten?

Sie gingen geradewegs vom Jet zu einer Limousine, die sie ins Stadion brachte, in dem Twisted Star auftreten sollte. Ihr Gepäck wurde für sie ins Hotel gebracht. Er und Steph bekamen private Logenplätze, während Griffin Backstage ging, um sich warm zu singen. Der Rest der Band war bereits da. Sie hatten noch etwas Zeit vor der Show, deswegen liefen er und Steph durchs Stadion und ließen sich ein Abendessen in ihre Privatloge bringen, die nur für sie reserviert war. Der vordere Teil der Loge war komplett verglast. Er konnte nicht sagen, ob es noch weitere Privatlogen gab, sie konnten nur die Bühne sehen.

Als die Vorband zu spielen anfing, machten sie es sich auf einem langen Ledersofa gemütlich. Nicht gerade Daves Art von Musik, er zog sanftere Klänge vor, doch er war schon glücklich, dass er einfach nur neben Steph saß und nicht zu Hause war und sich fragte, was sie wohl gerade mit Griffin tat. Nachdem die Vorband geendet hatte, wurde die Bühne dunkel, während die Crew alles für Twisted Star aufbaute.

Dave verflocht seine Finger mit Stephs, die an einem Mojito nippte. Sie kletterte auf seinen Schoß. „Mal trinken?", fragte sie.

„Nein, danke. Ich möchte bei klarem Verstand sein, falls Griffin wieder versucht, sich irgendwie vor dem Unterschreiben zu drücken."

Sie tippte ihm auf die Nasenspitze. „Du machst dir viel zu viele Sorgen. Er würde uns nicht für nichts den ganzen Weg hierher fliegen."

„Ich glaube nicht, dass er vorhatte, *uns* hierher zu fliegen. Er wollte dich."

Sie küsste ihn. Er löste sich lange genug von ihr, dass sie ihr Getränk auf einen Tisch in der Nähe stellen konnte. Er wollte, dass sie nur an ihn dachte, während Griffin die Bühne betrat. Er wusste, dass einige von Griffins Liedern Steph etwas bedeuteten. Einige von ihnen riefen tiefe Gefühle in ihr auf, und er wollte, dass sie sich daran erinnerte, dass sie ihm gehörte. Er küsste sie leidenschaftlich, packte ihre Haare, um sie festzuhalten, während er ihren Mund für sich forderte. Nachdem er sie an den Punkt gebracht hatte, an dem sie diese kleinen, sehnsüchtigen Geräusche hinten in ihrer Kehle machte, was immer ein gutes Zeichen war, nahm er sie von seinem Schoß herunter, stand auf und verschloss die Tür.

„Dave, was tust du denn da?"

Sie klang nicht besonders besorgt, nur neugierig, deswegen sagte er nichts. Er ging zu ihr, vergrub seine Hand in ihren Haaren und wartete, während sein Mund über ihrem schwebte. Ihre Lippen teilten sich.

„Mir", knurrte er, bevor er sie küsste. Schnell wurde es heiß und heftig. Er zog sie wieder rittlings auf seinen Schoß. Er ließ ihr die Bluse an, öffnete aber rasch ihren BH, damit er ihre Brüste streicheln konnte. Er küsste sie, solange er konnte, während sie von Sinnen ihre Hüfte gegen ihn stieß, bis er es nicht mehr abwarten konnte. Er zog sie hoch und brachte sie an die Seite der Loge, weg vom Fenster und küsste sie weiter, während er den Knopf und den Reißverschluss ihrer Jeans öffnete.

„Dave, die Leute können das sehen", protestierte sie schwach.

„Schhh." Er lockte sie mit innigen Küssen, und seine Hand lag tief in ihrem Höschen. Sie war heiß und feucht. Seine Erektion drückte schmerzhaft gegen seine Jeans. Es war dunkel im Stadion, und er glaubte nicht, dass irgendjemand sie dort, wo sie standen, sehen konnte. Jedenfalls nicht den unteren Teil.

Rasch zog er ihr die Jeans und das Höschen aus, öffnete seine Jeans weit genug, um sich zu befreien, und setzte sich auf eine tiefe Ottomane. Dann zog er sie zu sich und setzte sie auf seinen Schoß. Sie stieß ein zitterndes Stöhnen aus, als sie ihn in sich aufnahm. Er stieß zischend einen Atem aus. Sie war so eng. Dann begann sie, sich zu bewegen. Es fühlte sich so gut an, dass er schon befürchtete, er würde nicht lange durchhalten. Er wollte lange durchhalten. Er wollte, dass sie ihn ritt, während Griffin die Bühne betrat. Dass all ihre Aufmerksamkeit bei ihm war. Er packte ihre Hüfte und verlangsamte sie, und jedes Mal, wenn sie mehr Gas gab, legte er eine Hand an ihre Taille, drückte sie zurück und benutzte seine andere Hand, um sie mit langsamen Kreisen um ihr Lustzentrum abzulenken. Sie wimmerte, sie flehte, doch er gab nicht nach und ließ sie nicht schneller machen. Es war eine köstliche Tortur für sie beide und sehr, sehr nötig.

Die ersten Noten waren zu hören, als Twisted Star die Bühne betrat, zu einem jubelnden Applaus des Publikums. Er hielt Steph an und saugte an ihrer Brust, zog sie tief in seinen Mund. Er wusste, dass sie das liebte. Vermutlich hätte er sie so zum Höhepunkt bringen können, wenn er lange genug weitergemacht hätte. Sie stöhnte und bewegte sich ungeduldig. Er legte seine Hände fest an ihre Hüfte.

„Warum darf ich mich nicht bewegen?", protestierte sie. „Ich möchte mich bewegen."

Er antwortete nicht, zwickte nur ein wenig ihren Nippel mit seinen Zähnen und gab sein Bestes, um sie mit seinem Mund abzulenken.

„Bitte, ich möchte mich bewegen", flehte sie.

Er ignorierte das. Er streichelte beide Brüste, zwickte und zog an ihren Nippeln, worauf ihre Forderung, sich bewegen zu dürfen, allmählich immer schwächer wurde, bis er sie endlich mit einem festen Kuss zum Schweigen brachte. Er stieß seine Zunge hinein und heraus, sodass sie nichts als stöhnen konnte. Er war sehr gut darin, sie abzulenken. Und es ihr zu zeigen. Er machte sich daran, an ihrem Ohrläppchen zu knabbern, während er ihren Hintern packte und ihn mit beiden Händen umfasste.

„Der gehört mir", sagte er mit rauer Stimme in ihr Ohr.

„Er gehört dir", sagte sie seufzend.

Erfreut lockerte er seinen Griff an ihrem Hintern, und sie bewegte sich selbst, zu schnell für ihn, um weitermachen zu können. Wieder hielt er sie mit seinen Händen an ihrer Hüfte an und rieb sie fest gegen sich.

„Dave", stöhnte sie. „Bitte."

Es war heiß, das musste er schon zugeben, dass Steph ihn anflehte, doch er musste warten. Er bewegte sein Becken, beruhigte sie mit kurzem Streicheln und einigen Bewegungen seiner Hüfte. Die Eröffnungsnummer nahm an Fahrt auf, die Menge jubelte, und er wollte, dass sie sich nur auf sie beide konzentrierte. Als die Band zu ihrem dritten Song kam, waren sie beide nassgeschwitzt, und ihre Körper sehnten sich nach mehr.

Er hob sein Becken, stieß tiefer hinein und ließ los. Sie begann gleich, ihn fest und schnell zu reiten. Es fühlte sich unglaublich an nach all dieser Zeit, als sie auf das zurasten, wonach ihre Körper sich sehnten. Er packte ihren Hintern und spürte, wie er kurz davor war, die Kontrolle zu verlieren. Dann schrie sie seinen Namen, melkte ihn bei ihrer Erlösung, und er ließ mit einem heiseren Stöhnen los und erbebte an ihr. Sie brach auf ihm zusammen.

Sie hielten einander ein paar Augenblicke lang und versuchten, zu Atem zu kommen. Dann hob sie ihren Kopf und sah ihn an, als wäre er so eine Art Sexgott. Oder einfach nur ein umwerfender Typ. Es war ein schmeichelhafter, gut geliebter Blick, was auch immer es war.

Er setzte ein Lächeln auf. „Nettes Konzert."

„Welches Konzert?", erwiderte sie.

Er legte seine Arme um sie. „Ganz genau."

10

Steph war ein wenig schwindlig, als sie Daves Hand auf dem Weg hinter die Bühne hielt. Sie wurden von einem Sicherheitsmann durch einen privaten Gang geführt. Sie konnte es nicht fassen, dass sie es in der Privatloge getrieben hatten. Klar, sie waren allein gewesen, aber da war ein Fenster. Vermutlich hatte Dave gewollt, dass Griff es sah, doch sie wusste, dass Griff es nicht hatte sehen können, weil die Bühne so weit entfernt war. Es war verdreht, das wusste sie, doch ihr gefiel diese neue, besitzergreifende Seite an Dave. Es war so sexy, wie er sie für sich beanspruchte. Sie hatte gehofft, dass seine heißen Küsse, als sie angefangen hatten, miteinander auszugehen, Beweis dafür waren, dass es zwischen ihnen heiß sein konnte. Sie war begeistert, dass sich diese Vermutung als richtig erwiesen hatte.

Sie drehte sich zu Dave um und lächelte. Er drückte ihre Hand. Gerade, als sie die Tür zum Bereich hinter der Bühne erreichten, hob der Sicherheitsmann, ein fleischiger Kerl, der auch Linebacker hätte sein können, eine Hand. „Nur bis hier. Sie warten hier."

„Was? Nein." Steph wich nicht von der Stelle. „Sagen Sie Griff, dass wir beide kommen. Ich lasse Dave nicht hier."

„Das ist der Deal", sagte der Sicherheitsmann. „Nur Sie."

Steph sah von dem Sicherheitsmann zu Dave.

„Ich sagte dir doch, dass er nur dich wollte", sagte Dave.

Sie stand da, war sich unsicher, was sie tun sollte. Sie wollte Dave nicht hierlassen. Andererseits war der ganze Zweck dieser Reise gewesen, die unterschriebenen Scheidungspapiere zu bekommen. Sie würde nicht ohne sie von hier abreisen. Sie traf rasch eine Entscheidung. Die Scheidung war das Wichtigste. Sie würde die Papiere bekommen und Dave dann im Hotel treffen.

„Ich rufe dich an, wenn ich fertig bin", sagte sie.

Dave sah aus, als hätte sie ihn geschlagen. „Du wirst wirklich allein zu ihm hinter die Bühne gehen?"

„Welche Wahl habe ich denn? Ich will diese Scheidung. Ich treffe dich dann im Hotel, okay?"

„Siehst du es denn nicht?", fragte Dave, und sein Gesicht wurde rot vor Zorn. „Er spielt mit uns. Er zwingt mich raus. Er will dich immer noch."

Sie gab ihm einen schnellen Kuss. „Es ist egal, was er will. Es wird schon in Ordnung sein. Ich rufe dich an."

Der Sicherheitsmann hielt ihr die Tür offen, und sie ging hindurch.

„Geh nicht!", rief Dave hinter ihr her.

Sie drehte sich um. „Ich rufe dich an."

Die Tür fiel krachend zu, während Dave noch dastand und mit verzerrtem Gesicht hinter ihr hersah. Das würde sie später wiedergutmachen müssen. Sie folgte dem Wachmann einen langen Gang hinunter zu einer Garderobe. Als sie eintrat, stand Griff da, ohne Oberteil, ein Handtuch auf seinen Schultern. Sein Haar war nass geschwitzt. Die Scheinwerfer auf der Bühne waren heiß, dann noch das anstrengende Tanzen, Rennen, und er steckte immer alles, was er hatte, in das Konzert.

„Hey, Hübsche", sagte er.

„Wo ist Paulie D?", fragte sie und sah sich um. „Wo sind Henry und Jake?" Das waren seine Bandmitglieder.

„Ich habe eine private Garderobe bekommen, da du ja vorbeikommen wolltest." Er ließ sich auf einem Sofa fallen. „Paulie D wird bald hier sein. Hat dir das Konzert gefallen?"

Sie verschränkte die Arme, war wütend, dass sie mit ihm allein war und er nicht diese verdammten Papiere unterschrieb. „Du hast das ganz gut gemacht."

„Ganz gut", murmelte er. Er nahm sich eine Flasche Wasser und kippte sie herunter, beobachtete sie. „Warum Dave?", fragte er schließlich.

Sie stieß einen frustrierten Atem aus. „Was spielt das für eine Rolle?"

„Ich will es wissen. Es ist nicht so leicht, dich gehen zu lassen, Liebling."

Sie verdrehte die Augen. Er hatte sie vor fünf Jahren schon gehen lassen. War er jetzt nostalgisch? Einsam? Brauchte er eine Ehefrau? Moment mal.

„Brauchst du aus irgendeinem Grund eine Frau?", fragte sie.

Er schüttelte den Kopf. „Die Fans glauben gern, dass ich Single bin. Die Klatschzeitschriften reden gerne über meine geheime Ehefrau. Da steckt nichts dahinter, wenn du das meinst." Er rubbelte sich die Haare mit dem Handtuch. „Es ist nur, als ich dich erst einmal wieder persönlich gesehen hatte, habe ich mich daran erinnert, was wir hatten. Das war mal etwas Gutes."

Sie grunzte. Das lief gar nicht, wie sie es sich erhofft hatte. „Wie lange noch, bis Paulie D hier ist?"

Griff zuckte die Schultern. „Er sagte, nach dem Konzert. Bald, schätze ich. Lass mich schnell duschen." Er deutete auf das Bad, das zur Garderobe gehörte.

„Warum auch nicht", sagte Steph.

Als Griff in die Dusche ging, ließ er die Badezimmertür offen, der Exhibitionist, und sie konnte ihn durch das Milchglas sehen. Sie wandte den Blick ab und ließ sich aufs Sofa fallen, um zu warten. Sie rief Dave an, um ihm zu sagen, dass es etwas später wurde, doch der Anruf ging gleich zu seiner Mailbox. Merkwürdig. Sie fragte sich, ob er es im Jet ausgestellt und vergessen hatte wieder anzustellen.

Kurz darauf tauchte Griff mit einem weißen Handtuch um seine Hüfte auf. Das Wasser lief in Rinnsalen über seine muskulösen Brust und seinen Bauchmuskeln. Steph konzentrierte sich auf sein Gesicht. Er schenkte ihr ein langsames Lächeln.

„Du hast mir immer noch nicht gesagt, warum du Dave magst", sagte er.

„Würdest du dich bitte anziehen!", rief Steph.

Er ging zu ihr, blieb einen Hauch von ihr entfernt stehen, und sie nahm seinen frischen, sauberen Duft wahr. Sie stupste ihn ein wenig, versuchte, ihren Nahraum zu verteidigen, und er packte ihre Handgelenke, dann nahm er sie zu ihren Seiten herunter, beinahe, als hielten sie Händchen. Sie waren fast gleich groß, und er war ihr viel zu nah und trug viel zu wenig Kleidung.

„Warum Dave?", fragte er erneut.

Sie konzentrierte sich auf einen Punkt über seiner Schulter. „Er ist ein netter Typ. Anständig, fleißig, süß."

Und er ist all das, was du niemals sein könntest. Dave war treu, hingebungsvoll, ein Familienmensch. Das Leben, das Dave ihr bot, war das, das sie sich immer gewünscht hatte.

„Ich bin süß", konterte er.

Sie schnaubte. „Ja."

„Sieh mich an", sagte er. Widerwillig sah sie ihm in die Augen. „Gibt es keinen kleinen Teil mehr in dir, der mich immer noch liebt?", fragte er leise.

Sie drückte ihre Lippen zu einer flachen Linie zusammen. „Ich werde niemals vergessen, was du für Joey getan hast, was du für ihn tust."

„Er ist ein netter Typ."

Ihr Herz zog sich zusammen. Nicht jeder sah, wie wundervoll ihr Bruder wirklich war. „Er hat dich immer angebetet."

„Aber was ist mit dir?", fragte er. Seine Hände, die ihre Handgelenke gepackt hatten, streichelten jetzt die empfindlichen Innenseiten. „Spürst du noch Liebe für mich? Ich kann mit dem winzigsten bisschen leben, wenn du es nur sagst. Ich kann mich ändern. Ich werde treu—"

„Tu das nicht." Sie riss ihre Hände aus seinen.

„Bitte, Steph. Lass mich nicht flehen."

„Ich liebe dich nicht." Sie zwang sich, die Lüge auszusprechen, denn die Wahrheit war, dass sie in ihrem Herzen immer einen Platz für ihn haben würde. Sie hätte ihn nicht geheiratet, wenn sie ihn nicht richtig geliebt hätte. Das hieß aber nicht, dass sie zusammen sein sollten. Aus Selbstschutz war sie weitergezogen. Sie war ihm gegenüber nicht gleichgültig, so sehr sie auch wünschte, es wäre so, obwohl sie es sein konnte, wenn er sie wieder allein ließe. Und das würde er; sie wusste es. Er war nicht der Typ, der lang an einem Ort blieb. „Ich —"

In dem Moment wurde die Tür aufgerissen, und Paulie D kam herein. Griff trat von ihr zurück. Steph lächelte Paulie D an, sie war erleichtert, dass sie es jetzt endlich hinter sich brachten. Paulie D war ein kleiner Mann mit einer Teilglatze und langen, strähnigen Haaren an den Seiten. Und er war ein Energiebündel.

„Der Verkehr war eine Katastrophe!", rief Paulie D. Er schlug Griff auf den Rücken. „Wie geht es dir, Griff?" Er drehte sich zu ihr um. „Stephanie, wir müssen reden."

Reden? Sie dachte, sie müssten einfach nur Papier unterschreiben. Sie sah zu Griff, der sich abwandte.

„Griffin kann die Papiere nicht unterzeichnen", sagte Paulie D. „Das wird ihn ruinieren. Er ist nicht wirklich finanziell reich, wenn du weißt, was ich meine." Er rieb seine Finger aneinander. „Das Geld ist sofort weg, wenn es reinkommt. Es ist sein Lifestyle – das Herrenhaus, die Ski-Hütte, das Haus auf der Insel. Der Jet. Den teilt er sich übrigens mit anderen Bands."

Griff zog sich leise ein T-Shirt und eine Jeans an. Er sagte immer noch nichts. Allmählich bekam Steph ein mulmiges Gefühl.

„Das alles ist mir egal", konterte sie.

Paulie D stemmte die Hände in die Hüfte. „Er ist bereits mit der Ratenzahlung für das Haus auf der Insel hinterher, und auf diesem Markt wird er eine Menge Geld verlieren, wenn er etwas davon verkauft. Die luxuriösen Häuser haben den größten Wertverlust hinnehmen müssen. Ich habe ihm geraten, nicht zu verkaufen."

Steph stieß einen frustrierten Atem aus. „Hörst du mir nicht zu? Ich möchte nur die Scheidung. Er kann sein Geld behalten."

Paulie D neigte den Kopf und verengte seine vorstehenden Augen. „Ja, ja, ja. Das sagst du jetzt."

„Ich werde etwas unterschreiben, das das festhält", sagte Steph.

„Wenn es doch nur so einfach wäre." Paulie D begann, auf und ab zu gehen. „Folgendes ist kompliziert. Wenn er diese Papiere aus Connecticut unterschreibt, werden sie das Vermögen nach dem, was sie für gerecht halten, aufteilen. Aufgrund seiner, ähm, Aktivitäten, wird Connecticut nicht zu seinen Gunsten entscheiden." Seine vorstehenden Augen wanderten zu Griff.

Er meinte all die Affären. Sie war so darüber hinweg. Außerdem würde sie nicht die Hälfte von allem verlangen. Es sei denn …

Sie wandte sich an Griff. „Entweder du gibst mir jetzt die Scheidung, oder ich nehme mir einen Anwalt und bekommen die Hälfte von allem. Ich stehe gegen dich ganz schön gut da. Dein Fremdgehen ist ja öffentlich dokumentiert. Im Grunde hast du mich verlassen."

Paulie D wurde nun unruhig und strich sich mit den Händen durch das, was von seinen Haaren übrig war. „Nun mal ganz langsam, langsam. Kein Grund, Drohungen auszusprechen. Wir kriegen das hin. Wenn du einfach nur geduldig bist. Heute in einem Jahr haben wir die Finanzen geregelt. Du nimmst einen Anwalt, und wir regeln das alles außergerichtlich. Wir sorgen dafür, dass du für dein emotionales Leid kompensiert wirst. Vielleicht solltest du dir auch ein hübsches Haus im Ort kaufen. Das würde dir doch gefallen, oder nicht?"

„Ein Jahr!", rief Steph. „Ich habe bereits fünf Jahre gewartet. Ich möchte nicht noch ein Jahr warten." Sie ruckte ihren Kopf zu Griff herum, der verdächtig still war. „Griff!"

Griff zuckte mit einer Schulter.

„Griff", sprach sie ihn an, „bist du mit all dem einverstanden?"

Er setzte sich aufs Sofa und zog seine Socken an, dann seine schwarzen Lederstiefel. Schließlich meinte er: „Klingt nach gar keinem schlechten Deal."

„Ich bin nicht hergekommen, um einen Deal abzuschließen!", schrie sie.

„Gib uns eine Minute, Paulie D", sagte Griff.

Paulie D ging und schloss leise die Tür hinter sich.

„Warum kannst du mich nicht einfach gehen lassen?", fragte sie Griff.

Er sah ihr in die Augen. „Weil ich nicht glauben möchte, dass es wirklich vorbei ist."

„Oh, das darfst du ruhig glauben", blaffte sie.

Griff stand auf und ging zu ihr. „Es tut mir so leid. Ich nehme mir Zeit, was auch immer. Wenn ich in einer besseren finanziellen Position bin, vielleicht. Alles in allem. Es läuft großartig. In ein paar Monaten kommt ein neues Album raus. Wir legen gerade noch letzte Hand an. Sie lieben mich in Japan. Ich plane eine Tournee in Asien. Vielleicht drehe ich da auch einen Werbespot. Bill verhandelt gerade darüber."

Sie ließ sich aufs Sofa sinken, als ihr die Wahrheit endlich klar wurde. Dave hatte recht gehabt. Griff hatte mit ihr gespielt. Sie hätte damit rechnen sollen, und doch war sie darauf reingefallen, weil sie eine gemeinsame Vergangenheit hatten, wegen ihres Bruders, wegen der scheinbaren Ehrlichkeit seiner Worte. Sie fühlte sich dumm und wütend und unerträglich traurig. Das war alles, was Griff jemals geben konnte, nur die kleinste Geste, wenn es ihm gleichzeitig nützte, und sie hatte Jahre ihres Lebens für ihn verschwendet. Er hatte nie die Absicht gehabt, diese Scheidungspapiere zu unterzeichnen. Und jetzt sollte sie noch ein Jahr warten? Plötzlich wollte sie nichts anderes als Dave wiedersehen.

Sie schüttelte den Kopf und holte ihr Handy heraus. „Ich fasse es nicht. Ich werde jetzt Dave anrufen." Sie wählte seine Nummer, doch der Anruf ging wieder gleich auf die Mailbox. *Verdammt.* Wo war er?

Griff beobachtete sie. „Geht er immer noch nicht ran?"

Sie steckte ihr Handy zurück in ihre Handtasche. „Nein."

„Komm schon", sagte Griff. „Ich fahre dich zurück ins Hotel. Er ist vermutlich da."

Sie hob ihr Kinn. „Ich kann allein in der Limousine fahren."

„Lass mich dich begleiten", sagte Griff. „Ich möchte darüber reden. Lass uns über die Scheidung reden."

Sie sah ihn misstrauisch an.

„Keine Anwälte", sagte er. „Nur du und ich, wir arbeiten einen Deal aus."

„Ich werde nicht –" doch weiter kam sie nicht, dann zog er sie schon mit aller Gewalt zur Tür heraus und zu der wartenden Limousine.

～

DAVE WAR NICHT GERADE GLÜCKLICH DARÜBER, dass der Sicherheitsmann ihn aus dem Stadion begleitete, und er wurde noch weniger glücklich, als sie auf einen Privatparkplatz kamen, auf dem eine silberne Limousine mit getönten Fenstern auf sie wartete.

„Steigen Sie ein", sagte der Sicherheitsmann.

Das war wie in jedem Thriller, den er je gesehen hatte. Man sollte *niemals* in den fremden Wagen mit den getönten Scheiben steigen. Am Ende war man tot oder wurde tot am Straßenrand gefunden.

Dave wich zurück, stellte aber fest, dass sein Weg durch die Hand des Sicherheitsmannes an seinem Rücken blockiert war.

Der Sicherheitsmann schob ihn vorwärts. „Steigen Sie ein. Das ist Ihre Fahrt."

„Ich werde ein Taxi rufen", sagte Dave und zog sein Handy aus der Tasche.

Der Mann packte ihn am Arm und schob ihn vorwärts. Dave wehrte sich; das Handy fiel auf den Asphalt und zerbrach in Stücke. Der Bildschirm des Handys war gesplittert. Er konnte das Innenleben des Handys sehen. Mist.

„Sie haben mein Handy zerstört!", schrie Dave, dann rannte er. Er blieb erst stehen, als er ein ganzes Stück vom Stadion entfernt war. Gott sei Dank folgte der Sicherheitsmann ihm nicht. Er betrat eine Drogerie, schaffte es, den Angestellten dazu zu bringen, ihn von seinem Handy aus telefonieren zu lassen, und rief sich ein Taxi zum Hotel. Er konnte nur hoffen, dass Steph dort mit den unterschriebenen Papieren auf ihn wartete.

AUF DER LIMOUSINENFAHRT zurück zum Motel kochte Steph. Griff versuchte, sich für die rechtlichen Komplikationen zu entschuldigen, doch Steph wollte davon nichts hören. Er war wie eine Marionette, die alles tat, was man ihm sagte. Selbst wenn das dem Menschen, den er angeblich liebte, wehtat.

Sie sah zum Fenster hinaus. Es fühlte sich an, als wären sie schon lange gefahren. Sie war sich nicht sicher, wo das Hotel war, denn sie waren direkt vom Flughafen zum Stadion gefahren, doch sie meinte gehört zu haben, als Griffs Assistent ihr Zimmer reserviert hatte, dass es in der Nähe des Flughafens war. „Wo ist dieses Hotel?"

„In West Hollywood", erwiderte Griff. Er sah sie an, dann wandte er seinen Blick rasch ab.

„Ist es noch weit?"

„Ich habe eine Reservierung zum Abendessen für uns. Hab den ganzen Laden für den späten Abend gebucht. Cool?"

Sie knirschte mit den Zähnen. „Nein, nicht cool. Dave wartet auf mich. Er dachte, ich gehe nur kurz hinter die Bühne, um die Papiere unterschreiben zu lassen."

„Mach dir keine Sorgen. Er ist im Hotel. Vermutlich schläft er mittlerweile."

Sie verzog das Gesicht und rief Dave erneut an. Immer noch die Mailbox. Allmählich bekam sie ein wirklich ungutes Gefühl bei der Sache. Warum ging er nicht ans Handy?

„Komm schon, Dave", murmelte sie und starrte auf ihr Handy. Es war gar nicht seine Art, nicht ans Handy zu gehen. Es sei denn, er war wirklich, wirklich wütend auf sie.

Die Limousine blieb stehen. Sie schielte zum Fenster hinaus. Sie standen im Stau.

„Verdammter Verkehr", sagte Griff. „Die eine Sache, auf die man sich in L.A. verlassen kann."

„Wie heißt das Hotel?", fragte Steph. Sie würde es im Zimmer versuchen.

„Nun entspann dich", sagte Griff. „Ich möchte nur noch etwas länger mit dir zusammen sein. Du siehst Dave schon früh genug."

Panik schoss durch sie. Sie griff nach der Tür. „Ich werde zu Fuß gehen."

Sie versuchte, sie zu öffnen. Verschlossen. Mit großen Augen drehte sie sich zu Griff um.

„Beruhige dich, Steph. Ich werde dir nicht wehtun. Ich möchte nur ein letztes Abendessen. Da gibt es diesen coolen Laden in Beverly Hills. Er wird dir gefallen. Wir haben nicht einmal zusammen zu Abend gegessen."

„Ist das Hotel das Sunset Marquis?", fragte sie und suchte bereits nach der Nummer. Das war Griffs Lieblingshotel. Rockstars liebten das Haus wegen seiner Lage, direkt am Sunset Strip, in der Nähe des House of Blues, Roxy und Viper Room, und es hatte ein Aufnahmestudio im Untergeschoss.

Griff lächelte. „Du weißt es noch. Ja, das ist es."

Sie rief das Hotel an und fragte ihn nach der Zimmernummer. Das Telefon klingelte, zwölfmal, niemand ging ran. Sie legte auf und starrte Griff an. Er hielt ein Kristallglas mit Whisky in eine Hand, seine Beine waren vor ihm ausgestreckt, er trug eine verspiegelte Pilotenbrille und sah zum Fenster hinaus. In dem Moment sah er genau wie der Rockstar aus, der er war, und sie hasste, was aus ihm geworden war. Doch sie war in keiner großartigen Position. Sie musste nur zurück zu Dave. Was musste Dave mittlerweile denken? Sie war allein hinter die Bühne zu Griff gegangen und war Stunden später immer noch nicht wieder da. Er würde das Schlimmste vermuten. Für gewöhnlich flippte er aus, wenn es um sie und Griff ging.

„Hast du ihm das Handy abgenommen?", fragte Steph.

Griff runzelte die Stirn. „Ich bin doch kein Dieb. Nein."

„Was hast du mit ihm gemacht?"

Er nahm einen Schluck Whisky, schob seine Sonnenbrille oben auf den Kopf und sah sie gelangweilt an. „Ich habe ihm einen Wagen bestellt, der ihn ins Hotel bringen sollte. Vermutlich entspannt er sich gerade am Sunset am Pool. Der arme Typ."

Sie wählte erneut. Mailbox. Sie biss sich auf die Lippe. Zumindest bewegte die Limousine sich wieder. Sie waren vom Freeway runtergefahren und rasten jetzt über eine Landstraße.

„Ich werde für Joey einen Treuhandfonds einrichten", sagte Griff.

Damit bekam er ihre Aufmerksamkeit.

„Wenn du noch ein Jahr auf die Scheidung warten kannst", sagte er, „werde ich dafür sorgen, dass sein Leben abgesichert ist."

Am liebsten hätte sie sich auf das Angebot gestürzt. Lebenslange Sicherheit für Joey wäre eine große Erleichterung. Andererseits hatte Griff schon einmal ihren Bruder als Hebel benutzt.

Steph stieß einen Seufzer aus. „Ich habe das Gefühl, dass du schon wieder mit mir spielst. Warum soll ich dir glauben, dass du machst, was du sagst?"

„Du weißt, ich liebe Joey."

„Das heißt aber nicht, dass du deine Seite des Deals einhalten wirst."

„Ich möchte das wirklich. In einem Jahr habe ich das Geld beisammen. Es ist eine Win-Win-Situation. Du wirst glücklich sein. Meine Leute werden glücklich sein."

„Du wirst glücklich sein, wenn du nicht bankrott bist."

Er neigte seinen Kopf.

„Ich weiß nicht."

„Denk beim Abendessen darüber nach."

Sie verschränkte die Arme. „Das Abendessen wird nichts zwischen uns ändern. Es tut mir leid. So ist es einfach."

Er stieß einen Atem aus. Dann klopfte er zu ihrer Überraschung an die Scheibe, die sie vom Fahrer trennte. Sie fuhr herunter.

„Bring Steph zurück ins Hotel", sagte Griff.

„Du brauchst bessere Presse", erwiderte eine weibliche Stimme.

„Mandy?", fragte Griff und war ganz deutlich überrascht.

„Ähm, ich weiß ja nicht, was du meinst, da zu tun …" Er sprach nicht weiter. „Wo ist Rex?"

„Mach dir seinetwegen keine Sorgen", erwiderte Mandy. „Machen wir dir gute Presse."

„Vergiss es", sagte Griff. „Bring uns einfach zurück ins Hotel."

Ein ominöses Klicken erklang, und eine Waffe tauchte auf und wurde zwischen ihr und Griff hin- und hergewedelt. Stephs Herz setzte aus, dann gab es Gas.

„Mandy, beruhige dich", sagte Griff vorsichtig.

„Niemand liebt dich mehr als ich", sagte Mandy.

Die Waffe zeigte auf Steph. Sie zitterte, da sie immer noch die Straße entlangrasten. Oh mein Gott, Steph würde hinten in einer Limousine mit dem Mann, von dem sie gehofft hatte, sie würde ihn nie wiedersehen, sterben. Das wäre das Letzte, was sie sehen würde —Griff, die Limo, die weiße Sitzbank, die Waffe von Psycho-Mandy. Joey hätte keine Familie mehr. Ihre Ehe hielt wirklich, bis dass der Tod sie scheiden würde.

„Ruf Dave an, und sag ihm, dass du dich nicht wohl-fühlst", sagte Mandy.

Steph zog ihr Handy heraus und tätigte den Anruf, obwohl sie wusste, dass er auf die Mailbox gehen würde.

„Steck die Waffe weg", sagte Griff. „Wir sind doch alle Freunde."

Die Waffe zitterte zwischen ihnen. „Du denkst, ich würde nicht auf dich schließen, Griff?", fragte Mandy. Wenn du jung stirbst, wirst du eine Rocklegende. Ich würde dir einen Gefallen tun. Wie Elvis."

„Also, Süße, du weißt, ich könnte nie wie Elvis sein", erwiderte Griff ruhig. „Er war der King."

„Dann erschieße ich sie", sagte Mandy lachend. „Dann bist du frei."

„Ich bin bereits frei, Süße", sagte Griff. „Lass uns einfach ein richtig schönes Foto von mir und Steph im Restaurant machen. Wir können lächeln oder uns streiten, das entscheidest du. Aber du bekommst die Exklusivrechte."

Die Waffe verschwand aus dem Blickfeld, und das Fenster wurde wieder hochgefahren. Stephs Hände zitterten so stark, dass sie ihr Handy fallen ließ.

Griff zog sie in seine Arme und hielt sie sehr fest. „Ich bekomme die Waffe, sobald wir anhalten", flüsterte er. „Ich werde nicht zulassen, dass du stirbst."

Sie nickte, ihre Zähne klapperten. Griff schob ihren Kopf unter sein Kinn, seine Arme schützend um sie, und sie hielt sich an ihm fest und wünschte sich, sie wäre zu Hause geblieben. Sie konnte nicht aufhören zu zittern. Sie wusste, Griff würde keine Polizei wollen. Das wäre schlechte Publicity, nachdem er bereits im Gefängnis gewesen war, aber das war ihr egal. Es ging hier um Leben oder Tod. Was, wenn Griff die Waffe nicht bekam, bevor Mandy auf ihn schoss? Wie weit würde Mandy gehen? Würde sie sie beide erschießen und abhauen? Vielleicht würde sie nur Steph erschießen, wenn sie Griff für sich wollte.

Sie befreite sich aus Griffs Umarmung. Wenn sie schon sterben würde, dann nicht in seinen Armen. Sie nahm ihr Handy und hielt es versteckt in ihrer Hand.

„Wohin fahren wir?", fragte sie.

„In dieses neue Lokal", sagte er. „The Poppy. Klingt jetzt doch ziemlich gut, wie?"

Ja, mit meinem idiotischen Ehemann zu Abend zu essen klingt um einiges besser als von einer Psychopathin getötet zu werden.

Sie nickte und sah zum Fenster hinaus, wartete. Sie wollte nicht, dass Griff auf sie achtete. Als sie das Gefühl hatte, es wäre genügend Zeit vergangen und er achtete nicht mehr auf sie, drückte sie ihr Handy an und wollte die 911 wählen, als Griffs Hand vorschoss und sich über sie legte. Sie stritten sich kurz um das Handy, doch er war stärker und zog es aus ihrem Griff.

„Keine Cops", sagte er und steckte das Handy in seine Gesäßtasche.

Sie sah ihn finster an. „Wenn ich sterbe, werde ich dir das niemals verzeihen."

Er schnaubte. „Wenn du stirbst, werde ich mir das niemals verzeihen. Doch wenn du die Cops anrufst, macht sie das nur unberechenbar."

„Sie ist bereits unberechenbar", zischte Steph.

„Ich kann mit ihr umgehen."

Sie griff nach dem Handy, doch er wehrte sie ab, drückte sie flach auf ihrem Rücken auf die Bank, hielt ihre Arme an ihren Seiten fest. Sie wehrte sich erfolglos. „Wenn wir das überstehen, werde ich dich wirklich umbringen."

Er schenkte ihr sein unschuldiges Chorknabengesicht. „Wieso ist das denn meine Schuld?"

„Du bist derjenige, der mich hinter die Bühne gelockt, meinen Freund abgehängt, mich in diese Limousine gebracht hat –"

„Hast du noch nie gehört, dass man nichts Süßes von Fremden annehmen soll?"

„Das ist gar nicht lustig."

„Vertraust du mir?"

„Hmm, lass mich mal nachdenken. Nein!"

„Steph, du weißt, wenn es wirklich scheiße läuft, bin ich da. „War ich nicht für dich und Joey da, als eure Mutter gestorben ist?"

Als er sie daran erinnerte, blinzelte sie die Tränen beiseite, sagte jedoch nichts. Er ließ ihre Arme los, und sie setzte sich wieder auf.

„Ich verspreche dir, ich hole dich hier sicher wieder heraus", sagte er. „Ich bin größer und stärker als sie."

„Und sie hat die Waffe."

„Sie wird sie nicht benutzen."

„Ach, wirklich. Und woher weißt du das? Hat dieser

Psycho dir das vorher gesagt?" Sie zuckte hoch. „Oh mein Gott! Hast du diese ganze Sache geplant?"

„Steph!", sagte er vorwurfsvoll.

„Was?"

„Wie kannst du denn so etwas sagen? Ich bin kein vollkommenes Arschloch. Ich würde dir niemals Angst einjagen, um Publicity zu bekommen." Er nahm ihr Gesicht mit einer Hand, wie er es immer tat, wenn er tief aus seinem Herzen sprach. „Das verspreche ich dir."

Sie glaubte ihm. Sie zog sich von ihm fort. „Sie ist immer noch gefährlich."

Er zuckte die Schultern. „Mich wird sie nicht verletzen, weil sie mich liebt."

„Schön für dich", sagte Steph. „Doch was ist mit mir?"

„Liebst du mich auch?"

Sie ächzte. „Warum rede ich überhaupt mit dir?"

Er grinste. „Weil du mich auch liebst."

Sie hob ihre Hand, um das zu unterbinden. Er nahm sich die Hand und drückte einen Kuss auf die Handfläche. Sie wollte nicht in den letzten Minuten auf Erden mit Griff streiten.

„Ich hoffe, dass du nicht stirbst", sagte sie.

„Das ist die süßeste Sache, die du seit langem zu mir gesagt hast", erwiderte er. „Zusammen mit, oh, Griff, ich komme!"

Sie schüttelte den Kopf. „Ich weiß nicht, wie du so ruhig sein kannst. Ich habe schreckliche Angst."

Er sah ihr warm in die Augen. „Wenn ich mit irgendjemandem vor meinem Tod zusammen sein wollte, wärst du das."

Ihre Kehle verengte sich. Das war genau der Grund, weswegen sie sich überhaupt Hals über Kopf in ihn verliebt hatte. Wie er sie mit dieser von Herzen gefühlten Emotion erreichen konnte. Das war es, was seine Musik so mächtig machte.

„Oh Griff", brachte sie über den Kloß in ihrer Kehle hervor. Sie wollte wirklich nicht sterben. Es gab noch so viel, was sie tun wollte im Leben. So viel, was sie mit Dave teilen wollte.

Der Wagen wurde langsamer und hielt an.

Griff atmete einmal tief ein. „Ich liebe dich, Steph. Vergiss das nicht."

Dann stieg er aus dem Wagen, um sich Mandy zu stellen. Warum musste er solche Sachen sagen? Sie fühlten sich an, als wären es seine letzten Worte, bevor er sich einem Erschießungskommando stellte. Er liebte sie wirklich, auf seine selbstbezogene Art. Sie hörte Mandy brüllen, und Steph duckte sich auf den Sitz.

Mandy schrie weiter, während Griff leise auf sie einsprach. Mandy senkte ihre Stimme. Dann wurde alles unheimlich still. Ihr Herz pochte. Vielleicht wollte sie nicht mit Griff verheiratet bleiben, aber sie wollte ganz sicher nicht, dass er tot war. Ein Handgemenge war zu hören, eine Frau schrie, dann Metall auf Metall.

Alles war wieder still. Schweiß lief ihren Rücken hinunter. Hatte Mandy noch die Waffe?

Die Tür wurde geöffnet, und Steph wich davon zurück. Griff steckte seinen Kopf herein. „Alles in Ordnung. Steig aus, meine Schöne."

„Ist Mandy da?"

„Sie ist abgehauen. Und zwar buchstäblich. Sie ist gerannt wie ein verschrecktes Reh."

Steph stieg aus der Limo. Sie waren vor dem Restaurant, das Griff für ihr Abendessen in Beverly Hills gebucht hatte.

Griff strich mit seinen Händen durch sein Haar. „Ich kann mich immer noch nicht daran gewöhnen, dass ich die Haare nicht mehr habe."

„Wo ist die Waffe?", fragte sie.

„Ich hab sie in den Gully geworfen", sagte Griff.

„Was zum Teufel, Griff!", schrie Steph.

Er legte seine Arme um sie. „Alles okay. Dir geht es gut."

„Was, wenn sie zurückkommt?"

„Sie ist Reporterin beim *Stars Chronicle*", sagte er. „Sie wollte lediglich Fotos und eine gute Story."

Steph riss sich los. „Deswegen versucht sie, uns zu töten? Richtet sie für eine Story auch eine Waffe auf andere Celebritys?"

„Ich glaube nicht, dass sie uns wirklich töten wollte." Griff zuckte die Schultern. „Ich glaube, sie wollte nur Fotos von uns bei einem Date. Diese Waffe war vermutlich nicht einmal echt."

„Sie sah aber verdammt echt aus!" Steph ging auf dem Bürgersteig auf und ab. „Das war verrückt. Du weißt, dass das verrückt war."

„Das ist eben Showbusiness. Die Presse kann deine Karriere aufbauen oder vernichten. Sie hat versucht, mir zu helfen."

Steph hatte keine Ahnung, was sie sagen sollte. Sie zitterte erneut und dachte daran, dass sie beinahe getötet worden wäre, damit dieser Psycho eine Story bekam. Wo war Mandy? Würde sie im Hotel auftauchen?

Griff zog sie an sich. „Alles okay. Sie ist harmlos."

„Harmlos?", fragte Steph ungläubig. „Wie kannst du das so locker sehen? Sie hat eine Waffe auf uns gerichtet!"

Sie zog sich aus seiner Umarmung und sah sich um. Leute waren überall zu sehen, liefen über die Bürgersteige in Beverly Hills. Versteckte sich jemand im Gebüsch, um ein Foto davon zu schießen, wie Griffs Arme um sie lagen?

„Sollen wir zu Abend essen?", fragte er.

Sie stieß ihre Hände gegen seine Brust. „Nein! Wie kannst du so ruhig sein?"

Er hielt ihre Hände, ließ sie auf seiner Brust. „Mir passiert ständig so verrückter Kram. Das kommt mit dem Beruf. Ohne diese Verrücktheiten ist man nicht berühmt. Eine hat mir mal die getrocknete Nabelschnur ihres Babys geschickt, das sie nach mir benannt hatte." Als sie ihn verärgert ansah, fügte er hinzu: „Es war nicht mein Sohn."

Sie riss ihre Hände frei. „Ich werde jetzt ein Taxi rufen."

„Warte. Ich kann dich zurückfahren." Er deutete auf die Limousine „Wir sind motorisiert."

Sie atmete zitternd aus. „Ich hasse dich, verdammt noch mal."

Er neigte den Kopf zur Seite. „Steph, tust du nicht."

„Doch, tue ich, mein Leben ist nichts als eine Achterbahn von einem Desaster zum nächsten, seitdem du aufgetaucht bist."

Er griff nach ihr, doch sie zuckte zurück. Er nahm seine Hand herunter. „Das meinst du nicht."

Ihr war nach Weinen zumute, als das Adrenalin aus ihrem System verschwand und sie zitternd und erschöpft zurückließ. Sie ließ ihre Schultern hängen. Das hier war die unvermeidbare Konsequenz, wenn man sich von Griff angezogen fühlte. Alles ging kaputt. Nie wieder, schwor sie sich.

Er nahm ihre Hand und zog daran. „Komm schon. Ich bringe dich zurück ins Hotel. Das verspreche ich."

Sie ging auf zittrigen Beinen, war nicht in der Lage, mit noch einer Komplikation fertig zu werden. „Na schön", blaffte sie. „Lass uns fahren."

Sie setzte sich vorne auf den Beifahrersitz. Hinterließ eine Nachricht für Dave am Empfang. Was hätte sie nicht dafür gegeben, jetzt den ausgeglichenen, starken Dave an ihrer Seite zu haben anstatt des entspannten Was-auch-immer-passiert-ist-cool-Griff.

Ein fröhlicher Griff erzählte ihr auf der Fahrt zum Hotel von seinem Leben. Sie wusste, er versuchte, sie nach dem Schrecken zu beruhigen. Er erzählte von seinem Leben unterwegs, all den Städten, all den Fans, der Musik. Die Musik liebte er immer noch. Am liebsten hätte sie ihn ausgeblendet, aber sie war so erschöpft und ausgelaugt, dass sie nichts anderes tun konnte als ihre Augen schließen und die Worte über sich rollen lassen.

Griff fuhr am Hotel vor und drückte ihre Hand. „All dieser Irrsinn tut mir leid. Ich hoffe, wir können Freunde sein."

„Klar", sagte sie. „Solange ich dich nie wieder sehen muss. Sehr weit entfernte Freunde. Wie früher."

Er neigte seinen Kopf mit einem kleinen Lächeln. „Ich kann dir mit absoluter Sicherheit von jemandem, der dem Tod gerade ins Auge gesehen hat, versprechen, dass ich das Geld zusammenbekomme, und in einem Jahr werde ich diesen Treuhandfonds für Joey einrichten. Das Leben deines Bruders wird gesichert sein. Gib mir nur dieses eine Jahr, Steph. Ich *werde* es wahr machen."

Sie konnte einfach nicht mehr kämpfen. Und es war alles für Joey. Wenn wenigstens etwas Gutes aus dieser ganzen Qual hervorging, dann war es das. „Okay, Griff. Mach es wahr."

Sie stieg aus dem Wagen. Es war spät. Dave war vermutlich zu Bett gegangen. Sie würde sich leise ins Zimmer schleichen und morgen kehrten sie gemeinsam nach Hause zurück.

Das Taxi blieb in dem Wahnsinnsverkehr stecken, doch schließlich erreichte Dave das Hotel. Als allererstes rief er seine Schwester vom Hoteltelefon an. Er brauchte jemanden, mit dem er über diese entsetzliche Situation reden konnte, in der er sich befand, denn er wollte Griffin Huntley wirklich gern in seinen Hintern treten und Steph anschreien, weil sie ihn alleingelassen hatte. Nichts davon würde ihm Punkte bei Steph einbringen. Er erzählte Christina die ganze erbärmliche Geschichte. Natürlich konzentrierte sie sich auf den vollkommen falschen Part.

„Ihr seid wirklich in seinem Privatjet geflogen?", fragte Christina. „Wie war es?"

„Es war so schön", sagte er mit einer Stimme, die vor Sarkasmus triefte. „Wir haben uns den besten Wein schmecken lassen und über das geplaudert, was gerade abgeht. Was denkst du denn!"

Christina stieß einen langen Atem aus, der laut und deutlich durch den Hörer kam. „Warum bist du überhaupt mitgeflogen? Er sagt spring, und ihr beide fragt ‚wie hoch'?"

„Weil Steph fliegen wollte, und auf keinen Fall wollte ich sie mit ihm allein lassen."

„Aber jetzt ist sie ja doch allein mit ihm."

„Dessen bin ich mir bewusst", sagte er durch zusammengebissene Zähne. „Ich würde ihm ernsthaft gern den Kopf abreißen."

„Monster-Dave", murmelte sie, dann: „Oh Mann!"

„Was?"

„Ich habe Griffin Huntley gerade gegoogelt." Da ist ein Foto von ihm und Steph vor einem Restaurant. Er hat seine Arme um sie gelegt, und sie sieht irgendwie so aus als erwiderte sie die Umarmung."

„Warum erzählst du mir ständig solchen Scheiß?" Er ging auf und ab. „Du weißt, dass mich das verrückt macht. Möchtest du, dass ich wegen Mordes ins Gefängnis gehe?"

„Ist vielleicht ein altes Bild", sagte sie.

„Wir waren gerade beim Konzert."

„Wie lange ist das her?"

Er sah auf die Uhr. *Die Zeit verfliegt, wenn man mit Panik in L.A. im Stau steht.* „Zwei Stunden."

„Ah! Nö. Tut mir leid. Ist von heute."

Warum sollte Steph mit Griffin essen gehen? Sie wusste, dass Dave auf sie wartete. Sie sollte doch nur die Papiere unterschreiben und Dave dann im Hotel treffen. Natürlich hatte Griffin dann einen seiner Gorillas geschickt, um ihn loszuwerden. Und sein dummes Handy war kaputtgegangen.

Dennoch hätte sie im Zimmer anrufen können. Es gab keine Nachrichten. Er war es leid, dieses Spielchen mit Griffin und Steph zu spielen. Es war demütigend, und am Ende zog er immer den Kürzeren.

„Chris?"

„Ja?"

„Buch mir bitte einen Flug nach Hause, ja?" Er zog seine Kreditkarte heraus und nannte ihr die Nummer. Das würde er noch die nächsten Monate abbezahlen dürfen, bei den lächerlichen Preisen, die man kurz vor Abflug zahlte, doch das war ihm egal. „Ich fahre jetzt zum Flughafen."

„In Ordnung. Es tut mir leid. Ich seh dich dann bald."

Er legte auf, nahm ein Taxi zum Flughafen und bekam den letzten Sitz auf dem Flug nach Hause.

11

Es überraschte Steph nicht allzu sehr, dass Griff ihr ins Hotel folgte. Die Paparazzi gingen gern am Sunset Marquis herum, um Celebritys zu entdecken. Griff würde nie die Gelegenheit verpassen, im Rampenlicht zu stehen. Sie war erschöpft. Sie wollte nichts anderes, als zu Dave ins Bett krabbeln und vergessen, dass es den heutigen Abend gegeben hatte. Manche Paparazzi fotografierten sie, als Griff sie mit seiner Hand unten an ihrem Rücken zur Tür begleitete. Sie eilte voraus.

Er ging hinein, blieb stehen und küsste sie auf die Wange. „Bye, Steph. Ich melde mich."

Ohne ein Wort zu sagen ging sie zur Rezeption.

„Du auch! Pass auf dich auf!", rief er fröhlich. Immer eine Performance. Sie ignorierte ihn.

Kurz darauf gingen sie zu ihrem Zimmer. Ihr Gepäck sollte bereits da sein. Das Zimmer war dunkel. Sie schlich sich hinein. Es war eine Suite mit einem weiteren Schlafzimmer auf der anderen Seite des Wohnbereichs. Sie steckte ihren Kopf ins Schlafzimmer. Das Bett war noch gemacht.

Panik rauschte durch sie. „Dave!"

Keine Antwort. Das hier war nicht gut. Sie stellte alle

Lichter an und sah sich nach Hinweisen auf ihn um. Sie sah ins Badezimmer, kein Dave, keine Waschsachen. Sie sah in den Schrank. Ein Koffer. Ihrer.

Sie versuchte es noch einmal auf seinem Handy. Keine Antwort.

War Dave abgereist, weil sie so spät zurückgekommen war? War er wütend, dass sie ohne ihn hinter die Bühne gegangen war? Hatte er denn die Nachricht an der Rezeption nicht bekommen?

Sie rief bei ihm zu Hause an und hinterließ eine Nachricht. „Dave, Steph hier. Ich bin im Hotel. Wo bist du? Ich nehme morgen den Jet zurück nach Hause." Sie entschied sich rasch, nicht zu erwähnen, dass sie immer noch auf die Scheidungs-papiere warten mussten. Das war eine Unterhaltung, die sie persönlich führen sollten. „Ich hoffe, dich dann zu sehen. Bye."

Sie machte sich fürs Bett fertig und sah noch einmal für Nachrichten auf ihr Handy. Es gab eine Nachricht von Griff: *Halt dich kurze Zeit zurück. Nur ein paar Bilder von uns. Nicht schlimm.*

Sie schaute kurz ins Internet und fand Fotos von ihnen, wie sie sich vor dem Restaurant umarmten. *Verdammt.* Hatte Mandy sich nur versteckt, um diese Bilder zu bekommen? Hatte Griff das Ganze für seine Publicity arrangiert? Oh, sicher, er hatte geschworen, dass er nichts damit zu tun hatte, doch er hatte auch vor einem Standesbeamten geschworen, dass er ihr für alle Zeiten treu bleiben würde. Sie wollte ihn wirklich umbringen. Sie hatte solche Angst gehabt. Sie wusste nicht, ob er über Mandy log oder nicht. Sie klickte auf einen anderen Link. Da war ein Foto, wie sie beide das Hotel betra-ten. Ein Bild, wie er ihr einen Gutenachtkuss auf die Wange gab. Wie konnten diese Fotos so schnell ins Internet kommen? Auf diesen Bildern sahen sie wie ein Paar aus. Wenn das Griffs Plan gewesen war, war sie ihm direkt in die Falle gegangen. Sie wollte ihn nie wieder sehen.

Sie schrieb ihm zurück: *Zur Hölle mit dir.*

Dann stellte sie ihr Handy aus und kletterte ins Bett. Hatte Dave diese Bilder gesehen? War das der Grund, weswegen er abgereist war? Wäre er doch nur an sein Handy gegangen. Erschöpft schlief sie ein, entschlossen, am Morgen alles geradezurücken.

Steph stand früh am Morgen auf, schaltete den Fernseher ein, sah ihr Bild in den Nachrichten und stellte ihn rasch wieder aus. Mist. Dave würde das überhaupt nicht gefallen. Auch sie hasste es. Sie machte sich rasch fertig und wählte die Nummer, die Griff ihr für die Fahrt gegeben hatte. Sie versuchte, Daves Handy und sein Festnetz anzurufen, doch er ging nicht dran.

Sie flog mit dem Jet nach Hause, weil sie sich jetzt nicht auch noch damit abgeben wollte, eine andere Möglichkeit zu finden. Außerdem musste sie so schnell wie möglich zu Dave. Musste ihm alles erklären. Es fühlte sich so merkwürdig an, der einzige Passagier im Flugzeug zu sein. So anders als der Flug nach L.A. Sie hoffte nur, dass Dave zu Hause auf sie wartete.

DAVE KAM nach seinem Höllenflug früh am nächsten Morgen in seinem Stadthaus an. Auf dem Flug hatte er kein bisschen geschlafen, weil er sowohl wütend war als auch in einen Sitz gequetscht, der nicht genug Beinfreiheit für einen Mann über eins achtzig bot. Ganz zu schweigen von dem Kleinkind auf dem Platz neben ihm, das den Großteil des Fluges über geweint hatte.

Erst jetzt fiel ihm ein, als er nach Hause kam, dass er die Nachrichten auf seinem Handy auch ohne das Gerät abhören konnte. Er hörte, dass Stephs Nachrichten zunehmend besorgt klangen, bist du der letzten Nachricht, in der sie sagte, dass sie sich nicht gut fühlte. Sein Magen brannte. Was

war ihr bei Griffin passiert? Hatte er sie entführt? Die letzte
Nachricht hatte so gar nicht nach Steph geklungen – ange-
spannt und beinahe … verängstigt. Mist. Ging es ihr gut?

Verdammt. Er hätte nicht ohne sie aus L.A. abreisen sollen.
Seine Wut war mit ihm durchgegangen. Und, wenn er ehrlich
war, auch sein Stolz. Es fühlte sich nur so an, als zöge sie
Griffin ihm immer vor. Doch diese Nachrichten machten ihm
wahnsinnige Angst. Vielleicht hatte Griffin ihr etwas angetan.
Er hätte Steph niemals mit ihm allein lassen sollen.

Zu Hause hörte er seinen Anrufbeantworter ab und hörte
die Nachricht, dass sie auf dem Rückweg war. Wenigstens
ging es ihr gut genug, um nach Hause zu fliegen. Er rief sie
an, doch er erreichte nur ihre Mailbox. Hoffentlich war sie in
diesem Flugzeug. Er konnte nichts anderes tun als warten. Er
versuchte zu schlafen, während er wartete, doch es gelang
ihm nicht. Er versuchte weitere Male, Steph anzurufen. Seine
Schwester rief ihn mit den neuesten Neuigkeiten an und
versicherte ihm, dass alles nicht so schlimm war, wie es
aussah. Was zum Teufel wusste sie schon? Doch er behielt
seine Gedanken für sich, denn er wusste, dass sie es nur gut
meinte. Schließlich machte er es sich vor dem Fernseher
gemütlich, um zu warten.

Als kurz darauf an die Tür geklopft wurde, sprang er
gleich auf.

Er öffnete die Tür. Steph stand da, den Koffer an ihrer
Seite. Sie sah erschöpft aus, war aber noch ganz und geradewegs zu ihm gekommen. Sein Herz raste. „Steph!"

„Dave." Sie warf sich ihm in die Arme. Es fühlte sich so
gut an, sie wieder bei sich zu haben, dass er ihr fast alles
vergeben hätte.

„Was ist denn mit dir passiert?", sagten beide gleichzeitig.

„Du zuerst", sagte Dave. „Fühlst du dich gut? Was ist
denn passiert, als du hinter die Bühne gegangen bist und
danach?" Er hob seine Stimme, da die Wut erneut hoch-
kochte, obwohl er sich sagte, dass das Wichtigste war, dass es

ihr gut ging. Seine eifersüchtige, besitzergreifende Seite hob ihren hässlichen Kopf. „Ich habe Fotos von euch vor dem Restaurant, gesehen, am Hotel —"

„Setz dich", sagte sie. „Ich erzähle dir alles."

Sie setzten sich aufs Sofa. Sie nahm seine Hand, was sich anfühlte, als wollte sie ihn vielleicht trösten, weil sie schlechte Nachrichten hatte. Er verkrampfte sich unwillkürlich.

„Steph, wenn du lieber mit Griffin zusammen sein möchtest, dann sag es einfach. Ich komme schon damit klar." Er verzog das Gesicht. „Nein, tue ich nicht. Sag es einfach. Nein, sag es nicht." Er rammte seine Hände in sein Haar. „Was zum Teufel ist los? Sag mir bitte, dass du nicht mit ihm zusammen bist. Hat er dich entführt?"

„Würdest du bitte einfach zuhören?", fragte sie. „Die Limofahrerin war diese Psychoreporterin, die eine Waffe auf uns gerichtet hat."

„Was!" Er drückte sie an sich. „Mein Gott! Steph!" Er löste sich von ihr und hielt ihr Gesicht in beiden Händen. „Geht es dir gut?"

Sie blinzelte rasch, ihre Augen glänzten vor Tränen. „Ja. Griff hat ihr die Waffe abgenommen und sie in den Gully geworfen."

„Wo warst du, als all das passiert ist?"

„Ich habe mich hinten in der Limousine versteckt."

Wieder drückte er sie an sich. Sie zog an seinen Armen, und er merkte, dass er sie zu fest gehalten hatte. Er lockerte seinen Griff, hielt sie aber weiter in seinen Armen.

„Und wo ist die Psychoreporterin jetzt?", fragte Dave. „Hast du die Polizei angerufen?"

„Sie ist abgehauen. Griff meinte, sie ist harmlos."

Dave versteifte sich. „Von wegen harmlos. Sie hat eine Waffe auf euch gerichtet! Und jetzt läuft sie frei herum? Was, wenn sie dir auflauert?"

Sie atmete zitternd aus. „Ich weiß nicht. Ich habe sie auch

nicht richtig sehen können. Nur kurz die Seite ihres Gesichts in der Limo, kurz bevor die Waffe auftauchte.

Wieder drückte er sie an sich. „Grundgütiger."

Sie erwiderte die Umarmung. „Griff hat mich die Polizei nicht rufen lassen, aber jetzt werde ich es tun. Ich weiß nicht einmal ihren Nachnamen, aber ich weiß, wo sie arbeitet."

„Gut", murmelte er. „Das ist gut."

So blieben sie einige Minuten, hielten einander nur. Endlich setzte sie sich wieder auf. „Ich weiß, diese Bilder haben schlimm ausgesehen, aber sie waren vollkommen unschuldig. Ich bin fast durchgedreht wegen der Waffe, und Griff hat mich gehalten, um mich zu beruhigen. Dann hat er mich zurück ins Hotel gefahren. Mehr ist nicht passiert. Ich habe versucht, dich zu erreichen, aber bei deinem Handy ging immer die Mailbox an, und im Hotel hat es einfach nur geklingelt. Ich habe dir eine Nachricht im Hotel hinterlassen."

„Mein Handy ist kaputtgegangen", sagte er. „Ich habe mich mit einem Sicherheitsmann gestritten."

„Du hast dich mit so einem angelegt?", rief sie.

„Er wollte, dass ich in diesen Wagen steige, und ich weiß, dass man besser nicht in fremde —"

„Griff sagte, er habe einen Wagen für dich bereitgestellt."

„Oh! Na, das hätte er mir ja auch sagen können. Himmel. Ich dachte, ich sollte ineinandergeschlagen werden."

Sie sah aus, als versuchte sie, nicht zu lachen. „Du meinst zusammengeschlagen?"

„Ja", sagte er eifrig. „Was ist denn so lustig?"

Sie presste die Lippen aufeinander. „Nichts."

Er warf ihr einen weiteren misstrauischen Blick zu und sie küsste ihn. Dann legte er seine Arme um sie und küsste sie mit all der Liebe in seinem Herzen. Dennoch, einige Stücke passten in seinem Kopf nicht zusammen.

Er löste sich von ihr. „Ich war im Hotel, aber sie haben mir nichts ausgerichtet."

„Ich schwöre dir, ich habe eine Nachricht hinterlassen." Sie sah ihm in die Augen. „Die Wahrheit ist, ich glaube, Griff wollte Fotos von uns, wie wir da aussteigen. Vielleicht hat er sogar die ganze Sache mit der Waffe inszeniert. Er war die ganze Zeit so merkwürdig gelassen."

„Er hat dich benutzt. Der Bastard. Ich werde ihn umbringen."

„Also glaubst du mir?"

„Natürlich glaube ich dir. Ich hätte wissen müssen, dass er dahintersteckt." Er war von Anfang an ein Widerling."

Wieder küsste sie ihn. Er schob seine Hände in ihre Haare und küsste sie, bis sie keine Luft mehr bekam. Dann küsste er sie weiter, während er sie langsam rückwärts zum Sofa führte, bis er auf ihr lag, zwischen ihren Beinen, und sich wünschte, es gäbe keine Kleidung mehr zwischen ihnen. Er löste sich weit genug von ihr, um ihr in die Augen zu sehen. Es gab nur noch eins, das er wissen musste. „Hast du die unterschriebenen Papiere?"

Ihre Augen blickten zur Seite, dann wandte sie ihr ganzes Gesicht von ihm ab. „Nicht wirklich."

Er nahm ihr Kinn und drehte sie zu sich zurück. „Erzähl mir *genau*, was passiert ist. Hat er sich wieder da rausschlawinert?"

Sie sah ihm in die Augen. „Finanziell läuft es gerade schlecht für Griff. Er sagte, die Scheidung wäre in einem Jahr einfacher."

Er ließ ihr Kinn los. „Verdammt", murmelte er. Dieser verdammte Griff, der immer noch mit ihnen spielte. Er stieg von ihr herunter. „Ein Jahr. Ein ganzes verdammtes Jahr. Das hat er von dir bekommen."

Sie streichelte seinen Arm. „Könntest du so lange auf mich warten?"

Er setzte sich aufs Sofa, beugte sich vor und stützte die Ellbogen auf seine Beine. „Ich verstehe das nicht. Wenn du dein Geld nicht willst, was macht das dann für einen Unterschied? Wie zum Teufel konnte er noch ein Jahr von dir bekommen?"

Sie legte ihren Arm um ihn, doch er wollte ihn dort nicht. Die Sache mit dem ganzen Jahr war wie ein Eimer mit Eiswasser, das er ins Gesicht gespritzt bekam. Er richtete sich auf und rutschte von ihr fort. Sie nahm ihren Arm herunter.

„Er möchte das Ganze außergerichtlich regeln, sobald seine Finanzen stabiler sind." Mit flehendem Blick sah sie zu ihm auf. „Ich weiß, es ist schwierig, das zu verstehen, aber ich habe dem zugestimmt, weil Griff versprochen hat, sich um Joey zu kümmern. Er richtet einen Treuhandfonds für ihn ein. Dann hat er für sein Leben ausgesagt. Für Griff gehört er zur Familie."

Dave schüttelte den Kopf. Er war es leid, nach Griffins Regeln zu spielen. Der Mann benutzte sie und benutzte ihren Bruder als Werkzeug zum Feilschen. Der Bastard. „Wir besorgen dir einen Anwalt. Du kannst das Ganze außergerichtlich auch jetzt regeln."

„Paulie D hat ihm geraten, jetzt nichts unterschreiben."

„Wer zum Teufel ist Paulie D?"

„Sein Anwalt."

Er nahm ihre Hände in seine und versuchte ein letztes Mal, Steph auf seine Seite zu bekommen. „Steph, Paulie D hat nicht über dein Leben zu entscheiden. Das betrifft uns beide."

„Für mich ist das okay. Solange für Joey gesorgt ist. Verstehe das doch bitte. Ich kann mir Horizon Village nicht leisten. Joey würde zu mir ziehen müssen. Er würde seine Mitbewohner und all die Aktivitäten, die sie dort anbieten, vermissen. Und mich gäbe es dann nur im Paket. Jeder, der in einer Beziehung mit mir ist, würde dann auch mit Joey zusammen sein müssen. Es ist nicht so leicht, mit ihm zusammenzuleben. Wenn sich seine Routine ändert, hat er Aussetzer."

„Warum um alles in der Welt glaubst du, Griffin hält sein Wort?", fragte Dave.

„Er hat sich für mich einer Waffe gestellt", sagte sie. „Wenn du ihn gehört hättest ... das rückt alles in eine andere Perspektive, wenn man dem Tod in die Augen sieht. Ich weiß, er wird das tun. Er liebt Joey wirklich."

„Ich dachte, du meintest, dass er hinter der Sache mit der Waffe steckt."

„Das weiß ich nicht sicher. Aber er klang wirklich ernst, als er mir versprochen hat, sich um Joey zu kümmern."

Dave runzelte die Stirn. „Es muss andere Alternativen geben." Er strich mit seinen Händen durch seine kurzen Haare und zog daran. „Andere Gruppenunterkünfte. Oder wir wohnen eben alle zusammen."

„Das würdest du tun?"

„Ja. Ich würde ihn gern erst kennenlernen, aber ... Steph, ich kann Griffin wirklich nicht mehr ertragen. Ich möchte nichts mehr mit ihm zu tun haben."

Sie streichelte seine Wange. „Wir können immer noch zusammen sein. Wir können nur nicht gleich heiraten. Das ist alles."

Er verkrampfte seinen Kiefer. „Du entscheidest dich für ihn."

„Nein, ich entscheide mich für dich. Ich werde Griff nicht einmal wiedersehen. Das werden alles die Anwälte erledigen." Sie gestikulierte von ihnen fort. „Weit entfernt."

Sein feuriger Zorn kam in einer Woge zurück. „Warum bist du zu ihm hinter die Bühne gegangen?"

Sie streichelte seinen Arm. „Es tut mir leid. Ich hatte nur den Preis im Blick, die Scheidung, und ich hätte ihm sagen sollen, er soll sich zum Teufel scheren."

„Verdammt richtig."

Er schüttelte den Kopf. Es gefiel ihm nicht, dass sie mit Griffin gefahren war, während er im Hotel gewartet hatte, doch es klang, als wäre es Griffins Schuld gewesen. Arschloch.

Dennoch musste er hinzufügen: „Du hast zugelassen, dass er dich angefasst hat."

Sie setzte sich auf seinen Schoß und fuhr mit ihren Fingern durch sein Haar. Er wurde gleich hart, was vermutlich ihre Absicht gewesen war. Ihn von seiner Wut ablenken. Doch er musste zugeben, dass es funktionierte. Es war sein Schicksal, sie sein Leben lang zu wollen. Selbst, während sie noch an einen anderen Mann gebunden war.

„Ich hatte Angst, das war alles", sagte sie, und ihre Finger fuhren immer noch in seinem Nacken durch sein Haar. „Das heißt aber nicht, dass ich ihn noch liebe oder mit ihm zusammen sein möchte." Sie legte ihre Arme um seinen Hals und sah ihm in die Augen. „Ich möchte mit dir zusammen sein. Ich gehöre dir." Sie küsste ihn. Ihre warmen Lippen, so weich, und ihr Geschmack reizten ihn, sorgten dafür, dass er ihr nachgeben wollte. Und einen langen Moment tat er das auch und verlor sich in dem Kuss.

Doch dann tat er das Schwierigste, was er je in seinem Leben hatte tun müssen. Er hob sie von seinem Schoß und setzte sie von sich weg. „Es tut mir leid. Ich kann das nicht."

„Wegen Griff."

Er sagte nichts. Egal, wie viel sie darüber redeten, es würde nichts an der Tatsache ändern, dass Griffin Steph immer noch am Haken hatte, und Dave wollte nicht mehr mittendrin stecken. Er wandte den Blick ab.

„Er ist nicht mehr in meinem Leben", sagte Steph. „Ich schwöre es."

Er drehte sich zurück. „Wer weiß schon, wann er wieder auftaucht? Bereit, dich in seinem Privatjet zu fliegen. Dir Diamanten anzubieten. Die Welt. Und was habe ich dir zu bieten? Ein Stadthaus in Eastman. Ich kann dir dabei helfen, Mathehausaufgaben zu benoten. Ich weiß sehr gut, wo ich stehe." Er sah zu Boden. „Ich liebe dich so sehr, dass es mich in den Wahnsinn treibt, aber ich kann so nicht leben, zwischen dir und Griffin."

„Dave, bitte." Ihre Stimme brach, wodurch sich seine Brust zusammenzog. „Ich entscheide mich für dich."

Er sah ihr in die Augen, die vor unvergossenen Tränen glänzten. „Du lässt ihn mit Mord durchkommen. Solange du dich nicht gegen ihn auflehnst, haben wir keine Chance."

Sie blinzelte rasch. „Ich bin nicht gut in Konfrontationen! Es tut mir leid! Ich arbeite daran."

„Arbeite härter daran, Steph."

„Ich muss alles in Einklang mit meiner Verantwortung für Joey bringen. Nicht alles ist Schwarz und Weiß. Es gibt auch viel Grau da draußen."

Er erhob sich. Er musste hart bleiben, sonst wäre er immer in die Sache mit Steph und Griffin verstrickt. Für immer eifersüchtig, besitzergreifend, verrückt vor Frust. Das war nicht er. Er war ein netter Typ. Zumindest war er das mal gewesen. Er hatte seine Nettigkeit verloren, als Griffin aufgetaucht war. Er war sich auch nicht sicher, dass Steph Griffin nicht wiedersehen würde. Der Mann tat verdammt noch mal alles, was er tun wollte. Wenn Griffin Steph wollte, machte er sich an sie ran, selbst wenn das bedeutete, sie aus ihrem Haus zu holen. Das hatte er schon mal getan. Und Steph hatte nichts unternommen, um ihn zurückzuhalten. Das Ganze war von Anfang an verkorkst gewesen.

„Ich wünschte, die Situation wäre anders", sagte er über den Kloß in seiner Kehle. „Lebwohl."

Ihre Augen füllten sich mit Tränen, und er musste sich abwenden, damit er sich nicht gemeinsam mit ihr einem Heulkonzert hingab. Er hörte, wie ihre Schritte langsam Richtung Tür gingen, die Kofferrollen hinter ihr, das schnelle Öffnen der Tür. Sie hielt inne, dann schloss sie rasch die Tür hinter sich. Er stieß einen Atem aus. Er hatte das Richtige getan. Dessen war er sich fast sicher.

Er ließ sich aufs Sofa sinken und legte seinen Kopf in vollkommenem Elend in seine Hände. Manchmal war es wirklich ätzend, das Richtige zu tun.

~

STEPH GING in ihrem Elend geradewegs zu Amber nach Hause. Sie fand ihre Freundin in der separaten Garage, die sie als Studio im Garten benutzte, wo sie gerade malte. Das Garagentor war zum Teil geöffnet, und Musik plärrte von innen.

Sie klopfte und rief Amber zunächst, um sie nichts erschrecken. Amber konnte sich in ein Bild verlieren und kam dann manchmal stundenlang nicht heraus.

„Hey, du! , rief Amber, stellte die Musik aus und zog die Tür ganz auf. „Wie ist es in L.A. gelaufen?"

Steph ging erst ganz zu Amber, bevor sie zusammenbrach. Amber legte ihre Arme um sie.

Schließlich löste Steph sich von ihr und atmete einmal zitternd ein. Alles sprudelte auf einmal heraus. „Es war grässlich. Griff hat mich gebeten, noch ein Jahr mit der Scheidung zu warten, da seine Finanzen ein einziges Chaos sind, und ich habe zugestimmt, weil er versprochen hat, sich um Joey zu kümmern, aber Dave versteht es nicht, und er meinte, ich habe mich für Griff entschieden, doch das habe ich nicht, und jetzt will Dave mich nicht mehr sehen!" Der letzte Teil kam nur noch als Schluchzen. „Und eine Psychopathin hat eine Waffe auf mich gerichtet!"

„Was?", rief Amber.

Bare steckte seinen Kopf zur Hintertür heraus. „Alles okay hier draußen?"

Amber winkte ihn fort. „Ich mach das schon, Bare."

Er nickte einmal und kehrte ins Haus zurück.

Steph schniefte. „Du hast solch ein Glück, dass du gleich beim ersten Mal den richtigen Typen geheiratet hast."

Amber lächelte. „Ich weiß. Erzähl mir erst von dem Psycho."

Steph berichtete, dann erzählte sie auch alles über Griff und ihren Deal für ihren Bruder.

Amber lauschte nachdenklich. „Okay. Und jetzt sag mir

genau, was Dave gesagt hat, als er meinte, er wollte dich nicht mehr sehen."

Steph ging durch jedes Detail, bemühte sich, ihre Stimme ruhig zu halten und deutlich, damit Amber sie verstehen konnte.

„Okay, vergiss Griff", sagte Amber mit einem Handwedeln. „Wir müssen Dave nur davon überzeugen, dass er weiter mit dir zusammen sein möchte. Nur, weil du ihn *noch* nicht heiraten kannst, heißt es nicht, dass ihr nicht zusammen sein könnt. Ich glaube, er ist nur verletzt. Männliche Egos sind so zerbrechlich, weißt du?"

„Ja?"

„Oh ja." Amber bedeutete Steph, ihr weiter in die Garage zu ein paar Stühlen hinein zu folgen.

Steph setzte sich neben ihre Freundin. „Ist Bares Ego auch so zerbrechlich?"

Amber lachte. „Nein, wenn überhaupt etwas, dann ist er zu selbstbewusst." Sie schüttelte mit einem Lächeln den Kopf. „Ich spreche nur ganz allgemein und aus persönlicher Erfahrung vor Bare. Mein Dad konnte es nicht leiden, wenn meine Mom irgendwas gemacht hat, das seine Karriere nicht unterstützt hat. Als sie es als Künstlerin geschafft hatte, hat er das ganze Feld niedergemacht. Er hätte jedem, der zuhörte, erzählt, dass Kunst reine Zeitverschwendung ist. Ich sagte ja – zerbrechlich."

„Also, was soll ich tun?"

„Du musst beweisen, dass du Dave liebst und nicht dieses A-Loch."

„Wie?"

„Was mag er denn?"

Steph dachte angestrengt nach. „Er mag Mathe. Und, ähm, Shrek."

„Oh-kay. Sonst noch etwas?"

Steph rümpfte die Nase. „Die Ukulele."

Amber brach in Lachen aus. „Du wirst also ..." Sie wartete, dass Steph die Lücke füllte.

Steph ließ ihren Kopf in ihre Hände sinken. „Ich habe keine Ahnung."

Amber rieb Steph den Rücken. „Möchtest du, dass Bare mal mit ihm spricht? Von Mann zu Mann? Die Leute erzählen ihm immer alles. Mit niemandem auf der Welt kann man leichter reden."

Steph schüttelte den Kopf. „Nein, aber danke. Ich muss wohl einfach lernen, die Ukulele zu spielen."

Amber grinste. „Oder versuche es mal mit Infinitesimalrechnung."

Steph ächzte. Amber klopfte ihr auf den Rücken. „Mach dir keine Sorgen. Dir fällt schon etwas ein."

Es wurde nur schlimmer. Die folgende Woche war ein Feuersturm von Medienaufmerksamkeit wegen Griffin Huntleys geheimer Ehefrau. Sie wusste nicht, was die Geschichte so aufgeheizt hatte, doch jetzt war sie eine nationale Sensation. Die Presse folgte ihr zu und von der Arbeit, machte Fotos von ihr und feuerte ihr Fragen entgegen. Sie versuchte, sie mit einem angespannten „kein Kommentar" zu ignorieren, doch die Fragen kamen immer weiter:

„Warum haben Sie sich versteckt?"

„Wie empfinden Sie wegen seiner anderen Frauen?"

„Kommen Sie wieder zusammen?"

Sie hatte mittlerweile Angst, irgendwohin zu gehen. Nach der Arbeit fuhr sie geradewegs nach Hause und weigerte sich, ans Telefon zu gehen. Es war ohnehin nur die Presse, die anrief. All diese Aufmerksamkeit und die Bilder, die von ihr und Griff kursierten, waren in ihren Bemühungen um Dave nicht gerade hilfreich. Sie wurde sogar zum Direktor gerufen und musste sich erklären. Offensichtlich riefen viele Eltern die Schule an, weil sie wissen wollten, ob sie bald wieder mit ihrem berühmten Ehemann zusammen sein würde.

Griff schickte ihr gelbe Rosen mit einer Nachricht: Halte durch. In Liebe, Griff. Sie warf sie weg.

Immer noch kein Wort von Dave. Sie hatte versucht, ihn anzurufen. Er hatte ihr sehr ernst gesagt, dass es nichts mehr zwischen ihnen zu sagen gab, solange Griff noch eine Rolle spielte. Während die Tage vergingen, wurde aus Stephs Niedergeschlagenheit Zorn auf Dave. Was war denn aus dem Typen geworden, der um sie gekämpft hatte? Der Typ, der Griff in den Hintern getreten hatte und im Gefängnis gelandet war. Was war passiert mit dem besitzergreifenden Typen, der ihren Körper für sich gefordert und ihn erklärt hatte als mir, mir, mir?

Verdammtes, zerbrechliches männliches Ego.

AM ENDE dieser verrückten Medienwoche aus der Hölle tauchten Jaz und Amber bei Steph zu Hause auf, weil sie eine Art Intervention geplant hatten.

Steph ging an die Sprechanlage und hörte, wie Jaz gerade ein paar Reporter abwimmelte.

„Sie sollten verdammt noch mal besser etwas Abstand wahren!", schrie Jaz. „Die Story ist in L.A., nicht hier."

„Kommt rein", sagte Steph über die Sprechanlage und drückte ihnen die Tür auf.

Als sie die Wohnungstür öffnete, sah sie, dass Amber eine braune Tüte an sich drückte und Jaz angepisst aussah.

„Wir sind hier, um dein Leben zu reparieren", verkündete Jaz.

Steph schnaubte. „Es ist ja nicht kaputt."

Amber begann, die braune Tüte auszupacken. Wein, Chips, ein ganzer Eimer voll mit Doppelschokolade-Karamell von Shane's Scoops, und etwas das Bliss SatisfyHer hieß, ein gebogener, genoppter, unruhig aussehender Vibrator. Und noch dazu so groß wie ein Frettchen. Steph erschauerte.

„Ähm …", sagte Steph.

„Der ist von mir", sagte Jaz und deutete auf den Bliss SatisfyHer. „Du brauchst keinen Mann. Und du hast dich jetzt lange genug mit zwei Männern rumgeärgert. Lass sie los und lebe dein Leben weiter."

Amber biss sich auf die Lippe. Steph überlegte schon, ob sie Jaz fragen sollte, ob sie auch einen Bliss SatisfyHer hatte, hatte aber Angst vor der Antwort. Das musste ein Juxgeschenk sein. Richtig? Sie tauschte einen Blick mit Amber aus, die aussah, als müsste sie sich gleich totlachen, versuchte aber, es zurückzuhalten. Doch Jaz lachte nicht, also verzichtete Steph darauf, einem geschenkten Frettchen ins Maul zu schauen.

„Die Jungs sind doch frei", sagte Steph und brachte den Bliss SatisfyHer in die Schublade ihres Nachtschränkchens, damit Loki ihn nicht für ein vibrierendes haarloses Frettchen hielt und versuchte, es zu jagen. Als sie ins Wohnzimmer zurückkam, goss Amber gerade den Wein ein.

Alle drei machten es sich auf ihrem Sofa vor den Snacks gemütlich. Amber reichte ihr das Eis und einen Löffel.

„Also, wie kommst du mit all der Presse klar?", fragte Jaz. „Amber sagte, du versteckst dich hier."

„Ich versuche nur, ein wenig von der Bildfläche zu verschwinden", sagte Steph. Sie schob sich einen Löffel voll Doppelschokolade-Karamell in den Mund und genoss die Geschmacksflut.

„Darf ich ehrlich sein?", fragte Jaz. Steph und Amber tauschten einen amüsierten Blick aus. Als wenn Jaz Ermunterung gebraucht hätte, um zu sagen, was sie dachte. „Du gehst das alles ganz falsch an. Ich hatte auch so meine berühmten Momente, als ich bei den etwas bekannteren Broadwayshows aufgetreten bin. Du musst einfach dein Leben leben und die Presse auf ihren Platz verweisen. Lass sie nicht bestimmen, wohin du gehst oder was du tust. Du möchtest auf einen

Drink ins Garner's? Dann geh. Du möchtest deinen Kater spazieren führen, dann geh."

Steph und Amber brachen in Lachen aus.

Jaz grinste. „Jetzt mal im Ernst, verstehst du, was ich sage?"

„Ich weiß", sagte Steph.

„Hast du etwas von Dave gehört?", fragte Amber vorsichtig.

Steph nahm einen langen Schluck vom Wein. „Dave will nicht mit mir reden, bis Griff keine Rolle mehr spielt."

„Aber er spielt doch keine Rolle mehr", sagte Jaz. „Er ist in L.A. Du bist hier."

„Ich weiß", sagte Steph elend. „Dave ist wütend, weil ich ein Jahr auf die Scheidung warten will. Und Griff sagte, wenn ich es täte, würde er für Joey einen Treuhandfonds für den Rest seines Lebens einrichten. Ihr wisst, wie viel mir das bedeutet."

„Er will dich nicht teilen", sagte Jaz und goss Steph noch mehr Wein ein.

„Männer sind da empfindlich", warf Amber ein.

„Wem sagst du das", murmelte Steph.

„Aber warum ein ganzes Jahr?", fragte Jaz. „Was ist denn so" – sie wedelte mit ihren Fingern durch die Luft – „magisch an einem Jahr für eine Scheidung?"

„Sein Anwalt will ihm Zeit geben, dass er seine Finanzen in Ordnung bringt", sagte Steph.

Jaz machte ihre typische Kopfdrehung. „Sein Anwalt? Oh nein. Auf keinen Fall." Sie nahm Stephs Wein und das Eis von ihr fort. „Stephanie Moore!", rief sie.

Steph zuckte zusammen. Amber starrte sie mit offenem Mund an.

„Sprich mir nach", bellte Jaz. „Wir lassen nicht zu, dass Anwälte unser Leben bestimmen."

„Wir lassen nicht zu, dass Anwälte unser Leben bestimmen", sagte Steph zögernd.

„Steh auf", befahl Jaz und zog Steph auf ihre Füße. „Wir lassen nicht zu, dass *die Presse* unser Leben bestimmt."

Steph stand da mit einem Blick auf Amber, die in ihr Weinglas lächelte.

„Wir lassen nicht zu, dass die Presse unser Leben bestimmt", sagte Steph jetzt kräftiger.

„Wir lassen nicht zu, dass Männer unser Glück stehlen", bellte Jaz.

Amber kicherte. Jaz schoss Amber einen warnenden Blick zu.

Steph stellte sich aufrechter hin. „Wir lassen nicht –"

„Lauter, Mädchen!", befahl Jaz.

„Wir lassen nicht zu, dass Männer unser Glück stehlen!", schrie Steph.

Jaz gab ihr ein High Five. „Genau davon rede ich. Du gehst aufrecht und stolz. Scheiß auf den Anwalt, scheiß auf die Presse und scheiß auf die Männer, die mit deinem Kopf spielen."

„Amen", sagte Amber.

„Amen", sagte Steph ehrfurchtsvoll, als Jaz ihr das Weinglas und das Eis zurückreichte.

Sie setzten sich wieder aufs Sofa. Jaz hob ihr Glas, und alle drei stießen zu einem Toast mit ihren Gläsern an.

„Auf starke Frauen", sagte Jaz.

„Auf starke Frauen", wiederholten Steph und Amber.

„Verdammtes A", sagte Jaz.

Darauf tranken sie alle.

„Und was ist jetzt dein Plan, dein Glück zurückzufordern?", fragte Jaz. „Du kannst es dir einfach nehmen."

„Meinen neuen Bliss SatisfyHer?", fragte Steph.

Amber brach in Lachen aus. Jaz grinste. „Das wäre schon mal ein Anfang. Benutz ihn übrigens nicht wirklich. Das war ein Juxgeschenk."

„Oh ja", sagte Steph. „Ich meine, das wusste ich."

Amber nickte lebhaft. „Der war gut, Jaz."

Ein Mundwinkel hob sich bei Jaz zu einem leichten Lächeln. „Möchtest du Dave wirklich zurück, nachdem er dich so hat fallen lassen?"

Steph seufzte. „Das tue ich. Ich liebe ihn immer noch. Ich glaube, wenn Griff nicht gewesen wäre, wären wir mittlerweile verlobt."

„Im Ernst?", fragte Amber.

Steph nickte. „Er sagte, er wollte, dass ich seine Babys bekomme."

Jaz verschluckte sich an ihrem Wein. „Das hat er wirklich gesagt?" Sie drehte sich ungläubig zu Amber um. „Welcher Mann sagt denn so etwas?"

Amber zuckte die Schultern. „Ein Mann, der eine zukünftige Frau und Mutter für seine Kinder will."

Jaz blinzelte rasch. „Das ist *so* verdammt süß. Verdammt, ja, wir wollen Dave zurück." Sie wandte sich an Steph. „Was hast du für einen Plan?"

Steph zuckte die Schultern. „Ich weiß nicht. Was Dave angeht, hat sich nichts geändert. Ich bin immer noch verheiratet. Ich bin immer noch an Griff gebunden."

„Und?", drängte Jaz weiter.

Steph nahm einen tiefen Atemzug. Es war Zeit, sich der Konfrontation zu stellen. Fest entschlossen stellte sie ihren Wein und das Eis auf den Tisch. Sie stand auf und sah ihre beiden Freundinnen an, von denen sie wusste, dass sie ihr den Rücken stärken würden.

„Und ich nehme mir jetzt meinen eigenen Anwalt und beende diese Ehe", verkündete Steph.

Jaz jubelte. Amber gab ihr ein High Five.

Steph fuhr fort, fühlte sich jetzt selbstbewusster. „Und ich werde die Presse benutzen, um die Story gegen ihn zu wenden. Das hier war Griffins Schuld, und Dave und ich sollten nicht dafür leiden müssen."

Jaz und Amber klatschten.

Steph lächelte. „Und ich werde Daves kleinen Kopf benutzen, um seinen Dickschädel zu erreichen."

„Ju-huu!", jubelte Amber. „Nackt ist gut."

Jaz nickte zustimmend. „Nackt ist immer gut. Und wenn nicht …" Sie sah sich um. „Wo ist das Ding eigentlich? Dann musst du einen Bliss SatisfyHer lieben. Ich wette, den Namen hat sich ein Mann ausgedacht. Eine Frau würde es als das bezeichnen, was es ist – das Kein-Mann-erforderlich-Lustobjekt."

„Das klingt aber nicht gut", sagte Amber. „Ich würde es einfach Segensbeginn nennen." Sie hob eine Hand. „Nein, Segensassistent."

„Hey, das ist gut", sagte Jaz und hob ihr Glas zu einem dem Sexspielzeug zustimmenden Toast. Amber toastete zurück. „Elegant. Vielleicht hast du eine Zukunft in der Sexspielzeugindustrie."

„Na, schönen Dank auch", sagte Amber. Sie hob ihre Stimme zu einem hohen Singsangton. „Da würde mein *über-intellektueller* Physiker-Vater aber stolz sein."

Steph meldete sich zu Wort. „Meine Damen! Nichts gegen die Sexspielzeugindustrie. Es gibt nur ein kleines Problem, ein Anwalt ist teuer."

„Weißt du was?", sagte Jaz. „Ruf doch einfach eine Kickstarterkampagne ins Leben, um Geld zu bekommen. Ooohoo-hoo. Käme das nicht gut in der Presse? Schullehrerin wirbt Gelder ein, um sich von ihrem reichen Rockstar Ehemann scheiden zu lassen."

„Das könnte tatsächlich funktionieren", sagte Amber.

„Ich könnte doch niemals andere Leute darum bitten, meine Scheidung zu finanzieren", sagte Steph. „Das ist mein Problem, nicht ihres."

Jaz stand auf und legte einen Arm um Stephs Schultern. „Ich möchte dich nur glücklich sehen. Was auch immer du tun musst, ich bin für dich da."

Amber legte von der anderen Seite einen Arm um Stephs Schultern. „Ich auch."

Steph blinzelte Tränen beiseite. „Ach, ihr."

„In Ordnung, jetzt betrinken wir uns und schauen uns eine Wiederholung von *Sex and the City* an", verkündete Jaz. „Ich stehe total auf Steve. Miranda kann sein Herz aus Gold gar nicht würdigen."

Steph schüttelte den Kopf. „Aber Steve ist schon irgendwie ein Schwachkopf, oder nicht?"

Jaz nahm einen Schluck von ihrem Wein und legte eine Faust an ihr Herz. „Es ist das Herz, Babe. Das ist das Wichtigste."

Amber hob ihre Faust und gab Jaz einen Fauststoß.

Steph lehnte sich zurück und machte es sich auf dem Sofa, eingekuschelt zwischen ihren Freundinnen, gemütlich. Sie wusste, was ihr Herz wollte. Sie musste nur durch all diese Verrücktheiten waten, um einen Weg zurückzufinden.

Dave konnte nirgendwo hingehen, ohne dass jemand Mitleid mit ihm hatte. Steph und Griffin waren überall in den Nachrichten, im Internet, in den Klatschzeitschriften. Seine männlichen Freunde versuchten ihn mit dem Klassiker „auch andere Mütter haben nette Töchter" zu trösten, doch er wusste, dass das niemals in Frage käme. Für ihn war es Steph. Doch er war es nicht für sie.

In Gedanken kehrte er immer zu dem Bedingungssatz zurück:

WENN Steph + Griffin DANN
Ende Steph + Dave
ODER
Steph + Dave.

Noch nie in seinem Leben hatte er so sehr gewollt, dass ein Bedingungssatz falsch war. Er wollte ODER. Aber Steph musste zu ihm kommen. Sie musste sich für ihn entscheiden und, was noch wichtiger war, sie musste Griffin loswerden.

Seine weiblichen Freunde hatten nur sanfte Worte und mitleidige Blicke für ihn übrig. Sie wussten, wie ätzend das für ihn war. Courtney (die Französischlehrerin) hatte sogar angeboten, ihn für ein Selfie zu küssen und es dann online zu stellen, um Steph eifersüchtig zu machen. Er hatte ihr nettes, aber fehlgeleitetes Angebot abgelehnt. Dann hatte sie, unter vier Augen, als sie nicht mehr in der Lehrerkantine waren, noch weniger angemessene Dinge angeboten, die sie tun konnten, worauf er nur hatte schmunzeln müssen.

„Danke, Courtney, das habe ich gebraucht", sagte er.

Sie warf ihr Haar zurück und schlenderte davon. Sie war ein ganz schöner Scherzkeks.

Chris nervte ihn die ganze Zeit damit, er solle um Steph kämpfen, doch er hatte genug gekämpft. Er hatte so lange gegen Griffin gekämpft, wie er nur konnte. Er hatte auf die urtümliche Art Steph für sich beansprucht, dennoch … Er hatte das Gefühl, als würde er sie immer teilen müssen. Sie wäre immer zwischen ihnen beiden hin- und hergerissen. Und genau das war der Grund, weswegen Polygamie verboten war. Und besonders selten mit einer Frau und zwei Männern vorkam. Männer teilten ihre Frauen nicht so leicht.

Chris rief ihn nach der Arbeit mit einer weiteren ihrer „brillanten" Ideen an. Er seufzte schwer.

„Nein", sagte er, „aber danke, dass du an mich gedacht hast."

„Das würde funktionieren", beharrte sie. „Er füttert die Presse mit deiner Frau, dann wehrst du dich eben über die Presse. Du fütterst die Presse. Es gibt doch nichts, was Griffin Huntley mehr liebt als Publicity. Wenn du dich ins Rampenlicht setzt, wird ihn das in den Wahnsinn treiben."

„Erstens, niemand schert sich um mich –"

„Doch, tun sie!"

„Und zweitens will ich keine Publicity. Ich möchte nur Steph, ohne dass Griffin noch eine Rolle spielt."

„Genau das sage ich ja, du Dummkopf!"

„Vergiss es."

„Lass mich nur tun, was das Beste für dich ist."

„Chris, ich schwöre –"

„Gerne." Sie beendete das Gespräch.

Sie würde das nicht wirklich durchziehen, redete er sich ein. Nicht, wenn sie ein weiteres Familienessen überstehen wollte. In diesem Fall würden seine Eltern seine Partei ergreifen. Na ja, sein Dad würde es. Er verdrängte das. Niemand würde Chris Aufmerksamkeit schenken. Niemandem lag genug an ihm, um einen Bericht über ihn zu machen. Das war in Ordnung.

STEPH TAUCHTE an jenem Abend vor Daves Tür auf, trug ihren violetten, mit einem Gürtel geschlossenen Mantel, Stilettos und sonst nichts.

Er sah sie misstrauisch an. „Was tust du denn hier?"

Sie drängte sich an ihm vorbei und ließ den Mantel fallen.

Er schluckte sichtlich. Sie wartete. Ein Herzschlag verging, während sie einander anstarrten. Dann sagte sie das eine, von dem sie wusste, dass es den richtigen Knopf traf.

„Das Spiel geht los, Dave. Ich fordere dich heraus."

Er schüttelte langsam den Kopf, und ihr Herz blieb stehen. Dann hob er sie hoch und trug sie zum Schlafzimmer.

„Du solltest mich niemals herausfordern", dann warf er sie aufs Bett. „Lasset die verdammten Spiele beginnen."

Steph genoss es. Nach ein paar weiteren Herausforderungen und viel Liebe, kuschelte Steph sich an Daves Seite und zog Kreise über seine Brust. „Ich glaube, ich weiß, wie ich Griff dazu bringe, alles voranzutreiben."

Er löste sich von ihr, um sie anzustarren. „Das tust du?"

„Ja, obwohl das vielleicht etwas Presse für uns bedeutet. Ist das für dich in Ordnung?"

Er seufzte schwer und murmelte: „Das schon wieder."

„Was?"

„Nichts." Er küsste ihre Haare. „Okay, schön. Ich möchte nichts mehr mit ihm zu tun haben."

Sie stieß einen Atem aus. Das konnte unangenehm

werden, besonders, wenn ihre Schüler die Presse sahen, doch es war an der Zeit, dass sie sich und Dave an erste Stelle setzte.

~

GRIFF ERSCHRAK, als er die Mail von seinem Pressesprecher bekam. Es war ein Foto von Steph und Dave, die sich in den Armen hielten, während sie anhimmelnd zu ihm aufsah. Doch das war es nicht, was ihn traf. Steph war wie Fiona aus *Shrek* gekleidet, mit den Ogre-Ohren. Auch Dave trug seine Ogre-Ohren.

Seine Brust zog sich zusammen. Er hatte seine Muse verloren. Seine Musik würde nie wieder dieselbe sein. Er goss sich einen kleinen Whisky ein und kippte ihn runter. Die Steph, die er kannte, würde sich niemals wie ein Ogre verkleiden. Die Frau hasste es sogar, das Haus ohne Lippenstift zu verlassen. Dass gerade sie sich so fotografieren ließ, konnte nur eins bedeuten – sie war wirklich und wahrhaftig verliebt. Und obwohl sie ihm das gesagt hatte, hatte er es ihr nicht wirklich geglaubt. Er war von den Erinnerungen gefangen gewesen an das, was sie gehabt hatten, und ein Teil von ihm hatte immer gedacht, er würde sie, wenn nur genug Zeit verging, zurückbekommen.

Er rief Paulie D an. „Ich werde die Papiere unterschreiben."

„Ich rate dir, nicht –"

Griffin legte auf. Danach rief er seinen Finanzberater an, um ein paar Dinge zu arrangieren. Er musste Häuser verkaufen, einen Treuhandfonds für Joey einrichten, Geld flüssig machen.

Er schickte Steph die Papiere per Nachtkurier. Dann tat er, was jeder Rockstar getan hätte. Er trank Whisky, nahm eine lange Dusche, ließ sich auf den Duschboden sinken und schluchzte. Es war wirklich vorbei. Er hatte seine Muse verloren. Er hatte seine Musik verloren. Er hatte nichts mehr.

STEPH HATTE KEINE AHNUNG, was dieses eine Bild von ihr und Dave lostreten würde. Sie fuhren nach der Arbeit zu ihm nach Hause und fanden dort eine Pressemenge vor, die mit Kameras und Mikrofonen auf sie warteten. Alle waren ganz eifrig, von Dave zu hören.

„Little Genius, wo haben Sie sich all die Jahre versteckt?"

„Gehen Sie zurück ins Showgeschäft?"

„Wie konnten Sie so lange das Rampenlicht meiden?"

Daves Griff um ihre Hand festigte sich. Er wirkte wie erstarrt und blickte in die eine Kamera, die auf ihn gerichtet war.

„Dave?", fragte sie. „Was ist denn los? Wovon sprechen die?"

„Kein Kommentar", sagte Dave zu der Presse und zog sie ins Haus.

Er stellte den Fernseher an und ging zu seinem Laptop. Steph starrte ungläubig, als in den Nachrichten Daves Foto als Schullehrer neben einem Foto von Dave als kleinem Kind auftauchten. Er war anbetungswürdig, eine Miniaturausgabe des Mannes, den sie kannte, sein braunes Haar ordentlich zur Seite gestrichen, er trug auch da schon eine runde Brille.

Die Berichterstatterin sah in die Kamera. „Little Genius, wir haben dich vermisst. Du musst jetzt ein großes Genie sein."

Dave ächzte in seinen Laptop. „Es ist überall. Ich dachte, es wären nur du und ich in den Shrek-Outfits."

Er schloss den Laptop und schaltete den Fernseher aus. Dann ließ er sich aufs Sofa sinken und legte seinen Kopf in seine Hände. „Ich werde sie umbringen."

Sie setzte sich neben ihn und legte ihren Arm um ihn. „Wen wirst du umbringen?"

„Chris. Ich habe sie gebeten, nichts zu unternehmen."

„Was hat sie denn getan? Warst das wirklich du?"

Er stieß ein lautes Seufzen aus und erklärte, dass er das Kind war, das in einer Reihe von Little Genius Werbespots aufgetreten war, als er vier war. Little Genius war ein Laptop für Kinder. Sie hatte diese Werbespots von dem kleinen Jungen, der dank seines Little Genius Laptops selbstbewusst alle komplizierten Mathefragen beantwortete, geliebt. Er war in seinen Antworten so ernst gewesen und hatte leicht gelispelt. Er hatte auch manche Rs in der Kinderversion eines Brooklyn-Akzents ausgelassen. Das war alles so verdammt anbetungswürdig.

„Chris meinte, das wäre gute Publicity für mich", sagte Dave. „Das Rampenlicht von dir und Griff abzulenken, aber ich habe sie gebeten, es nicht zu tun. Ist ja wieder typisch, dass sie nicht auf mich hört."

Steph konnte es immer noch nicht fassen, dass er *der* Little Genius war. „Wie bist du denn ins Showgeschäft gekommen?", fragte sie. „Und dann auch noch so jung."

Er zuckte kaum die Schultern. „Mom ist mit Chris und mir in der Stadt zu Castings gegangen, als wir noch klein waren. Sie wollte, dass wir Geld fürs College verdienen."

„Hast du das?"

„Ja. Chris auch. Sie war Model für Kinderbekleidungskataloge."

„Ich fasse es nicht, dass mein Freund berühmt ist. Und ich dachte, du wärst ein ganz normaler Typ."

Er drehte sich zu ihr um. „Es ist dumm, nicht wahr? Deswegen erzähle ich es nie jemandem." Er ahmte seine Kleinkindstimme nach. „Little Genius, mehr als nur ein Komputa." Er schüttelte den Kopf. „Sie haben es geliebt, wenn ich das Wort Computer falsch aussprach."

Sie umarmte ihn. „Ich habe Little Genius geliebt!"

Er hob einen Mundwinkel. „Ja?"

„Ja. Und es ist so heiß, dass ich jetzt mit dem Big Genius zusammen bin. Was für ein Hengst."

Er zog sie auf seinen Schoß. „Und du kannst es nicht lassen, dich mit anderen Hengsten anzulegen, wie?"

„Nur mit einem Hengst."

Er küsste sie lang und tief, und begann, sie zum Schlafzimmer zu ziehen.

„Warte", sagte sie atemlos. „Ich muss dir etwas zeigen."

Er wackelte mit den Brauen. „Ich muss dir auch etwas zeigen. Ich zuerst."

Er packte sie an der Taille, zog sie für einen Kuss an sich, der fest und fordernd war. Der langsame und vorsichtige Dave schien für immer fort zu sein, seitdem Griffin auf der Bildfläche aufgetaucht war. Er hatte einen Arm um ihre Taille gelegt und hielt sie fest, während sein Mund sie für sich forderte. Sie gab es auf, ihm ihre Überraschung zu zeigen, legte ihre Arme um seinen Hals und erwiderte den Kuss leidenschaftlich.

Ein Geräusch vorm Haus erinnerte sie daran, dass sie nicht allein waren. Dave riss sich los. Mit hitzigem Blick drückte er seinen Daumen an ihre Unterlippe. „Gib mir eine Minute."

Er drehte sich um und öffnete die Wohnungstür. „Hey, alle zusammen. Ich stehe kurz davor, mit der Liebe meines Lebens glücklich zu werden, wenn Sie also morgen früh um 8:00 Uhr zurückkommen könnten, dann erzähle ich Ihnen gern von Big Genius und seiner neuen Methode, mit Zahlen zu kalkulieren, aber mit der Hilfe höherer Mathematik."

Kamerablitze gingen los. Manche Reporter schmunzelten.

„Dave!", rief Steph aufgeregt lachend.

Dave schob die Tür zu und verschloss sie. Auch die Jalousien ließ er herunter. Während er durch das kleine Haustürfenster beobachtete, wie die Reporter davonfuhren, ging sie zu ihrer Handtasche, um den FedEx Umschlag zu holen, den sie ihm zeigen wollte.

Ein paar Minuten später drehte er sich mit einem Grinsen zu ihr um. „Sie sind weg. Erst einmal jedenfalls."

Sie lachte und reichte ihm den Umschlag. „Unterschriebene Scheidungspapiere."

Sie holte die Papiere heraus und las sie. Er starrte auf die Unterschrift. Starrte einfach immer weiter.

„Bist du denn gar nicht glücklich?", fragte sie. „Ich dachte, du würdest auf und ab hüpfen."

Er starrte sie an. „Ich glaube, ich bin nur überrascht."

„Nun, dann sei glücklich!" Sie warf ihre Arme um ihn.

Er blinzelte. Seine Augen glänzten vor unvergossenen Tränen. „Ich war nie glücklicher." Er legte die Papiere auf den Sofatisch und drehte sich zu ihr um. „Steph, willst du mich heiraten?"

„Ja!"

Er nahm ihr Gesicht in seine Hände. „Wirst du all meine Little Genius ® Babys bekommen?"

Sie lachte. „Ich würde es lieben, all deine Little Genius ® Babys zu bekommen."

Er nahm seine Hände herunter und flüsterte in ihr Ohr: „Ich habe ein wenig über weibliche erogene Zonen recherchiert."

Die Hitze schoss blitzartig durch sie hindurch. „Ich kann es nicht abwarten."

Dave riss ihr geradezu die Kleidung herunter, dann warf er sie aufs Bett. Er hatte nicht gelogen, sondern arbeitete sich durch all ihre erogenen Zonen, sagte, dass sie ihm gehörte, allein ihm, dann machte er sich daran, während sie bei seiner gründlichen Aufmerksamkeit bebte.

Es machte ihr kein bisschen, dass er sie mitten in der Nacht weckte. Ohne seine Brille konnte er in der Dunkelheit nicht viel sehen, deswegen meinte er, er müsse nach seinem Tast- und Geschmackssinn vorgehen. Er arbeitete sich an ihrem Körper herunter, und gerade, als sie keine Sekunde länger warten konnte, ihn in sich zu spüren, drehte er sie herum und erkundete sie vom Hals bis zu ihren Zehen. Nie in ihrem Leben hatte sie sich so verehrt, so geliebt gefühlt.

Zum Frühstück machte er ihr ein Omelett und fütterte sie damit, während er sie auf seinen Schoß hielt. Sie trug ein viel zu weites Columbia-Sweatshirt und sonst nichts, so hatte er es sich gewünscht. Er hatte ein extra Columbia-Sweatshirt gekauft, das bei ihm lag, denn er liebte es, sie darin zu sehen. Offensichtlich war ein kluger Kopf für ihn wirklich antörnend.

„Ich kann es nicht abwarten, dich zu der meinen zu machen", sagte er ihr.

„Ich fordere dich heraus."

Mehr Ermunterung brauchte Dave nicht.

GRIFFIN KONNTE NICHT FASSEN, was für einen Feuersturm von Presse Dave bekam. Der Mann war ein Phänomen. Sie nannten ihn Mr. Genius wegen dieser Werbespots, die er als Kind gedreht hatte. Es war jetzt einen Monat her, und Dave hatte bereits einen Geek-chic-Modeljob erledigt und ein paar Werbespots für ein neues, elektronisches Lernprogramm gedreht. Während es für Dave bergauf ging, schaltete Griff einen Gang runter. Sein Fokus lag auf der Musik, nicht seinem Lifestyle. An erster, letzter Stelle und für immer kam die Musik. Das war etwas, an das Christina ihn erinnert hatte. So verrückt sie auch war, sie hielt sie real.

Ein Gedanke traf ihn. Christina. Sie musste diejenige gewesen sein, die hatte durchsickern lassen, dass es Dave gewesen war in diesen Kinder-Werbespots. Klar, wenn die Presse ein wenig gegraben hätte, hätte auch sie das von Daves Werbung erfahren können, doch so schnell, wie sich die Nachrichten nach dem Shrekbild verbreiteten, musste sie es gewesen sein. Dave hätte diese kleine Information viel früher verbreitet, wenn er wirklich ins Rampenlicht gewollt hätte. Griff wäre Christinas teuflische Rolle in all dem früher aufgefallen, nur dass er zu sehr damit beschäftigt gewesen war, seine Besitztümer zu verkaufen und sich darauf vorzubereiten, in ein Ziegelgebäude in Brooklyn zu ziehen. Paulie D hatte sich deswegen aufgeregt. Griff hatte ihn gefeuert. Tatsächlich hatte er all seine Angestellten gehen lassen, außer seinem Manager, Bill. Er hatte auch ein Kontaktverbot gegen Mandy erwirkt. Er hatte bereits früher schon Stalker-Fans gehabt, irgendwelchen verrückten Scheiß, den Frauen ihm schenkten, aber niemand hatte jemals eine Waffe auf ihn gerichtet. Als das passiert war, hatte er in seinen Stiefeln gezittert, doch Steph zuliebe hatte er cool getan.

Die Musikszene in Brooklyn war turbulent. Er konnte es nicht abwarten, ein Teil davon zu sein. Und von hier aus konnte er Joey ganz leicht besuchen. Er holte sein Handy hervor und schrieb Christina. Er hatte ihre Nummer als Crazy Christina gespeichert. Er wusste nicht, warum er sich die Mühe gemacht und sie überhaupt gespeichert hatte. Er hatte nie vorgehabt, sie anzurufen. In seiner Nachricht stand einfach: *Ich weiß, dass du es warst.*

Sie antwortete gleich: *Hat ja lange genug gedauert, Sherlock.*

Er lächelte und schrieb zurück: *Ich werde nach Brooklyn ziehen. Ich hoffe, dich nie wieder zu sehen.*

Sie schrieb: *Deine hässliche Visage gehört nach Cleveland.*

Er setzte ein breites Grinsen auf und antwortete mit einem Smiley. Sie meinte damit, dass er in die Rock'n'Roll Hall of Fame in Cleveland gehörte.

Sie schrieb zurück. *Ein Emoticon? Von einem bösen Rocker erwarte ich da aber mehr. Durchgefallen.*

Darauf schickte er ihr ein überraschtes Emoticon Gesicht.

Dann fuhr sie stärkere Geschütze mit der Macht der Sprache auf, packte ihn am Kragen und schickte ihm Poesie.

Ich möchte deine Seelenmusik hören. Egal, wie lange du brauchst, um deinen Scheiß zusammenzukriegen. Gehört?

Er hielt den Atem an, war gerührt von ihrem Vertrauen in ihn. Er erwiderte: *Du gehst einem ja ganz schön an die Eier.*

Ich bin deine verdammte Muse.

Er hörte gleich den Beginn eines tollen Gitarrensolos.

Sag mir, was dich anpisst, textete er.

Sie fuhr fort und fort. Ihre Worte wurden der Text eines neuen Liedes: „Crazy Thing." Er hatte seine Muse gefunden. Crazy Christina lockte einen völlig neuen Vibe aus ihm hervor. Er war euphorisch.

EPILOG

„Also, wie fühlt es sich an, Mrs. Olsen zu sein?", rief Dave aus dem Schlafzimmer. Sie waren im Haus seiner Familie am See und verbrachten dort, was wunderschöne Flitterwochen zu werden versprachen, die den ganzen Sommer lang anhielten. Von dem Geld, das Dave von seinem Modelauftritt und den Werbespots bekommen hatte, würden sie bald auf die Suche nach einem Haus gehen.

Steph zog den roten Morgenmantel aus Satin und Spitze über den passenden Slip, den sie für ihre Hochzeitsnacht ausgesucht hatte. Sie zog sich gerade im Badezimmer um, um ihn zu überraschen. „Es fühlt sich großartig an!"

Sie lächelte, während sie ihre Haare hochsteckte und nur ein paar Strähnchen draußen ließ. Nachdem ihre Scheidung durch war, hatten sie und Dave gleich eine kirchliche Hochzeit und einen Empfang für das Wochenende nach Ferienbeginn geplant. Irgendjemand hatte für das Musikprogramm ihres Schuldistrikts eine großzügige anonyme Spende eingereicht. Steph hatte so das Gefühl, dass sie genau wusste, von wem die gekommen war. Derselbe Wohltäter, der auch einen Treuhandfonds auf den Namen ihres Bruders eingerichtet hatte. Griff hatte einen neuen Hit herausgebracht, für den er ausgerechnet von Daves Schwester inspiriert worden war, und bekam damit eine Menge Aufmerksamkeit. Sie hatte sich mit Christina gleich gut verstanden, denn beide Frauen hatten eine Leidenschaft für die Familie.

Sie nahm sich ihre Überraschung für Dave, versteckte sie hinter ihrem Rücken und verließ das Badezimmer. „Und wie fühlt es sich an, ein verheirateter Mann zu sein?"

Er betrachtete sie von Kopf bis Fuß und schluckte sichtbar. „In meinem ganzen Leben war ich noch nie so glücklich."

„Gut", schnurrte sie geradezu. Sie schlenderte zu ihm, wo er in nichts als seinen schwarzen Dr. Who Boxershorts auf dem Bett lag, auf denen stand Vertrauen Sie mir, ich bin Doktor. Sie küsste ihn, und während seine Augen noch geschlossen waren, zog sie ihre Überraschung für ihn an. Sie löste sich von ihm. „Wie würde dir ein kleines Rollenspiel gefallen?"

Sie trug ein Prinzessin Fiona Hochzeitshaarband – Ogre-Ohren mit einer kleinen Tiara und einem Schleier.

„Ich dachte schon, du würdest nie fragen", sagte Dave eifrig. „Bin gleich zurück."

Sie setzte sich auf und sah zu, wie er seinen Koffer durch-wühlte und mit seinen Ogre-Ohren und Handschellen zurückkam. Er schob sich die Ohren auf den Kopf. „Zuerst musst du gerettet werden", sagte er, marschierte zu ihr und legte ihr die Handschellen an.

Sie legte ihre gefesselten Arme um seinen Hals. „Ja, mein anbetungswürdiger Ogre."

Vorsichtig schob er sie zurück aufs Bett und legte das Kissen so, dass es unter ihrem Kopf lag. Der langsame und rücksichtsvolle Dave war zurück. Obwohl sie mit einer genau getimten Herausforderung auch das Tier in ihm wieder herauslocken konnte. Er war sehr kompetitiv und lehnte nie eine Herausforderung ab. Sie mochte es, ihn gewinnen zu lassen, worauf sie beide keuchten und befriedigt waren.

Grinsend sah er ihr in die Augen. „Dann muss ich dich in

die menschliche Prinzessin verwandeln, indem ich mich an jede erogene Zone mache, die ich recherchiert habe!"

„Oh, Dave." Sie bebte, denn sie wusste, wie genau sein Fokus und seine Aufmerksamkeit sein konnten.

Er beugte sich vor, seine Lippen waren nur einen Hauch entfernt. „Was hältst du davon, morgen Abend Uhura zu sein?"

„Uhura?"

„Aus *Star Trek*?"

„Ich, ähm, gefällt mir das?"

Er schloss die Augen. „Du hast das Original von *Star Trek* nicht gesehen, oder?"

„Nein." Sie hob ihre Hüfte, um ihn daran zu erinnern, was wirklich wichtig war. Sie spürte, wie sich seine Erektion durch seine Boxershorts drückte.

„Wir werden das auf dem Laptop streamen", krächzte er.

„Ich fordere dich heraus, mich zum Schreien zu bringen."

Dave machte sich gleich an die Arbeit. Und er hörte nicht auf, bis sie viel, viel später seinen Namen wie ein verdammtes Halleluja schrie.

Was für ein Hengst.

Verpassen Sie nicht das nächste Buch dieser Reihe, *Beinahe Schicksal*, mit Griffin und Christina auf dem Weg zu ihrem Glücklich-bis-ans-Lebensende. Oder auch nicht.

Ist für die Zukunft dieses Rockstars eine Ehe vorgesehen?

Rockstar Griffin Huntley sehnt sich nach der einen Sache, die er nie hatte – eine Familie. Und wer sonst könnte ihm dabei behilflich sein als seine Freundin, Managerin und Muse Christina Olsen. Doch als sein Antrag am Silvesterabend einen bitteren Ton anschlägt, nimmt Christina mitten in Manhattan Reißaus vor seiner Limo und lässt einen Griffin zurück, der das Schlimmste fürchten muss.

Christina hat sich bereits die Finger an einer Ehe verbrannt und weiß, dass eine Hochzeit mit Griffin ihrer Beziehung den Todeskuss verpassen würde. Man musste sich ja nur das Desaster seiner ersten Ehe ansehen. Doch als man Griffin in der Presse mit nicht einer, sondern gleich zwei schönen Frauen sieht, hat Christina ihm so einiges zu sagen. Und zwar persönlich.

Was sie dabei jedoch entdeckt, ist ein Geheimnis der Vergangenheit, das Griffins Leben in Beschlag hält. Können zwei Menschen mit vernarbten Herzen jemals ihre Vergangenheit hinter sich lassen, oder hat das Schicksal andere Pläne?

Erhalten Sie die neuesten Nachrichten zuerst in Kylies Newsletter! kyliegilmore.com/DEnewsletter

WEITERE BÜCHER VON KYLIE GILMORE

Die Clover Park Serie << Brüder, für die die Familie an erster Stelle steht!

Das Gegenteil von wild (Buch 1)

Daisy schafft alles (Buch 2)

In den Falschen verguckt (Buch 3)

Ein Weihnachtsmann zum Küssen (Buch 4)

Vermieter küsst man nicht (Buch 5)

Nicht mein Romeo (Buch 6)

Bring mich auf Touren (Buch 7)

Clover Park Braut (Buch 7.5)

Gewagte Verlobung (Buch 8)

Retter in der Not (Buch 9)

Eine verführerische Freundschaft (Buch 10)

Ein Geschenk zum Valentinstag (Buch 11)

Raus aus der Tretmühle (Buch 12)

Die Happy End Buchclub Serie << Die Campbell Familie und ein Liebesromanbuchclub prallen aufeinander!

Hollywood Inkognito (Buch 1)

Ärger im Anzug (Buch 2)

Gewagtes Spiel (Buch 3)

Förmliche Vereinbarung (Buch 4)

Wenn der Bad Boy keiner ist (Buch 5)

Ein Störenfried zum Verlieben (Buch 6)

Schicksalsbegegnungen (Buch 7)

Eine Romantische Chance (Buch 8)

Ein sündhafter Flirt (Buch 9)

Ein unbequemer Plan (Buch 10)

Eine Happy End Hochzeit (Buch 11)

Die Rourkes Serie << Prinzen, bei denen man ins Schwärmen gerät, und ebenso fantastische Prinzessinnen

Königlicher Fang (Buch 1)

Königlicher Hottie (Buch 2)

Königlicher Darling (Buch 3)

Königlicher Charmeur (Buch 4)

Königlicher Playboy (Buch 5)

Königlicher Spieler (Buch 6)

Abtrünniger Prinz (Buch 7)

Abtrünniger Gentleman (Buch 8)

Abtrünniges Schlitzohr (Buch 9)

Abtrünniger Engel (Buch 10)

Abtrünniger Fratz (Buch 11)

Abtrünniger Beschützer (Buch 12)

Die Clover Park Charmeure Serie <<süße und sexy Charmeure!

Beinahe drüber weg (Buch 1)

Beinahe zusammen (Buch 2)

Beinahe Schicksal (Buch 3)

Beinahe verliebt (Buch 4)

Beinahe romantisch (Buch 5)

Beinahe frisch verheiratet (Buch 6)

Sehen Sie sich auf meiner Website die aktuelle Liste meiner Bücher an: https://www.kyliegilmore.com/deutsch/

ÜBER DIE AUTORIN

Kylie Gilmore ist die USA Today Bestsellerautorin der Happy End Buchclub Serie, der Clover Park Serie, der Clover Park Charmeure Serie, der Rourke Serie und Liebe von der Leine gelassen Serie. Sie schreibt unterhaltsame Romanzen, die die LeserInnen zum Lachen und zum Weinen bringen und zu einem Glas Eiswasser greifen lassen.

Kylie lebt mit ihrer Familie, zwei Katzen und einem verrückten Hund in New York. Wenn sie nicht gerade schreibt, Kinder bändigt oder bei Autorenkonferenzen pflicht-bewusst Notizen macht, findet man sie beim Stretching – bis ganz nach oben ins oberste Regal, um dort ihren geheimen Schokoladenvorrat zu erreichen.

Melden Sie sich für Kylies Newsletter an, damit Sie keine ihrer Neuerscheinungen verpassen. https://www.kyliegilmore.com/DEnewsletter

Mehr finden Sie auf Kylies Website https://www.kyliegilmore.com/deutsch/